멸치

멸치

김주영 장편소설

문이당

작가의 말

사소한 어류인 멸치도 엄연한 척추동물이다. 산란으로 번식하지만, 알을 밴 멸치를 발견하기란 쉽지 않다. 고래가 멸치를 사냥하는데, 고래를 만난 멸치 떼는 질주를 멈추고 폭죽처럼 흩어졌다가 전열을 가다듬고 의연히 수중 발레를 벌인다. 그리고 물결을 이룬다. 목숨이 담보되고 말았는데도 비굴하거나 추악하지 않고 포식자를 향하여 매혹적인 군무를 보여 주는 어류는 멸치뿐이다. 물결을 이룬 아름다운 춤사위에 매료된 고래는 더욱 충동적으로 멸치를 사냥한다. 그러므로 멸치는 고래보다 크고 의젓하다. 고래는 너무 크고 멸치는 제일 작지만, 고래보다 강직하고 담대한 어족이다. 그리고 내장까지 들여다보이는 투명한 몸체로 일생을 살면서도 알을 밴 흔적만은 감추는 은둔자의 삶을 산다.

2002년 1월

김 주 영

1

대식가이면서 잡식성이기 때문에 구린내가 지독하고 해삼 크기의 배설물을 쑥쑥 내놓는 너구리는, 다래나 머루 같은 열매가 풍부한 산기슭이나 강가를 맴돌며 산다. 늪에서 들쥐나 도마뱀 같은 먹이를 포획하였거나 방금 강물에서 헤엄쳐 나온 물고기나 개구리를 잡았다 하더라도 반드시 물에 씻어 포식하는 타고난 습성 때문에, 일생을 마감할 때까지 강가에 은신처를 둔다. 너구리는 천성이 의뭉스럽고 음흉하지만, 경계심이 부족한 탓으로 밀렵꾼들이 놓은 올무나 덫에 쉽게 희생되기도 한다.

외삼촌이 너구리라는 별명을 얻게 된 것도, 그를 발견할 수 있는 장소가 너구리처럼 언제나 한결같이 강가였고, 토굴 속과 강물 속을 자유자재로 드나들며 살아갈 수 있는 습성과 능력을 지녔기 때문이었다. 개동박이 노란 꽃을 피우고, 직바구리새가 우는 이른 봄부터 외삼촌은 강가로 나가 이제 막 물이 오르기 시작하는 자작나무나 미루나무를 꺾어 움막을 짓고 너구리처럼 음산하게 웅크리고 살았다.

다만 서로 판이하게 다른 점이 있다면, 너구리는 다리와 꼬리가 짧고 비만한 편이어서 다급한 경우에도 거동이 굼뜨지만, 유자 껍질처럼 여드름 자국이 숭숭한 얼굴에 상반신을 언제나 벌거벗은 채로 노출시킨 외삼촌의 몸매는 깡마르고 팔다리가 길어 민첩한 편이었다. 그런가 하면, 너구리는 낮에 잠을 자지만 외삼촌은 밤에만 잤다. 또, 성품이 능청스럽고 게을러 여우나 오소리가 만든 토굴에서 그것들과 함께 살기도 하는 너구리의 배설 장소는 대체로 일정한 편이지만, 유수지 부근에 일정한 주거지를 두고 있는 외삼촌의 배설 장소는 딱히 알려진 게 없었다.

외삼촌은 지금, 돌로 바위를 치면 불이라도 튈 것 같은 한여름의 폭염이 내리쬐는 강가 자갈밭에 젖은 종잇장처럼 납작 엎드려 있다. 언제나 그랬던 것처럼, 종달새의 둥지를 찾아내기 위해서였다. 한여름에 부화되는 종달새의 알은 강가 주변 자갈밭 속 어딘가에 교묘하게 숨겨져 있을 것이었다.

지루하고 숨 막히는 매복, 그리고 기대와 좌절이 가파르게 교차하는 오랜 기다림과 미로를 헤맨 끝에 종달새의 둥지를 발견하고 말았을 때 항상 당혹하게 되는 것은, 눈썰미가 있다고 자처하는 사람도 십중팔구 놓치고 지나칠 만큼 탁월한 종달새의 위장술 때문이었다. 집 없이 떠도는 날짐승도 새끼를 지킬 때는 여우의 콧등을 쪼아 댄다는 말이 있듯이, 둥지를 찾아 나선 우리들의 주의력을 따돌리기 위해 변화무쌍한 유인책을 구사하는 어미 새의 집요함에 놀라지 않을 수 없었다. 우리들에게 필경 가슴에 사무치는 증오를 보내고 있음에도 끝까지 매혹적인 소리로 재잘거릴 수 있는 그 새의 양면성도 오묘한 지혜에 속했다. 그러나 새들의 울음소리는 지혜라기보다는 수단일 것이다. 새들이 자신의 영역을 방어하는 수단으로, 범접하는 천적의 시야가 방해될 정도로 강렬하게 지저귄다는 것을 외삼촌은 당초부터 알고 있었다. 그렇기 때문에 둥지를 찾는 중에 한순간이라도 방심하면, 그날의 알자리 찾기는 깨끗이 단념해야 했다. 자갈밭으로 내려앉은 종달새가 꼬리를 호들갑스럽게 깝죽거리거나 부리를 흔드는 미세한 동작에도 예리한 계산이 깔려 있었다. 내가 그런 새들의 동작에 시선을 빼앗기고 있으면, 매복이나 포복 중에도 외삼촌은 낮은 목소리로 속삭였다.

「속지 말그라. 저놈이 시방, 꼼수를 부리고 있는 거라.」

「속임수 쓰고 있단 말이제?」

「못 본 척해라. 우리가 짐승인지 통나무인지 그걸 시험해 볼라 카는 거라.」

「나는 아까부터 오줌이 마려워서 배가 아프다.」

「엎드려서 그대로 싸버리든지, 참어.」

종달새는 지금 구름 한 점 찾아볼 수 없는 짙푸른 허공에 높다랗게 떠올라 쉴 새 없이 재잘거리고 있다. 자신에게 노출되어 있는 우리의 시선을 계속해서 붙잡아 두려는 계략이 분명했다. 그러나 오랫동안 우리와 일정한 거리를 두고 떠나지 않고 있다는 것은 멀지 않은 자갈밭 속 어디엔가 지금 막 산란한 자신의 둥지가 있다는 확신을 갖게 한다. 그러나 망루처럼 높은 곳에 뜬 채 날갯짓하며 우리를 내려다보고 있기 때문에 외삼촌과 내가 그린 듯이 숨죽이며 매복해 있다 하더라도 종달새의 경계심을 쉽사리 따돌릴 수 없었다. 그렇기에 우리는 한 시간 혹은 두 시간 동안이라도 장마 때 표류하다가 떠밀려온 통나무처럼 미동도 않고 엎드려 있어야 했다. 경계심을 푼다는 것은 우리를 노려보고 있는 새의 판단에 맡겨져 있는 문제이지 외삼촌과 나의 몫은 아니었다. 다만 소리의 그림자라도 잡아낼 만큼의 예민한 촉각을 곤두세우는 지루한 기다림만이 있을 뿐이었다.

언제나 비능률적이고 따분한 기다림이었다. 그곳에는 시간이 얼마나 흐르고 있는지 측정해 볼 만한 기준 따위는 없었다. 어쩌면 우리들이 상투적으로 알고 있는 시간이, 숙명적으로 올라야 할 계단 그리고 통과해야 할 문 들처럼 나열된 모습으로 장황하게 어물어물 흘러가는 것이 아니라, 어느 특정한 공간에 밀랍처럼 투박하게 정지되어 있는 것인지도 모른다는 생각이 들 때도 있었다.

새가 경계심을 거두고 둥지 근처로 내려앉을 때를 기다리는 외삼촌 곁에서 반듯이 누워 푸른 하늘을 바라보고 있으면, 하늘과 땅 사이에 오직 바람만 살아서 윙윙거리는 세상, 어두운 공간과 밝은 공간, 내가 바라볼 수 있는 세상과 바라볼 수 없는 세상, 그 한적한 풍경 속으로 섞여 든 햇살과 바람과 나뭇잎 같은 모든 사물들, 석관의 밑바닥에 수천 년 동안 고여 있던 시간, 내 조촐한 삶의 이력으로 터득할 수 있었던 공간과 터득할 수 없었던 공간까지, 그리고 상상력의 한계 너머까지 모든 불가사의한 공간들과 나를 연결시켜 주는 신비한 자력으로 넘실대는 몽환적 분위기를 경험한다. 그래서 평소에는 비어 있어 적막하기만 하였던 가없는 하늘이 어떤 자력의 기운으로 흐물흐물 용해되었다가 가슴속으로 밀려드는 듯한 포만감에 젖기도 한다. 그리고 그때 느끼는 침묵과 고요가 내 자신의 부피나 중량보다 본질적으로 더 크고 견고하다는 사실도 알아챌 수 있었다.

「아지(삼촌)야, 배고프다.」

「그것도 참어.」

「나는 간지럽다 카이.」

「어디가?」

「등떠리(등어리).」

「이리 둘러 대그라.」

「내는 배고프다 카이.」

「니 또 땡깡 부릴래?」

그 숨 막힐 듯한 고요 때문에 공복감 따위는 느끼지 않아도 되었다. 외삼촌은 끼니거르기를 대수롭지 않게 여기는 사람이었다. 나는 도대체 그가 음식물을 게걸스럽게 혹은 걸쭉하게 먹어 치우는 광경을 목격한 적이 없었다. 혼잣소리로나마 배고픔을 하소연한 적도 없었다. 그래서 종달새의 둥지를 좇을 때, 허공에 떠도는 어떤 자력의 기운을 온몸으로 흡입할 수 있는 괴이한 능력을 가지고 있기에 배고픔을 느끼지 않는다는 생각까지 가질 때도 있었다.

이윽고 허공에서 날갯짓하던 새가 어느 순간, 자신의 둥지를 향하여 급전직하로 활강을 시도할 때, 사위에 산만하게 흩어져 있던 자력이 활시위처럼 팽팽하게 발기한다는 착각에 빠지면서 나도 모르게 찔끔 오줌을 싸버린다. 그 작은 새의 몸집 속에 어쩌면 그토록 기하학적이면서 장렬한 탄력이 축적되어 있는 것인지 경이로울 뿐이었다. 새가 자신의 둥지 부근으로 내려앉는 그 일촉즉발의 순간이야말로 외삼촌과 내가 극도로 압축된 인내심을 발휘해야 할 순간이다. 흥분한 나머지 상반신을 벌떡 일으키는 만용이라도 부렸다간 종달새는 필경 엉뚱한 방향으로 우리를 유인해서 그날의 둥지 찾기를 본때 있게 따돌려 버린다. 오직 미동도 않고 그야말로 그린 듯이 엎드려 지켜보는 것만이 종달새와의 겨루기에서 승산을 노릴 수 있었다. 그처럼 정지 상태로 안착되어 있는 시간은 숨 막힐 듯한 긴장의 연속이었다. 매복하고 있는 외삼촌과 나도 정지의 순간에 꼼짝없이 포박되어 있지만, 허공에 떠 있는 종달새도 정지 상태인 것은 마찬가지였다.

신기한 것은 새였다. 물론 양 날개를 쉴 새 없이 파닥이고 있긴 하지만, 새의 몸통은 허공의 한 지점에 온전하게 머물러

있었다. 그 가녀린 날갯짓으로 자신의 몸통을 허공에 정지시
킬 수 있는 신기의 비밀을 해석해 내기란 쉽지 않았다. 그리
고 그 정지라는 접점은 이상하게도 우리들로 하여금 미세한
시간의 첨단과 만나고 있거나, 아니면 세상의 어떤 우두머리
에 자리 잡고 있다는 착각을 가지게 만들었다. 짜릿한 그 착
각을 오랫동안 누리려면 절대로 움직이지 말아야 했다.
　「아지야, 내 간지럽다 카이.」
　「또 어대가 간지럽노?」
　「사타리 새가 간지럽다 카이.」
　「사타리 간지럽으면 니 손으로 빡빡 긁어라.」
　「아지야가 꼼짝도 말그라 했잖나.」
　「어금니를 꽉 물고 한참 참고 있으면, 언제 그랬느냐는 듯
이 간지러운 게 싹 가신다.」
　「그래도 간지러운데 어째 참노.」
　「아픈 것도 참는데, 간지러운 걸 못 참나?」
　「아픈 것보다 간지러운 걸 더 못 참겠다.」
　「인제는 안 간지러울 건데?」
　자갈밭으로 내려앉아서도 민첩한 고갯짓을 해가며 사주
경계를 게을리 하지 않는 새의 재빠른 움직임을 줄곧 지켜보
아야 한다. 우리들의 행동에서 미심쩍음이 없을 때, 새는 일
정한 구역을 호들갑스러운 몸짓으로 배회하면서 드디어 훼
손된 둥지를 보수하기 시작한다. 그 부근이 틀림없는 둥지란
확신이 들었을 때, 우리는 비로소 통나무가 아닌 움직이는 동

물이라는 것을 뽐내면서 엎드린 몸을 일으켜 세운다. 기겁하고 놀란 종달새는 지체 없이 하늘 높이 날아오르게 되고, 우리들의 시야에 드디어 둥지가 나타난다. 깨알같이 자디잔 자갈을 물어다 만든 손바닥만 한 알자리 위에 앙증스럽게 모여 있는 몇 개의 새알들은 갈색 바탕에 까만 반점들이 오밀조밀 박혀 있어 눈썰미가 탁월한 사람이라도 주변의 자갈과 구별하기 어렵다. 너구리 외삼촌과 나는, 마비될 정도의 광기로 수다를 퍼부어 대거나 자갈밭 위를 뒹굴며 소동을 피우고 있는 종달새를 못 본 체하고 둥지 곁에 쪼그리고 앉았다. 그러나 여우와 너구리 같은 포식자들처럼 가차 없이 알을 탈취해 가지는 않았다. 외삼촌은 그때마다 삼엄한 어조로 알자리에 손대지 말라는 주의를 주었다.

「만져 보면, 안 되나?」
「종달새 알을 종달새도 아인 니가 왜 만져 봐야 되겠노?」
「우리가 찾아냈으니까 만져 봐야제.」
「만져 볼라 카는 게 아이고, 깨 묵을라 카제? 니가 여시라?」
「여시도 깨 묵는 알을 내가 깨 묵으면 안 되나?」
「종달새 알을 깨 묵는다고 니가 여시 될 줄 아나?」
「여시 안 돼도 좋으니까, 한번 깨 묵어 보자.」
「니가 알 깨 묵으면, 저 종달새 에미는 자살하고 말 거다. 그래도 깨 묵고 싶으나? 깨 묵는다고 배가 부를 것도 아이고, 니가 종달새로 둔갑할 것도 아인데.」

「그래도 깨 묵을란다.」

「니 또 땡깡 부릴래?」

때로는 이제 곧 부화가 시작되려는 알들을 발견할 때도 없지 않았다. 그러나 마찬가지로 우리는 예외 없이 그대로 두고 자리를 뜨곤 하였다. 종달새와의 탐락적 대결에서 삼촌이 거두고자 하였던 성과는, 정지의 상태로 위장해 있을 동안 정녕 장마 때 떠내려온 통나무 따위로 보일 수 있는지 확인받고 싶은 한 가지뿐인지도 몰랐다.

강 하류 쪽으로 고개를 돌리면, 외삼촌의 움막이 자리 잡은 유수지 부근이 까마득하게 바라보였다. 언제나 강턱 밖으로 흘러넘치는 풍부한 여울이 멀리 바라보이는 침하지의 굴곡을 따라 S자로 휘어지며 흘러내리다가 병풍처럼 높다랗게 둘러쳐진 회갈색 절벽과 정면으로 마주치면서 물줄기를 휘그르르 되감으며 조용히 멈추는 유수지 맞은편 모래톱, 풍치가 수려한 곳에 외삼촌의 움막이 자리 잡고 있었다. 쥐똥나무로 울타리를 친 수박밭 곁을 지나쳐도 움막까지는 또다시 한동안 지루하게 걸어야 했다. 그처럼 먼 곳까지 가서 종달새의 둥지를 찾았으면서도 알에는 조금도 손대지 못하게 했기 때문에 돌아오는 길은 항상 허탈했다. 더욱이 그때가, 구름 사이로 드러난 검붉은 노을이 서쪽 하늘가에 붓으로 그은 듯 걸쳐 있고 절벽 아래로 저녁 이내라도 슬금슬금 내려앉을 무렵이면, 공허감은 가슴을 에는 듯하였다.

「아지야.」

「왜 또. 인제는 어대가 간지럽노?」
「간지러운 게 아이라 카이.」
「오줌 마려우면, 하늘 쳐다보고 아무 데나 대고 싸뿌러라.
하늘하고 땅만 보이는 이 넓은 천지에 니 오줌 눌 데 없을
까 봐 걱정이가?」
「오줌도 안 마렵다.」
「배고프면, 집에 가그라.」
「집에도 안 가구 접다.」
「새들도 찾아들 둥지가 있는데, 고래등 같은 집 놔두고 그
게 무신 소리로?」
삐딱하게 걸린 섬거적이 출입문의 구실을 하는 움막 앞까
지 돌아와서도 내 가슴속은 도시로 가출한 아이들이 비워 둔
책상처럼 허전했다. 뿐만 아니라, 허탈감을 반전시켜 줄 만한
아무런 계기도 찾아볼 수 없었다. 땟국이 묻어 반질반질해진
낡은 멍석이 깔린 바닥 귀퉁이에 태우다 만 양초가 한 개 뒹
굴고 있었고, 버팀목에는 다른 사람은 범접도 못하게 닦달하
는 기다란 작살 하나가 기대 서 있었다. 그것이 외삼촌의 움
막 안에 배치된 가재도구의 전부였다. 움막 먼발치에 매어
둔 검은 염소 한 마리를 제외한다면 단출하기 그지없는 가재
도구로, 외삼촌은 낙엽이 흩날리는 그해 가을의 끝머리까지,
때로는 강가에 첫눈이 서럽게 내릴 때까지 움막에서 살기를
고집했다.
「대섭아, 니는 인제 가그라.」

　어른의 허우대로는 허리를 펴고 서 있을 수 없을 만치 협소한 움막 안으로 들어서기 직전, 그곳까지 무턱대고 뒤따라온 나를 돌아보며 외삼촌은 그렇게 말했다. 하긴 그 움막 안에는 언제 보아도 한결같이 먹을거리는 없었다. 허기가 지면 마른 염소똥이나 아작아작 씹어 먹고 산다는 말이 떠돌고 있을 만큼 섭생과는 인연을 끊고 지내는 외삼촌이기 때문에 누구도 아득바득 비집고 들어가야 할 까닭이 없는 움막이었다. 집으로 돌아가라는 외삼촌의 말속에는, 물론 먹을 것이 없다는 내용도 은연중 포함되어 있었다. 그런데도 나는 그때마다 적잖게 미심쩍거나 혹은 낭패한 심정으로 머뭇거렸다.

「여기서 쪼매 더 있다 가면 안 되나?」

　나는 외삼촌에게 공댓말을 쓰지 않았다. 아버지는 기회 있을 때마다 눈을 다부지게 뜨고 위협적인 어조로 외삼촌에게 반말을 쓰도록 윽박질렀고, 외삼촌도 별다른 저항 없이 내 반말 응대를 받아들이고 있었다. 움막 앞에 당도하면 벌어지는, 집으로 돌아가라는 외삼촌의 내침과 조금 더 지체하기를 보채는 나의 실랑이는 헤어질 때를 일깨워 주는 암시가 자리잡은 대화였다. 그렇기 때문에 그가 내게 움막 안으로 들어오기를 허락한 적도 없었고, 나 또한 한 번도 움막으로 들어갈 엄두를 내본 적도 없었다. 사실 그 움막 속에는 그가 애지중지하고 있는 작살 외에는 내 호기심을 자극할 만한 게 아무것도 없다는 것을 외삼촌이나 나도 알고 있었다. 간혹 냉큼 돌아가지 않고 머뭇거리고 있을라치면, 외삼촌은 눈자위를 매섭게 치뜨고 째려 보면서 말했다.

「니 또 땡깡 부릴라 카나?」

「내가 언제 땡깡 부리드노?」

「인제까지 안 가고 서 있는 거는 땡깡 부리는 거 아이가?」

「내가 가고 나면, 아지야 혼자서 수달맨쿠로 물에 들어가
작살질해서 고기 잡아묵을라 카제?」

「그런 소리 하지 마라. 나는 작살질 안 한다.」

「그러면 작살은 와 가지고 있노?」

「언제 써먹을 때가 있을 거다.」

「언제 써먹을 긴데?」

「써먹을 때가 안 있겠나.」

「염소 잡을 때 써먹을라 카나?」

「울지도 못하는 짐승을 내가 와 잡아묵겠노?」

「염소가 와 안 우노?」

「데려올 때부터 안 우는 짐승인데, 그걸 내가 어째 알겠
노.」

「울지도 않는 염소를 아지야는 와 데리고 사노?」

「울지 않는 짐승이라고 무조건 잡아묵어야 하겠나.」

「울기만 하면 잡아묵을라 카나?」

「웃는 것도 아이고, 울고 있는 짐승을 어째 잡아묵겠노.」

「웃으면 잡아묵을라 카나?」

「웃는 염소도 있드나?」

콧등에 묻은 거미줄처럼 성가시게 구는 나를 떼어놓기 위

해 외삼촌은 언제나 땡깡을 들먹였다. 집으로 돌아가는 길은 움막 위쪽에 있는 굽은 여울을 건너 절벽 귀퉁이로 바라보이는 가파른 오솔길을 올라가야 했다. 움막 위쪽에 있는 여울을 건너서, 땅이 이마에 닿을 것같이 기세가 거칠고 비라도 내리는 날이면 고양이도 발붙일 수 없을 정도로 미끄러운 오솔길을 따라 절벽 마루에 당도할 때까지, 외삼촌은 움막 앞에서 팔짱을 끼고 서서 나를 사뭇 비장하게 지켜보았다. 절벽 마루에서 내려다보면, 외삼촌의 움막은 흡사 버려진 인디언의 그것처럼 외롭고 쓸쓸하게, 그리고 지금 막 지우개로 지우고 있는 것처럼 야금야금 어둠 속으로 숨어 버리곤 하였다.

마을의 불빛들이, 포진하고 있는 어둠 속에서 하나 둘 묻어나기 시작하면, 나도 모르게 발걸음이 빨라진다. 축축하고 매캐한 흙냄새가 툭툭 털고 일어서는 어둠 속이지만, 아직 채 못 가신 저녁 연기가 동구 앞 대추나무 가지에 유령의 옷자락처럼 희미하게 걸려 있고, 그 사이로 달빛이 나직나직 내려앉는 달밤, 그런 달빛이 흐르는 아래로 드러나는 산골 마을의 초가들이 내게는 비단과 유리세공품으로 장식한 궁전처럼 화려해 보였다. 참으로 이상한 것은, 불빛들이 시선에 들어오기 시작하면, 허리가 휠 정도의 간절한 배고픔이 밀려들면서 가슴 뭉클하게 아버지가 보고 싶어진다는 것이다. 동년배들로부터 독수리로 태어나서 닭처럼 살고 있다는 빈축을 곧잘 듣는 아버지지만, 나에겐 언제 바라보아도 소중한 존재였다.

대문과 마주 보이는 건넌방에는 그때쯤이면 벌써 남폿불이 켜져 있었고, 마작 패들이 서로 부딪치는 소리가 달그락거렸다. 아버지는 귀가 밝았다. 내가 설령 고양이처럼 발소리를 죽이며 대문 안으로 들어선다 하더라도 그 낌새를 영락없이 알아채곤 하였다. 아버지가 방문을 열면, 방 안의 주황색 남폿불을 배경으로 마당으로 얼굴을 돌린 아버지와 방문객들의 윤곽이 뚜렷하게 드러났다. 마작을 즐기기 위해 우리 집을 수시로 들락거리는 아버지의 동년배들에게 상투적이었지만 공손한 목례를 보내며 나는 툇마루에 걸터앉았다. 아버지는 방문을 닫으려다 말고 새어 나오는 불빛 속에 노출된 나를 곧장 훈계의 말이 튀어나올 듯 완고한 시선으로 유심히 관찰하였다. 그러나 언제나 그랬던 것처럼 이렇다 할 질책이나 꾸지람은 없었다.

나는 우물가로 내려가 두레박을 건져 올렸다. 그때마다 나는 애써 바다 속에 좌초한 잠수함을 건져 올린다는 착각에 빠져 들었다. 그렇지 않으면, 안다미로 물이 담긴 투박한 양철 두레박을 건져 올리는 게 힘겨웠다. 두레박의 물을 조금씩 흘려 가며 나는 손살 곳곳에 짠짓국같이 스며든 그날의 먼지와 때를 씻어내기 시작했다. 그리고 손바닥으로 밀면 아드득하는 소리가 나도록 말끔하게 닦은 고무신 두 짝을 툇마루에다 가지런하게 세워 놓았다. 그러면 한낮 동안 잊고 지낸 어머니의 얼굴이 뇌리를 스쳐 가곤 하였다.

어머니는 잠들기 전에 우물가로 나가 우리 식구들의 고무

신을 알뜰하게 닦아 밤새 물기가 가시도록 툇마루에다 가지
런히 세워 두곤 하였다. 이튿날 아침에 일어나 방문을 열어
보면, 탱글탱글하게 건조된 고무신 속에는 만지작거리면 분
말처럼 흩어질 것 같은 아침 햇살이 소담스럽게 담겨 있었
다. 그 고무신 안으로 가만히 손을 넣어 보면, 내 기억 속에
도사리고 있는 어머니 체온만큼의 온기가 손바닥으로 달짝
지근하게 전달되곤 하였다. 어머니가 집에 있었을 때, 어머니
는 강가에서 돌아온 나를 옥수수 껍질 벗기듯 옷을 홀랑 벗
기고 등목을 시켜 방으로 떠밀어 넣은 뒤, 풀기가 살아 사글
사글한 홑이불을 덮어 주었다. 그럴 때, 이불 속에서 정체 없
이 아득한 포만감을 만끽하곤 하였었다.

　어머니가 고무신을 세워 두었던 바로 그 자리에 나는 이제
내가 닦은 신발을 버릇처럼 세워 두고 아침 햇살이 그 고무
신 안으로 쏟아져 들어오기를 기다렸다. 그리고 화창한 이튿
날 아침, 잠에서 깨어나는 길로 고무신 안으로 손을 밀어 넣
는다. 내 기억에 새의 깃털 속 같은 어머니의 체온이 그 안에
있었기에 잠시나마 어머니와의 막연한 해후를 할 수 있었다.
어머니가 가출한 이후 나는, 아버지와 내 신발은 물론이고 툇
마루와 안방을 가리지 않고 열심히 쓸고 닦아, 어머니가 집에
있을 때와 조금도 다름없는 윤기와 청결함이 유지되도록 했
다. 그래서 어느 날 문득 어머니가 집으로 돌아왔을 때, 자신
의 부재중에도 집은 그때의 모습 그대로 조금도 더럽혀지거
나 훼손됨이 없이 그리고 어떤 혼란도 겪지 않고 씩씩하고

늠름하게 그리고 비까번쩍하게 유지되고 있다는 것을 눈으로 확인할 수 있기를 바랐다. 그것은 내 바지런함과 기특함을 생색내려는 것이 아니었다. 어머니가 또다시 증발해 버린다 하더라도 집 안이 지니고 있는 잡다한 풍경과 일상사들은 기름칠을 한 것처럼 투명하고 매끄럽게 돌아간다는 것을 목격하게 만들고 싶었다. 그래서 자신의 존재 역시 있어도 그만, 없어도 그만이었다는 겸연쩍음과 민망함을 느끼도록 해 주고 싶었다.

「물 떠 오너라.」

안방 윗목에는 밥과 찬이 단순하게 배치된 조촐한 밥상이 시큼하고 텁텁한 냄새를 풍기며 을씨년스럽게 놓여 있었다. 신발 닦는 데 열중하느라 정작 흙투성이 그대로인 종아리를 걸레로 다시 밀어내고 있을 때, 사랑방에서 들려오는 아버지의 분부는 한결같았다. 이상하게 아버지는 내가 집으로 돌아와 안방 언저리를 맴돌고 있는 그즈음에 이르면, 비로소 갈증을 느끼는 것 같았다. 반복되어 온 분부였기에 나는 이미 자리끼 한 사발을 툇마루에 올려놓았던 참이었다. 내 기민한 순발력은 반복에서 얻어 낸 예측의 소산일 따름이었다. 물그릇을 받쳐 들고 곧장 건넌방으로 달려가면, 아버지의 동년배들은 지체 없이 감탄의 말을 쏟아 놓았다.

「쟈가 올해 몇 살이드라?」

「열세 살인가, 열네 살이던가?」

「열네 살이여.」

「그놈, 참 언제 봐도 숙성타.」
「왜? 지켜보고 있다가 사위 삼을라꼬?」
「사위 못 삼을 것도 없지. 민첩하고 기특한 데다 허우대도
훌쩍하구먼.」
「나도 저 나이 때, 자고 아침에 일어나면 음낭이 뻐근했지.」
「요새 아이들은 그때보단 올되지.」
「군침 삼키네.」
「저렇게 총명하면, 일찍부터 회가 동할 만하지.」
「엉뚱한 생각 말고, 퍼뜩 패나 돌려.」
　입의 혀같이 매끄럽게 구는 저토록 대견스러운 아들을 내
가 두었다면 죽어도 여한이 없겠다는 부러움의 수사들이 아
버지를 향해서 쏟아졌다. 그러나 아버지는 시종 마작 패에
시선을 곤두박은 채 무표정하게 앉아 있었다. 아버지에겐 계
면쩍게 들렸을지 모르지만 어깨가 으쓱해지는 것은 나였다.
　「나가 보거라.」
　그때까지 나는 방 안에 우두커니 서 있었다. 물론 또 다른
상찬의 말은 없었지만, 나가라는 아버지의 분부가 떨어지기
전에 경솔하게 방을 나왔다가 불호령이 떨어질까 두려웠다.
아버지는 반드시 나를 칭찬하는 수사의 말이 떨어져야만 나
가라는 분부를 내렸다. 안방으로 돌아와 시린 밥상을 끌어당
겨 허겁지겁 창자를 채우고 난 뒤, 나는 곧장 누워 홑이불을
뒤집어쓰고 잠을 청했다. 멀리로 혹은 귓결 가까이 건넌방에
서는 마작 패 부딪치는 소리가 끊어졌다가 이어지곤 하였다.

그리고 그 소리는 내가 잠에서 깨어나는 이튿날 꼭두새벽까지 계속되곤 하였다. 자디잔 자갈들이 여울의 물살을 따라 밀려왔다가 다시 밀려가는 듯한 그 소리는 무척이나 나를 안심시켰고, 내 잠 속에까지 잠복해 들어와 흡사 요람에 흔들리며 잠든 아이처럼 달콤한 수면 속으로 이끌어 주었다.

정적을 씌워 놓은 어둠 속에서 혼자 있다는 것에 흠뻑 젖어 있을 때는 무언가 이상하게 부족한 것을 깨닫게 되는 경우가 많았다. 어떤 동반자가 내 손이 기꺼이 닿을 수 있는 곳에 나란히 누워 있기를 바랐다. 그것이 평온함이라는 것을 알려주었기 때문이었다. 그러나 안방과 건넌방이라는 사소한 공간적인 거리는 있다 할지라도, 내가 수면 속으로 곯아떨어져 있는 사이에도 아버지가 곁에 있다는 아련한 확신은 달그락거리는 마작 소리와 간간이 들려오는 기침 소리가 증거하고 있었다.

내게 있어 아버지라는 명사에 묻어 있는 상념은 불안감이었다. 어머니처럼 어느 날 문득 내 곁을 속절없이 떠나 버릴 것 같은 매몰참이 아버지의 표정에서도 떠난 적이 없었기 때문이었다. 때때로 나를 뚫어질 듯 바라보고 있으면서도 한마디도 건네지 않는 알 수 없는 침묵이 그랬고, 내가 강가를 배회하다 집으로 돌아오면 안방에 오만하게 도사리고 있는 저녁 밥상이 주는 모호한 암시도 내겐 오히려 미심쩍음이었다. 어머니가 집을 떠나기 전에 베풀었던 나에 대한 예우와 너무나 닮았기 때문이었다. 어머니가 떠나던 날 새벽, 괴이하고 알 수 없는 느낌으로 잠든 척하고 있었지만 기척을 알아채고 이미 깨어 있는 내 머리를 쓰다듬으며 길게 흐느끼던 어머니를 나는 기억하고 있었다.

나는 아버지 곁으로 죄어 앉거나 가까이 가는 것을 경계하였다. 아버지가 내 머리를 쓰다듬으며 먼산바라기를 할까 두렵기도 했다. 그러므로 곧장 뭔가 일어날 것 같은 조바심이나 불안 속에서 밤새도록 들려오는 마작 소리는 나를 평온으로 인도하기에 충분한 것이었다. 아버지의 모습이 가장 측은해 보일 때가 마작으로 밤을 지새우고 난 이튿날 아침, 동년배들이 각자의 집으로 뿔뿔이 흩어지고 난 뒤였다. 담배 연기로 매캐한 빈방에 아버지는 기침 소리를 내며 초췌하고 허탈한 표정으로 혼자 남아 있었다. 바로 그때의 모습이 나는 가장 두려웠다. 아버지의 얼굴에 어디론가 떠나 버릴 것 같은 징후가 가장 섬세하게 그리고 가장 뚜렷하게 나타나 있기 때문이었다. 그러나 아버지는 가슴속을 에고 드는 허탈을 달래는 방법을 스스로 터득해 알고 있었다. 그것은 바로 아버지 소유의 사냥총이었다.

방문을 열고 모호하고 혼란스러운 시선으로 먼산바라기를 하고 있던 아버지는 천천히 일어서서 고미다락의 문을 열고 기름때가 묻은 길고 큰 보따리를 꺼내 들었다. 방 한가운데서 가만가만 보자기를 풀어헤치면, 자동 장전이 가능한 반자동 사냥총 한 자루가 드러났다. 기름때를 먹여 언제나 반질거리는 개머리판이 드러나고, 긴 총열이 드러났다. 사냥총이 막연하게 각인시키는 단호함과 엄격함은 그때마다 나를 극도로 긴장시켰다. 애지중지해하기 때문에 내가 한 번도 만져 볼 수 없었던 총신을 들어 올려 아버지는 수시로 기름 수건으로 닦았다. 모였다 흩어진 날의 공허함을 아버지는 그것으로 달래려는 것이 분명했다. 그러나 나한테는 그것이 아버지가 내게 주는 상징적인 억압으로 생각되었다. 한동안 기름때를 먹인 총신을 손바닥으로 쓰다듬으며 살펴보던 아버지는 다시 보자기에 싸서 고미다락 속에 올려놓았다. 아버지의 입가에 잔잔한 미소가 떠오르는 것을 발견한 나는 비로소 안도의 한숨을 내쉬곤 하였다. 어느 날 문득 아버지가 사라지고 없을 때는 고미다락에 숨겨 둔 사냥총도 함께 없어진다는 것을 나는 알고 있었다. 아버지는 포수였다. 그렇기 때문에 사냥총을 챙겨 들고 길로 나서면, 사오 일씩 감감무소식으로 돌아오지 않을 때도 있었다.

「갔다 오마. 그동안 집 잘 지키고 있그라.」

「언제 오실 긴데요?」

「집이나 잘 지키고 있그라.」

꿩 사냥에 나서기 전, 남기는 말은 대체로 그 한마디였다. 어디로 갔다가 어디를 경유해서 언제 돌아온다는 약속 따위는 남기지 않았다. 아버지의 일방적이고 위압적인 인사말에는 치가 떨릴 만큼의 불안감이 묻어 있었다. 돌아오는 날짜조차 약속하지 않음으로써 아버지가 출타하고부터 귀가할 때까지 내가 유추해 낼 수 있는 예측과 기대감을 깡그리 삭제시켜 버리는 것이었다. 자신의 부재로 인해 의지할 데가 없어진 공간에 대한 배려가 없는 것은 물론이고, 그 사이에 벌어질지도 모를 예측 불허의 불상사에 대한 경계심조차 주지 않는 그 박정한 말에 그러나 나는 단 한 번도 응석이나 변덕을 부려 본 적이 없었다. 왜냐하면 아버지가 정말 나를 애물단지로 알아 영영 집으로 돌아오지 않을 빌미를 제공할 수도 있다는 두려움 때문이었다.

그런데 내게 두려움만 있는 것은 아니었다. 아버지가 비워 놓은 공간에 외삼촌이 틈입할 수 있는 기회가 바로 그때였다. 그리고 사냥 길을 떠나는 아버지의 매정하고 퉁명스러운 말투에서도 이미 외삼촌의 존재를 의식하고 있다는 사실을 알 수 있었다. 저택이라고까지는 할 수 없지만, 그렇다고 작지도 않은 그 집에서 열네 살의 소년이 유령과 접전을 벌이며 며칠 밤을 혼자서 지키기란 어려운 일이라는 것을 아버지가 모를 리 없었다.

아버지가 사냥을 나가면, 나는 쏜살같이 외삼촌을 찾아가 아버지의 출타를 알려 주었다. 그러면 그는 고개만 끄덕였고, 마을에 저녁 거미가 내리고 어두워져서야 그 털 없는 원숭이는 울지 않는 염소를 몰고 흡사 이승과 저승을 거리낌 없이 드나드는 저승사자처럼 불현듯 마당 한가운데 모습을 드러냈다. 그리고 시선을 한 바퀴 휙 돌려 고즈넉한 집 안의 동정을 살펴본 뒤, 몸소 옆구리에 끼고 온 삭정이를 부러뜨려 마당 귀퉁이에 모닥불을 피우고, 그 가녘에서 작살을 곤두세운 채 염소와 함께 노루잠으로 밤을 지새웠다. 그가 졸음에 겨워 고개를 끄덕거리고 있더라도 손에 쥔 작살 부리는 전혀 흐트러짐이 없이 밤하늘을 향해 꼿꼿하게 치켜세워져 있었다. 그것은 외삼촌의 줏대나 고집을 지탱해 주고 있거나, 밤하늘이라는 막연한 공간에 어떤 축을 만들어 주는 상징물처럼 보이기도 했다.

그의 노숙을 몰래 관찰하노라면, 깨어 있는 상태와 잠들어 있는 상태 사이를 어느 편에도 치우침이 없이 오락가락하고 있었다. 규칙적으로 끄덕이는 머리, 반쯤 벌어진 입, 그리고 목구멍에서 간간이 흘러나오는 옹알이. 악의를 가지고 보면 반편같이 보여서 웃음거리지만, 다른 시각으로 볼 때 외삼촌 자신의 신체 각 부분은 한없는 자유를 만끽하고 있는 것처럼 보였다.

나도 덩달아 선잠에 시달리다가 새벽녘에야 업어 가도 모를 지경으로 곯아떨어지곤 했기에 외삼촌이 언제쯤 자취를 감춰 버렸는지 알아챌 수 없었다. 그동안 외삼촌이 건넌방이나 안방 쪽으로는 단 한 발도 들여놓지 않았다는 것을 나는 알고 있다. 뿐만 아니라, 모닥불을 피웠던 장소도 흡사 새끼들의 부화를 지켜보는 꼬마물떼새 어미가 둥지를 청소하듯 자신이 머물다 간 흔적을 남기지 않았다. 그것은 외삼촌의 결벽성 때문일 수도 있겠지만, 요지부동으로 그를 경원시하는 아버지에 대한 줏대 있는 응대일 수도 있었다. 나의 공허감을 배려해 주는 두 사람은 천적인 황조롱이와 꼬마물떼새

사이처럼 서로 경원하면서 마주치거나 갈등을 빚을 수 있는
빌미들을 애써 만들려 하지 않았다.

　외삼촌이 자취를 감춰 버린 늦은 아침에 나는 반드시 그가
지어 둔 밥으로 먹었다. 아침밥 역시 외삼촌이 축낸 흔적은
없었다. 자신을 추스르는 섭생에는 전혀 관심을 두지 않으면
서 어떻게 아침밥은 흡사 어머니가 지은 것처럼 정갈하게 빚
어낼 수 있는 것인지 알 수 없었다.

「아지야.」

「왜?」

「아부지 언제 온다 카드노?」

「너그 아부지 내한테 보고하고 댕기지 않는다.」

「양식 떨어지면, 올 기제?」

「양식 떨어지기 전에 온다.」

「그러면 언제 온다는 것도 알고 있네?」

「사오 일 지간에 안 오겠나?」

「아지야는 배추 뿌리 캐 묵고 사나?」

「남의 배추밭은 와 건드리겠노.」

「닭 잡아묵고 사나?」

「동네에서 닭이 없어지면 나를 지목한다는데, 닭 잡아묵다
가 쫓겨날라꼬.」

「염소똥 묵고 사나?」

「염소똥은 맛도 못 봤다.」

사냥터에서 돌아온 아버지의 몸에서는 먼지 냄새나 비린

내가 물씬 풍겼다. 서둘러 사냥총을 벽장 속에 갈무리해 넣은 다음, 손도 씻지 않고 십중팔구 길고 깊은 수면 속으로 빠져 들었다. 방 한가운데 쓰러져 그대로 잠이 들면, 적어도 하루 밤낮 동안은 게걸스러운 잠 속에서 깨어날 줄 몰랐다. 때로 오줌이 마려우면, 어섯눈을 뜬 아버지는 마치 마루 탐험이라도 나선 사람처럼 방과 마루와 벽을 더듬거리며 문밖으로 나가 측간을 다녀와선 또다시 그대로 쓰러져 잠이 들곤 하였으므로 품격 있는 수면이라고는 할 수 없었다.

내가 가장 안절부절못할 때는 바로 그때부터였다. 먹고 마시는 일에서 완벽하게 등을 돌린 그 길고 긴 잠에서 아버지가 영원히 깨어나지 않을 수도 있다는 섬뜩함으로부터 쉽사리 놓여나지 못했고, 설령 그런 불상사가 벌어지지 않는다 할지라도 아버지의 수면이 도대체 언제까지 이어지다가 끝날 것인지 예측할 수 없음이 위협적으로 불안스럽게 했다. 그처럼 아버지는 일반적인 수면 궤도의 단순성에서 완벽하게 일탈해 있었다. 바로 그런 점이 나를 조바심 나게 만들었고, 그래서 잠든 아버지 곁을 좀처럼 떠날 수 없었다.

때때로 호흡의 리듬이 엇갈려 목젖을 삼킬 듯이 껄떡거리며 호들갑스럽게 코를 골아 댈 때, 혹은 가래가 목에 걸려 순탄한 호흡을 가로막고 있을 땐 애간장이 바싹바싹 타 들어가는 듯했다. 화들짝 놀란 내가 자제력을 잃고 아버지의 상반신을 흔들어보기도 했는데, 그때서야 비로소 내 불안감을 대뜸 알아채기라도 한 양 숨소리가 고즈넉해졌다. 그것뿐만이 아니었다. 다시 수면 속으로 하강하고 있는 아버지의 고르디 고른 숨소리가 마주 쏘아 올린 포탄처럼 획일적인 궤적을 되 찾아 가라앉고 사위가 고즈넉해지면, 아버지가 배설한 수면 의 침전물은 어느새 내 허파 속으로 왕성하게 잠식해 들어와, 사뭇 지켜보며 꼿꼿하게 앉아 있어야 한다는 신중함과 조심 스러움의 의지를 꿀꺽 삼켜 버려, 나 역시 그 곁에 쓰러져 잠 속으로 빨려 들고 만다는 것이었다.

아버지는 잠 속에서도 나를 조종하고 있는지 몰랐다. 내가 깨어나는 것은 언제나 아버지의 불호령이 떨어지고 난 뒤였 다. 아버지의 수면을 초계하다가 잠이 들어, 먼저 일어난 아 버지로부터 핀잔을 듣고 잠에서 깨어날 수밖에 없는, 기막히 지만 하소연할 수 없는 불가사의한 반전을 어머니가 떠나간 뒤로 나는 여러 번 겪어야 했다.

「이늠아 보그라. 비위짱을 무시 못하겠네. 토끼가 지 똥 먹 으면서 큰다 카디, 니는 지 애비 낮잠 훔쳐 먹으며 클라 카 나?」

「나도 몰시더.」

「모르다이. 내가 자면 니도 자야 되나?」

「아부지 보다가 그만 자뿌렀니더.」

「그늠 참, 지 애비 발자국 따라서 큰다 카지만, 낮잠 자는 것조차 닮으라 카네.」

아버지가 수렵 솜씨가 뛰어난 유명 포수라는 것을 나는 믿 고 있었다. 그러나 단 한 번도 사냥 길에서 포획한 짐승을 집으로 운반해 온 광경은 목격할 수 없었다. 어머니가 집을 떠나기 전에도 그것을 목격한 적은 없었다. 사냥의 성과가 언제나 보잘것없었던 탓인지, 피를 흘리고 죽은 짐승을 집으로 가져온다는 것이 꺼림칙했던 탓인지 알 수 없었다. 어쨌든 아버지의 수렵 행차는 집을 나설 땐 복장부터 요란했지만, 돌아올 땐 세상이 게워 놓은 온갖 피로감을 혼자서 짊어진 것처럼 탈진으로 지쳐 있었다.

「물 떠 오너라.」

기나긴 수면에서 깨어난 아버지의 입에서 떨어지는 분부는 언제나 한결같았다. 잽싸게 대령한 물그릇을 받아 단숨에 갈증을 달랜 아버지는 방문을 활짝 열어젖히고 고개를 떨군 채 혼탁하고 몽롱한 눈을 치뜨고 먼산바라기를 했다. 그리고 울었다. 아니, 울고 있었다기보다는 오랫동안 눈물을 글썽였다는 것이 정확한 표현이었다. 어머니가 집을 나가 버렸을 때도 볼 수 없었던 그런 처연하고 서러운 모습을 유독 사냥에서 돌아온 이튿날엔 어김없이 보여 주는 것이었다. 태어나서 지금까지 지갑을 본 기억이 없을 정도로 아버지는 내게 감추는 것이 많았다. 그런데 눈물을 글썽이는 모습만은 나에게 노출되어도 전혀 개의치 않았다.

아버지의 그런 모습은 외삼촌이 보여 주는 모습과는 판이했다. 그의 움막 앞에 있는 유수지는 적어도 이 마을에선 외삼촌 혼자만 자맥질할 수 있었다. 물론 그곳은 외삼촌의 사유지도 아니었고, 관리를 도맡은 지킴이도 아니라는 것을 모르는 사람이 없었다. 그런데도 외삼촌이 지키고 있는 유수지와 움막 근처로는 누구도 범접하지 못했다. 그는 유수지의 완고한 군주로 자리를 굳혔다. 해가 뜨기 전부터 웃통을 벗어 던진 외삼촌은 움막 앞에 작살을 치켜들고 눈을 지그시 감고 좌선하듯 앉아 있었다. 주위에 사람이 있든 없든 햇살 아래에서 꿈쩍도 않고 책상다리로 일관하고 있는 괴이한 고집과 구릿빛으로 그을린 피부는 매우 침울하지만 단호한 분위기를 자아냈고, 흔들릴 때마다 햇살을 되받아치는 작살의 예리하고 위협적인 번뜩임도 그가 호락호락한 사람이 아니라는 것을 과시하는 데 충분했다. 그렇지만 멋모르고 유수지 주위로 범접하려는 사람에게 작살을 들고 위협했던 사례는 없었다. 그것은 사람들이 애당초 그 근방에 얼씬거리지 않았기 때문이었다. 그런데 너구리나 반딧불이가 어떻게 해서 지금의 이름으로 불리게 되었는지 따지는 것이 부질없는 것처럼, 외삼촌이 어째서 그곳을 독차지하고 군림하게 되었는지 굳이 따지려 들지 않았다.

「아지야는 여기 지킴이제?」

「지킴이는 무슨 지킴이겠노. 장승맨치로 그냥 하염없이 앉아 있는 거라.」

「여기 와 앉아 있노.」

「여기 앉아 있어도 떠밀어 내는 사람이 없는 거라.」

「여기는 땅 주인이 없나?」

「주인 없는 땅이 어디 있겠노. 하지만 여기를 지내댕기는 생물이라면 흐르는 물하고 부는 바람뿐인 거라. 뒷물에 떠밀려서 밤낮없이 흐르는 물에 임자 있을 텍이 없고, 한시도 제자리에 서 있지 못하고 부지거처로 쫓겨댕기기만 하는 바람에 무슨 임자가 있겠노. 그래서 반편으로 취급받는 내가 부질없이 임자 노릇 하고 있는 거라.」
「아지야가 임자라는 증명서 있나?」
「있었는데 바람에 날아가 뿌렀다.」
마을 사람들은 어느덧 외삼촌이 태어나서부터 지금까지 그곳의 성주라는 것을 은연중 인정해 버렸다. 부당한 일이 코앞에 닥친다 해도 소매를 부르걷고 반격할 수 있는 기백이나 용기를 갖고 있는 사람이란 그다지 흔치 않았다. 있는 그대로 적당히 받아들여 적당히 타협하고 적당히 보아 넘기는 것에 익숙해져 있기 때문이었다. 우리의 분주한 일상사가 그렇게 법석을 떨며 따지고 들 만큼 대단한 일이 아니라고 생각하며, 세상의 분주함에 뒤통수를 얻어맞고 싶어하지 않는 사람들이 시골에선 살고 있었다. 반복되는 생활 궤도의 단순성 때문에 감응 체계가 둔감해져 자신이 사는 세상에 명쾌한 해석력을 발휘하지 못하는 사람들, 그래서 항상 모호한 가치관 속에서 살고 있는 사람들이었다.
그러나 문화적 세련도가 돋보이는 외지인들이 유수지 근처로 접근했을 때는 사정이 달랐다. 상류 쪽 먼 산기슭에서 불어오는 기류가 침하지의 상류 쪽 여울을 스쳐 시원하게 내리쏠리다가 유수지 뒤쪽에 버티고 있는 절벽과 마주쳐 몇 바퀴 회오리치면서 움막 근처로 폐곡선을 그리며 곤두박질 칠 때는 미주알까지 흐느낄 정도로 몸서리치게 시원해진다. 그래서 폭염을 피해 강가를 찾아온 외지인들은 미상불 걸출한 풍광을 가진 외삼촌의 움막 근처를 야영할 최적의 장소로 선택하게 되어 있었다. 그런데 그 장소의 중심축에 한 젊은이가 작살을 곤두세우고 미동도 없이 앉아 있는 것이었다.

반두나 투망 따위를 챙겨 든 한 패거리의 야영객들이 도착해서 떠들어 대며 난잡하게 북새통을 이루는데도 외삼촌은 눈길 한 번 주는 법 없이 완고하게 앉아 있었다. 그들의 호기심을 자극하는 것은 바로 그런 외삼촌의 철저한 무관심에서 발단되곤 하였다. 그 단호한 무관심은 그들에게 시각적 충격으로 받아들여져, 가능하면 주위의 산만한 풍경에 관대하고 싶은 그들을 울화가 치밀게 만들었다.

「저 자식, 뭐 하는 놈이야?」

그것은 옳은 말이었다. 항상 무엇을 해야 한다는 강박감에 빠져 있거나 끊임없이 일하는 것에서 살아 있는 것을 확인하는 도회지 사람들에겐 도대체 이 괴이한 외삼촌이란 존재가 무엇을 하며 살고 있는 사람인지 궁금할 수밖에 없었다. 그래서 경멸의 말이 튀어나올 수밖에 없었다.

「맛이 살짝 간 이 동네 놈 아냐, 저거?」

「부처님 가운데 토막처럼 아까부터 꼼짝달싹도 않네. 그런데 절간도 없이 저 혼자 앉아 있는 부처님은 또 뭐야?」

대체로 그런 비아냥거리는 투의 대화가 노골적으로 오가

면서 야영꾼들의 소란은 잠시 소강 상태를 이룬다. 그때부터
부산스럽게 진행되던 천렵 준비도 흐지부지되고 힐끗힐끗
외삼촌의 외양을 관찰하기 시작한다. 아무래도 그의 존재가
꺼림칙했던 것이다. 그러나 개중에는 애써 부추기지 않아도
그런 허드렛일을 자진하여 화끈하게 해결하려 드는 야만적
취향의 사내가 끼여 있기 마련이었다. 그런 사내들이란, 사소
한 일로 으르딱딱거리고 조롱하고 시시덕거리고 변덕스럽고
입을 함부로 놀리는 일엔 이골 난 사람들이다. 드디어 이글
거리는 눈에 단정치 못한 머리를 한 사내가 제법 살기를 띠
고 외삼촌에게 다가서면서 한마디 거들게 된다.
　「형씨, 지금 좌선하고 있는 거요?」
　초점이 명확하지 않은 비아냥거림이었지만, 완력으로 나온
다면 대충 상대가 되어 줄 수 있는 보잘것없는 경력의 소유
자라는 태도가 섞여 있는 뻐딱한 말투였다. 시비곡절을 따져
봐야 되겠다고 다가서는 대개의 협잡꾼들이나 건달들은 몸
무게의 중심이 왼쪽이나 오른쪽으로 과장되게 치우쳐 있기
마련이었다. 몸의 중심축을 정중앙에다 견고하게 박아 두지
않는 것은 공격과 방어의 원활한 교체가 수월하고 따라서 급
작스러운 상황 변화에 순발력을 발휘할 수 있기 때문이다.
시각적으로 도발을 유도하고 있는 그런 자세에 그러나 외삼
촌은 미욱하게 말려들지 않았다. 대꾸는 않고 모래를 털며
일어서는 외삼촌이 보여 주는 몸의 중심축은 턱 끝과 배꼽이
깎아 세운 듯 일직선이라는 것을 금방 알아챌 수 있을 만큼

꼿꼿한 부동의 자세였다. 공격과 방어의 순발력 있는 교체를 예측하는 자세로선 약점이 있었지만, 완고함으로써 섣불리 범접할 작자가 못 된다는 인상을 안기기에는 매우 적절한 자세였다. 폭발적인 가격이 난무한다 하더라도 꿈쩍하지 않겠다는 의지와 배짱이 외삼촌의 쪽 곧은 자세에서 충분히 감지되었다.

그러나 한 가지 해석 불가능한 것이 있었다. 외삼촌의 감긴 눈이 그랬다. 그런 태도는 경멸의 뜻이 담겨 있어서 상대로 하여금 과격한 반응을 불러일으킬 위험천만한 자세였다. 부릅뜬 눈은 한순간이라도 놓칠세라 상대의 양미간에 꽂혀 있어야 함에도 불구하고 처음부터 그렇게 감겨 있었다. 그러나 시시비비를 가려야겠다는 사내에겐 그것이 위협의 암시로 인식되는 것 같았다. 감았던 눈을 어느 순간 번쩍 떴을 때, 통제 불가능한 사태가 벌어질 것이란 것을 예고하는 것처럼 보였다. 눈을 뜨는 것보다 감고 있는 것이 상대방의 내심을 보다 정교하게 읽어 내는 투시력을 획득할 수 있고, 상대방에게 명백한 경멸의 뜻으로 작용한다는 것도 눈치 챌 만하였다. 그것을, 녹록히 볼 사람으로 치부하거나 대결을 단념하는 뜻으로 보아서도 안 되었다.

「이봐, 당신 지금 자고 있는 거야? 사람 무시하겠다는 거야?」

「……」

「나도 세상 풍진 많이 겪고 산다는 놈이야. 그런데 이런 꼴은 대가리에 털 난 이후로 금시초문이네, 이거?」

「……」

「상대할 잡이가 못 된다, 이거야?」

　눈을 감고 있는 외삼촌의 표정에서 두려움은 찾아볼 수 없었다. 두려움을 모르는 표정이 오히려 패거리들을 두려움에 빠뜨린다는 것을 외삼촌은 몇 차례의 경험으로 이미 터득하고 있었다. 소란 속에서는 치밀하게 들여다보아야 할 무엇이 없다는 것을 외삼촌은 알고 있는 것이었다. 얼차려를 시키고 단숨에 기선을 제압하겠다고 주접떨던 사내의 배포는 주눅이 들고, 처음의 기백은 불에 단 석쇠에 뱉은 침처럼 금방 사그라진다. 신념을 갖고 주장하거나 행동해 왔던 것이 갑자기 의심스럽고 모호해지는 경우가 바로 그런 경우였다. 건달의 입가에는 정체가 미심쩍은 미소가 떠오른다. 두 눈을 이쪽저쪽으로 휘둥글리고 양 볼을 실룩거리면서 사내는 매우 흥미롭지만 굴욕적인 제안을 한다.

「여기서 투망질을 해도 괜찮을까요?」

　이 질문은 패거리들이 순식간에 외삼촌이란 존재의 엄숙함을 인정하는 계기가 되면서, 관심의 초점은 작살로 옮겨진다.

「이거 작살 아닙니까?」

「……」

「우리 모두 다섯 사람인데요. 저녁 찌갯거리 될 만치 잡아 줄 수 있겠습니까?」

「난 고기 잡을 줄 모릅니더.」

「그럼 작살은 왜 갖고 다니시오?」

「강가에 살고 있는 사람이니까, 구색으로 들고 다닙니더.」

외삼촌의 본색을 정탐하기 위해 대꾸를 유도하지만, 대개의 경우 실패로 끝나고 만다. 외삼촌은 좀처럼 입을 열지 않았고 이곳의 지킴이라는 것을 내비치지도 않았다. 그러나 왠지 종잡을 순 없지만, 억누르듯 관대하지 못한 분위기를 알아차린 패거리들은 주섬주섬 도구들을 챙겨 자리를 뜨게 된다. 외삼촌이 움막을 지키고 있음으로 해서 갖가지 사건들이 일어나긴 하였지만, 그가 보여 주는 태도는 한결같이 오만하면서도 진지했다. 그러나 일촉즉발의 위기까지 갔다 하더라도 폭력을 행사하는 불상사는 전혀 일어나지 않았다.

「아지야, 그 사람들 안 훌베 뿌고(때려 버리고) 와 가만 서 있었노?」

「일 대 오인데, 싸움 나면 좋은 꼴 벌어지겠나?」

「한 사람만 코피 터자 뿌지, 왜 가만뒀노?」

「코피 터주면, 일만 복잡해지는 거라.」

「그 사람이 째려 볼 직에 째려 뿌면 아지야가 대번 이길 긴데…….」

「한참 째려 보는 눈을 때리면 찢어지는 거라.」

「때리면 우짤라꼬 눈 감고 있었노?」

「눈 감고 있어도 보일 거는 다 보이는 거라. 바람도 보이는데 내가 와 사람을 못 보겠노?」

「거짓말하지 말그라.」

「새를 산 채로 잡을라면 움켜쥐기보다는 쓰다듬듯이 쥐어
야 하는 거라.」

그때 외삼촌은 움막 뒤편에 박아 둔 말뚝 주위에 무릎 꿇
고 앉아 졸고 있는 염소를 가리켰다. 염소는 외삼촌과 침식
을 같이하는 유일한 식솔이었다. 항상 그의 곁에 있지만, 낯
선 사람이 나타나면 당장 시무룩해져서 은신하기를 일삼는
그 염소는, 일테면 발성 장애를 심각하게 겪고 있었다. 나는
단 한 번도 그 염소가 목청을 뽑아 우는 소리를 듣지 못했다.
우는 것을 스스로 포기한 것인지 울음소리를 내지 못하도록
조처한 것인지 알 수 없었다. 그러나 하루 종일 뙤약볕 아래
에서 정물화처럼 그려져서 꼬박꼬박 졸고 있는 모습만은 그
제나 지금이나 마찬가지였다. 강가에 거처를 두었고 온종일
졸고 있는 듯한 모습을 보여 주는 것은 외삼촌의 일상과 일
치하지만, 둘 사이가 매우 돈독한 정리를 가졌다고는 볼 수
없었다. 외삼촌의 소유이기 때문에 한 식구인 것만은 틀림없
었으나 서로 애틋한 관심을 갖고 있다는 징표도 발견할 수
없었고, 틈새로나마 서로 의지하고 있다는 징조도 보이지 않
았다. 새벽마다 꼴을 뜯어 던져 줄 때 서로 힐끗 일별을 나누
면, 두 번 다시 시선이 마주치는 경우가 거의 없었다.

염소가 외삼촌의 식솔이 된 것은 어머니가 가출하기 전부
터였다. 읍내에서 우승자에게 송아지를 시상하는 씨름판이
벌어졌었고, 그때 준우승한 외삼촌이 당연히 염소를 차지한
것이었다. 외삼촌은 이른바 들배지기의 명수였다. 괴춤을 단

단히 조여 잡고 상대를 무릎 위까지 들어 올려 배지기 기술로 연결시키면서 땅바닥에다 냅다 꼬라박는 허리 기술로 외삼촌을 능가할 만한 씨름꾼은 없었다는 소문이 있었다. 그런 기량의 소유자이면서 건달들에 대한 대처에는 공격적이지 못한 외삼촌을 이해하기 힘들었다.

그의 침묵과 꼿꼿한 부동의 자세에 불만이던 내가 투정을 부려도 아무 반응이 없었다. 그러나 외삼촌이 하릴없이 그 유수지를 차지하고 있는 것은 아니었다. 그는 자맥질의 명수였다. 수경이나 물갈퀴 같은 보조 도구도 없이 작살을 들고 물속으로 들어가면, 적어도 5분 가까이 수면으로 떠오르지 않고 유수지 밑바닥을 샅샅이 뒤지고 다닐 수 있을 만큼 특이한 잠수 능력을 보유하고 있었다.

일테면 30여 미터가 넘는 넓은 강폭인데도 배를 강 밑바닥에 바싹 붙인 잠수 헤엄으로만 거뜬하게 건너다녔다. 모래톱에 앉아 있어도 그가 좀처럼 물 위로 떠오르지 않고 강물 속에 돌출되어 있는 작은 바위 밑구멍을 샅샅이 뒤지고 다니는 모습을 볼 수 있었다. 때마침 절벽 위를 걸어가던 사람이 그가 헤엄치고 있는 모습을 발견할 수 있다면, 흡사 무두질하던 광목 폭이 물결을 타고 흐느적거리는 듯한 착각을 불러일으킬 만큼 유연하고 자연스러운 잠수 기술에 놀란다. 외삼촌이 머릿속에 넣고 있는 유수지의 완벽한 수중 지도는 그렇게 그려졌다. 물속 경계는 제아무리 변화무쌍하더라도 하루에도 너덧 번씩 이루어지는 그의 잠수 여행으로 말미암아 속속들이 탐지되고 말았다.

예를 들어, 지난번 홍수 때 우연히 유수지로 거처를 옮기게 된 쏘가리는 어느 바위 밑을 은신처로 정하고 있으며, 그 쏘가리가 하루에 몇 번쯤 은신처를 떠나 어느 정도의 거리까지 배회하다가 되돌아오는가, 작은 절벽 아래로 떨어지는 폭포 아래쪽 바위 밑에 거처를 정하고 있는 대형 메기는 어느 곳에 산란하기를 즐기며 그 식구들의 행동반경은 어디쯤이고 어떤 장소로 이동했다가 언제쯤 돌아오는지, 물고기들의 궤적을 사진처럼 꿰고 있었다.

그처럼 유수지 속의 모든 변화와 지리를 누구보다 속속들이 꿰고 있다는 사실이, 바로 외삼촌이 그곳의 지킴이란 것을 마을 사람들이 용납하고 있는 근거인지 몰랐다. 나는 외삼촌이 어떻게 그토록 오랫동안 잠수할 수 있는 능력을 갖게 된 것인지 까닭을 알 수 없었다. 다만 내 상상력의 테두리 안에 있는 시간의 극한까지 기다려도 물 위로 모습을 드러내지 않는 외삼촌을 조바심치며 기다리는 것이 고작이었다. 그가 물 속에서 무엇을 하고 있는지 궁금하지 않은 것은 아니었다. 그러나 그런 상념이 나를 붙잡아두기도 전에, 수면으로 떠올라야 한다는 기대와 조바심이 순식간에 그 호기심을 게걸스럽게 삼켜 버렸다.

「아지야는 물속에 오래 있으면 안 무섭나?」

「안 무섭다.」

「물속에는 물귀신도 살고 있을 긴데.」

「물귀신을 자주 만나기는 하지만, 지는 지대로 가고 나는
나대로 간다.」
「그런 거짓말 하면, 내가 꼴딱 속을까 봐. 어른이 아이들보
고 거짓말하면 죄받는다 카드라.」
「아이들이 어른보고 거짓말하면 불알 깐다 카드라.」
「내가 언제 거짓말했노.」
「물귀신 없다는 걸 빤히 알면서 나를 떠본 거는 거짓말 아
이가?」
「혹시 있을지도 모르잖나.」
「그럴지도 모르제. 삼 년 전에 여기 빠져 죽은 샛골댁 귀신
이 내 발목을 잡고 늘어질 수도 있겠제. 그 여자는 넓은 세
상천지 다 놔두고 하필이면 여기서 빠져 죽었을까?」

3년 전 겨울, 벼랑 위의 눈길을 걷다가 실족해서 유수지로
떨어져 목숨을 잃은 샛골댁을 이르는 것이었다. 그 여자도
지금의 외삼촌과 엇비슷한 나이였었다.

「새파랗게 젊은 나이에 죽었으니까 할망구 귀신은 안 됐을
거고, 고래가 안 됐으면 여시 귀신이 돼서 이 산 저 산 헤
매면서 너구리굴이나 넘보고 다닐지도 모르제.」

외삼촌은 돌고래라는 짐승을 꿈꾸고 있는지 몰랐다. 돌고
래처럼 오랫동안 수중 풍경 속으로 자맥질하여도 견뎌 낼 수
있는 튼튼하게 조합된 허파를 가지고 싶은 것인지 몰랐다.
외견상으로 그는 돌고래라는 짐승이 가진 조건들을 얼추 갖
추고 있는 편이었다. 언제나 거무튀튀하게 그을리고 윤기 있

는 피부를 유지하는 단련된 몸매와, 몸 전체를 생긴 그대로 내던져 풍덩 자맥질하는 그 순간부터 양쪽 팔은 옆구리에 바싹 붙인 채 두 다리의 절제된 움직임만으로 수중 탐사를 즐길 수 있는 기이하고 탁월한 기량과, 한 호흡만으로도 허파에다 많은 산소를 저장할 수 있는 강건한 폐활량이 또한 그랬다. 그리고 물 위로 머리를 솟구치는 즉시 한입 가득 고여 있던 물을 부러진 이빨 사이로 찍 뿜어내는 모습도 고래와 흡사했다.

그 민물고래가 내뿜은 물보라는 저쪽 수면 위로 긴 포물선을 그리며 자지러지게 떨어졌고, 어떤 때는 그 포물선을 따라 무지개가 그려졌다가 사라지기도 하였다. 그런 광경은 입속으로 불을 들이마셨다가 밖으로 뿜어내는 마술 이상의 짜릿한 주술적 신비를 만끽하게 해주었다. 그러나 마을 사람들을 포함한 외지의 불량배들조차 범접할 수 없는 그 유수지의 고기들을 외삼촌이 작살로 잡고 있는 것인지, 잡고 있다면 그 고기들을 어떻게 처리하고 있는 것인지는 전혀 알지 못했다. 그것을 조리해서 끼니를 대신하지 않는다는 것은 그 움막 안에 음식을 조리할 수 있는 집기라고는 눈을 씻고 봐도 찾아볼 수 없다는 사실로도 짐작할 만했다.

비밀을 알아내자면, 외삼촌과 밤 시간을 같이 가질 수 있을 때 가능한 것이었다. 그러나 어두워지면 반드시 아버지의 거처로 돌아가야 했다. 낮에는 외삼촌 곁에 있다가 밤이 되면 아버지가 다시 바통을 이어받는 양육 궤도에서 벗어날 수 없는 한 그 비밀을 알아내기란 손쉽지 않을 것 같았다.

마을 사람들이 줄곧 유수지의 너구리로 부르는 외삼촌은, 집을 떠나간 어머니와 혈육은 아니었다. 혈통이 닿아 있으려면 외할머니가 낳은 남매여야 할 것이지만, 그렇지 않았다. 어머니를 낳은 외할머니는 땡볕이 내리쬐던 어느 무더운 여름날, 사래 긴 콩밭 고랑에서 김을 매다 말고 느닷없이 피를 토하고 쓰러져 눈자위를 허옇게 뜬 채 돌아가셨다. 눈자위를 허옇게 치뜨고 돌아가셨다는 소문은 억울하거나 아쉬움을 남기는 죽음일수록 윤색하기 좋아하는 시골 사람들의 과장법 때문인지 몰랐다.

외할머니가 돌아가신 뒤 1년도 지나지 않아 외할아버지는 나이 터울이 긴 떠돌이 여자를 재취로 삼았다. 외할아버지의 처연함이 보기 민망해서 어머니가 외지에 수소문해서 가까스로 데려온 여자란 말도 있었다. 아니면, 버스 정류소에서 배회하며 꼬깃꼬깃 접어 둔 푼돈을 꺼내 떡을 사먹고 있는 수척한 여자를 외할아버지가 손수 꼬드겨 데려왔다는 소문도 있었다. 그때 재취로 삼았던 외할머니의 손에 잡혀 있었던 것은, 너무나 오랫동안 끌어안고 다닌 나머지 본래의 부피보다 훨씬 작아진 보퉁이 하나와 나이가 열대여섯으로 보이는 남루한 옷차림의 달구라는 소년이었다. 외할아버지로선 얼떨결에 의붓자식 하나를 덤으로 얻은 셈이었다.

달구는 언제나 겁먹은 얼굴을 하고 있었고, 어쩌다 웃고 있을 때도 너무나 어눌해서 얼굴에서 송진같이 진한 슬픔의

색소가 묻어나는 듯했다. 측은하게 여긴 사람들이 조심스럽게 다가와 말을 건네 보아도 대꾸가 없었다. 햇살이 드는 담벼락 아래 오도카니 앉아 골목길을 지나다니는 사람들을 빤히 바라보는 것으로 하루를 보냈다. 그러나 밥을 먹는 모습은 그토록 게걸스러울 수 없었다. 끼니때마다 남의 밥그릇을 넘보며 껄떡거려서, 어느 날 느닷없이 나로부터 외할머니로 불리게 된 어머니의 속을 썩였다. 그리고 하루 종일 집 근처를 떠나지 않고 빈둥거렸다. 애간장을 태우다 못한 외할머니가 읍내에 있는 가게에서 허드렛일을 거드는 점원 자리라도 얻어 주려고 동분서주했던 적도 있었으나, 그런 아이들이란 십중팔구 손버릇이 나쁘다는 선입감 때문에 들이기를 꺼려하였다.

그는 하는 일 없이 밥만 죽이는 밥통으로 전락하고 말았다. 재취로 들어온 외할머니가 그나마 생존해 있었던 동안은, 아버지와 외삼촌의 관계가 서먹서먹한 가운데서나마 처남과 매부의 관계로 어렵사리 이어져서 겉으로 불거진 반목이나 갈등을 발견할 수 없었다. 그러다가 외할아버지의 죽음과 몇 년의 간격을 두지 않고, 외할머니도 뒤따라 돌아가셨다. 외할머니가 돌아가시기를 노려보고 있었던 것처럼, 살던 집을 잽싸게 팔아 치운 아버지가 40리 길을 전광석화같이 달려가 처갓집을 통째로 차지하고부터 달구라는 외삼촌은 집에서 자취를 감추는 날이 많아졌다. 어머니는 무던하게 여겼으나 아버지가 그를 경계하기 시작했기 때문이었다.

　그런데 어머니가 집을 떠난 한 달 뒤의 늦은 봄, 외삼촌이 유수지 부근에 움막을 짓고 거처하고 있다는 소문이 마을에 퍼졌다. 그 움막에 내가 드나들기 시작한 것이었다. 아버지와 외삼촌 사이가 그처럼 소원하게 되었는데도 확연하게 드러나는 반목은 또한 없었다. 아버지는 외삼촌 얘기만 거론되었다 하면, 당장 후레자식으로 폄하고 헐뜯는 일에 열중해 있었고, 입으로 헐뜯는 일이 고갈되면 여울로 들어선 당나귀처럼 바락바락 날뛰기도 하였다. 그러나 외삼촌은 아무리 애꿎은 얘기를 들어도 전혀 대응하지 않았다. 아버지에게는 그가 멀리 떠나지 않고 마을 근처를 맴돌고 있다는 것이 목에 걸린 가시처럼 성가신 것이었다. 그런데 아버지는 목에 걸린 가시도 쓸모가 있다는 것을 발견하고 말았다. 그것이 바로 아버지가 사냥을 나서야 할 때였다.

　집은 비워 둔다 하더라도, 가재도구라면 삼층장과 문갑이며 갑게수리와 사방탁자까지 사그리 팔아 치우고 없는 휑뎅그렁한 집의 기둥뿌리까지 뽑아서 달아날 도둑이야 들진 않겠지만, 애물단지는 아버지의 유일한 피붙이인 나였다. 그동안 나를 돌볼 수 있는 마땅한 대상을 물색할 수 없었다. 다행스럽게도 외삼촌과 나 사이가 돈독하다는 것을 발견한 것이었다. 수렵을 떠나기 전 굳이 외삼촌을 불러 당부하지 않더라도 바람처럼 찾아와 내 끼니와 잠자리를 돌봐 주고 바람처럼 사라진다는 사실을 아버지는 동년배들의 귀띔으로 알게 되었고, 그래서 평소에 외삼촌과의 교유를 어쩔 수 없이 용납하고 있는 것이었다. 자식들에게 음식을 흘리지 말라고 두 눈을 부라리고 닦달하는 아버지의 탁자 아래가 가장 지저분한 것과 마찬가지였다.

외삼촌의 행동에서 묻어나는 의문은 그뿐 아니었다. 아버지가 집을 비웠을 적에 그는 내가 잠들려는 시각에 어김없이 찾아와 아침 끼니를 마련해 놓고 떠나곤 하였다. 우리 집 앞에는 아버지가 알뜰하게 가꾸고 있는 텃밭이 있었고, 반찬으로 만들 만한 채소가 많았다. 그런데 밥상에 올라 있는 반찬들 중에는 그 텃밭에서 구할 수 없는 육류나 생선 따위로 정갈하고 맛깔스럽게 조리된 것들이 있었다. 하지만 나는 외삼촌이 그 찬거리들을 도대체 어디서 마련해 오는 것인지 알 수 없었다.

외삼촌이 집도 없이 그리고 곡기를 입에 대지 않아도 살아남을 수 있다는 것이 기이했는데, 아버지 역시 마찬가지였다. 아버지라는 존재가 옹색할망정 어머니 없이도 살 수 있다는 것이 참으로 기이했다. 이런 기이한 두 삶이 서로 경원하고 반목하고 있는 것이 분명한데도 서로 멱살잡이하고 치고 받는 몸싸움은 한 번도 벌이지 않았다는 것 역시 기이했다. 거처를 달리하고 있다 할지라도 같은 마을에 살고 있으면서 단 한 번도 서로 마주친 적이 없었다는 것 역시 기이했다. 그런데 나는 내가 느끼고 있는 의구심들을 착실하게 한 가지씩 풀어낼 수 있는 여건 속에 살지 않았다.

두 사람이 가지고 있는 공통점은, 나에게 무한한 애정을 가

지고 있으면서도 그들 자신이 경험하고 있는 참담한 현실, 일
테면 증오, 혐오, 두려움, 배척 따위가 연상될 듯한 현실 속
으로 내가 접근할 조짐이 보이면 매우 단호하게 나를 가로막
는다는 점이었다. 나를 중심으로 벌어지는 두 사람 사이의
눈에 보이지 않는 각축이 치열했지만, 그런 현실을 내가 깨닫
게 되는 것은 두려워했다.

　다만 두 사람은 나로 하여금 아침이면 외삼촌을 보고 싶게
만들었고, 해 질 무렵이면 아버지를 그리워하게끔 조종했다.
그래서 나는 어느덧 낮과 밤의 길이가 같다는 생각을 갖게 되
었다. 춘분이 되면 낮과 밤의 길이가 같아지고, 동지가 되면
밤의 길이가 길어진다는 계절에 대한 인식이 없었다. 똑같은
무게가 실려 있는 계측기같이 어느 쪽에도 치우치는 법이 없
었다. 그러나 그 그리움의 중심이 외삼촌 쪽으로 기울기 시작
한 것은, 얼레지꽃이 필 무렵인 이듬해 봄부터였다.

　마작에 몰두해 있던 아버지가 나를 자상하게 챙기는 일에
소홀해진 그때 공교롭게도 외삼촌은 유수지 위쪽에 둥지를
틀기 시작한 물까마귀 한 쌍을 발견한 것이었다. 겨우내 얼
어붙었던 계곡물이 녹으면서 얼레지꽃이 막 피기 시작할 무
렵, 낙하하는 작은 폭포 뒤쪽 후미진 바위틈에 물까마귀 한
쌍이 부지런히 들락거리는 모습이 외삼촌에게 발견된 것이
었다. 폭포라고 말하기엔 합당치 않았다. 오래전부터 있던
다리가 범람한 홍수로 무너지면서 그 아래 띄엄띄엄 배치된
배수관도 흘러온 토사로 막혀 버렸다. 배수관을 통해 하류로

흘러가던 물이 그때부터 배수관 위로 흐르게 됨으로써 만들어진 폭포였다. 폭포 아래의 웅덩이에는 옆새우와 피라미 새끼들이 무리 지어 살고 있었다. 물까마귀 한 쌍이 그 폭포를 중심으로 배회하고 있다는 것을 발견한 그날부터 외삼촌과 나는 근처에서 매복하는 일로 낮 시간을 보내기 시작했다. 그러나 우리들의 매복을 예민한 새들은 대뜸 알아채 버렸다. 그래서 구체적인 행동은 삼가고 근처를 배회하기만 하였다.

「아지야, 저 새들이 금방 딴 데로 날아갈 기다.」

「그런 일은 없을 거다.」

「우리가 있다는 걸 벌써 알아채 뿌렀는데 날아갈 기다.」

「그런 변덕을 부리면 내 손가락에 장을 지져라.」

「새들도 변덕을 부리잖나?」

「둥지를 지을 곳은 여기뿐인 거라.」

「아지야가 그걸 어떻게 아노?」

「다른 건 모르지만 그건 안다.」

마을 사람들은 외삼촌을 딱지가 덜떨어진 젊은이로 보았다. 그중에서도 아버지는 그를 젊은 혈기를 올곧게 쓰지 못하는 얼치기로 보았다. 나 역시 외삼촌이 내 질문에 자신 있게 대꾸해 주었던 것은 아마도 처음인 것 같았다. 지난여름 소낙비가 지악스럽게 쏟아지고 구름 위로 종종걸음으로 굴러가는 천둥 소리가 지축을 뒤집어 놓을 듯 요란했을 때, 우리는 마침 움막 앞에 나란히 앉아 있었다. 두려움 때문에 잔뜩 웅크리고 앉았던 내가 물었다.

「아지야, 번개가 먼저 눈에 보이고 천둥 소리는 나중 들래
는 것은 와 그렇노?」
「눈이 귀보다 앞쪽에 있으니까 그렇지.」
「그러면 귀는 코보다 뒤에 있는데, 어째서 방구 뀌는 소리
가 먼저 들래고 냄새는 나중에 나노?」
한동안 침묵을 지키던 외삼촌이 말했다.
「니 또 내한테 땡깡 부릴래?」
그러나 이번의 물까마귀 둥지에 대해서만은 자신 있게 대
답했다. 거기엔 그럴싸한 까닭이 있었다. 그것은 바로 폭포
아래에 배치된 물웅덩이 때문이었다. 물까마귀들은 일급수
에만 살고 있는 날조개의 유충이나 피라미 새끼와 옆새우들
을 먹이로 즐겼다. 근처에서는 그런 먹을거리들이 군집으로
서식하고 있는 웅덩이를 찾아내기란 쉽지 않았다. 부화시킨
새끼들에게 손쉽게 먹이를 물어 나르자면, 그보다 좋은 조건
의 환경을 찾기 어렵다는 것을 물까마귀들은 본능적으로 알
고 있었다. 때문에 위험 부담이 있더라도 폭포 아래의 처소
를 손쉽게 단념하지 않으리라는 짐작이 가능했다. 새들이 폭
포를 뚫고 배수관 안쪽에 둥지를 튼다면 천적으로부터 완벽
하게 위장될 수 있었다. 열쇠는 새들이 안심하고 폭포 안쪽
에 둥지를 만들 때까지 우리가 얼마나 끈질기게 오래 참고
기다릴 수 있느냐에 달려 있었다. 그러나 물까마귀는 둥지를
틀려 할 때 종달새 이상으로 사람을 비롯한 천적들에게 예민
한 경계심을 갖고 있었다.

그런데도 외삼촌은 종달새의 둥지를 탐지할 때처럼 근처에 잠복하면서 우리들을 정물화시키는 방법을 선택하지 않았다. 새들이 둥지 틀 장소를 이미 알고 있었기에 그들의 행동을 놓치지 않고 관찰할 필요는 없었다. 다만 외삼촌은 좀더 빈번하게 자맥질해서 오래전부터 이 유수지에 살고 있는 동물처럼 보이려 애썼다. 그리고 까치걸음으로 유수지와 움막만을 오가며 폭포 근처의 상황에 대해선 전혀 관심을 두지 않는 척하였다. 그러는 동안 닷새가 흘렀다. 새들이 그 자리를 단념하지 않을 것이란 외삼촌의 짐작은 적중했다. 그사이 새들 역시 폭포 근처를 떠나지 않고 우리들의 일거수일투족을 예민하게 관찰한 것 같았다. 그리고 그 닷새 뒤부터 둥지를 짓기 시작하는 새들을 발견했다.

하지만 외삼촌의 예측이 모두 적중한 것은 아니었다. 그가 지목했던 폭포 속의 배수관은 아니었기 때문이었다. 넉살 좋게도 우리들의 눈에도 얼른 띄는 절벽 아래의 평범한 바위틈이었다. 새들의 집 짓기는 그처럼 매우 공개적이었다. 쉴 새 없이 재잘거리며 천적들의 시선 따위는 아랑곳하지 않았다. 그러나 그들의 움직임은 간결하지 못하고 산만했다. 개운치 못한 기색이 그 산만한 움직임에서 확연하게 짚여 왔다. 절벽 아래의 작정한 장소에 둥지를 짓다 말고 또 다른 장소를 물색하는 변덕을 보였다. 아니나 다를까, 근처에 또 다른 둥지를 틀기 시작한 것이었다. 그런 행동은 천적을 예민하게 경계하는 새라는 외삼촌의 지적과는 거리가 있었다. 그러나 외삼촌은 자신감에 넘쳐 말했다.

「속임수다.」

「뭐가 속임수고?」

「변덕을 부리는 게 아이고 속임수란 말이다.」

「딴 데로 갈 긴데?」

「딴 곳으로 안 갈라꼬 속임수를 쓰는 거라.」

「속임수라는 게 뭐꼬?」

「우리 눈을 딴 데로 유인한다는 거다.」

「왜 유인하노?」

「저들도 살아남아야 하는 거라. 살아남자면 우리들 눈을
속이고 둥지를 지어야 할 거 아이겠나.」

「그러면 알고도 모른 척해야 되나?」

「물론이지. 시치미를 딱 떼고 있어야 하는 거라.」

2

아버지의 수렵 출장으로 홀로 남게 되는 나와 집을 지켜
주는 유일한 사람이 너구리인데도, 아버지는 그가 유수지 근
처에 움막을 짓고 거처하고 있다는 사실을 눈엣가시처럼 못
마땅하게 여겼다. 기회 있을 때마다 그 움막이 불법이란 것
을 일깨워 주고 외삼촌을 궁지로 몰아넣으려 하는데도 마을
의 어느 누구도 그 말을 귀담아들으려 하지 않았다. 뿐만 아
니라, 유수지에서 투망질을 하거나 그물을 치는 것도 얼토당
토않은 소행이란 것을 일관되게 숙지시키곤 하였지만, 막역
하게 지내는 마작꾼들 사이에서도 시큰둥한 반응이긴 마찬
가지였다.

아버지로선 그 움막만 헐어 버린다면 눈엣가시같이 성가
신 외삼촌의 존재도 속 시원하게 사라져 버릴 것이란 계산이
었다. 그러나 아버지의 속셈이 마을 사람들을 설득시키기엔

역부족인 것 같았다. 어느 누구도 냉큼 동조하는 사람이 없었다. 사람들은 아버지란 사람이 존재하기 훨씬 전부터 외삼촌의 움막이 있었던 것처럼 은연중 착각하고 있었고, 그 착각을 무너뜨린다는 것이 손쉬운 일은 아닌 것 같았다. 아버지의 가시 돋친 험담에 부대끼게 되면, 사람들은 마뜩찮은 눈길을 보내며 말했다.

「비싼 노임 들여서 움막을 부숴 버릴 것도 없지. 모가지에 엽총 들이대고 협박하면, 엇 뜨거라 싶어 줄행랑을 놓을 것 아인가. 협박이 안 먹혀 들면 멧돼지 골통도 관통시키는 엽총이겠다, 다짜고짜 쾅 쏴버려. 엽총은 뒀다 얻다 쓰나.」

「아니, 나보고 짐승 잡는 총으로 사람 잡으란 이바구여, 시방?」

「날아가는 기러기 골통도 맞힌다고 장담이 늘어진 명포수가 가만 서 있는 사람 대갈통도 못 날려 버린단 말이가? 딱따구리라는 날짐승은 없던 구녕도 뚫는다는데, 기왕 뚫어 놓은 총구녕에 장전도 못하겠다는 포수도 있나?」

「남의 허파 뒤집어 놓자는 이바구여? 내가 짐승 잡는 포수지, 사람 못 잡아서 환장한 포수는 아니란 말이여.」

「사람 잡는 포수가 아이라면? 와 달구는 못 잡아먹어서 애간장을 끓이나?」

「그놈을 쫓아내자는 말이지, 잡아먹자는 것이 아인 기라.」

「강가 호젓한 곳에서 혼자 살고 있다면 쫓아낸 거나 마찬가진데, 무슨 역하심정이 있어 또 몰아내겠다는 거여?」

「내 속내를 몰라서 하는 소리여. 날 못 잡아먹어서 환장한 놈은 그놈이여.」
「두 사람 사이가 앙숙이란 것은 온 동네가 다 알고 있는 사실이긴 하지. 그러나 앙숙이 될 수밖에 없었던 시단은 누가 만들었나?」
「우리 집 내막을 자네가 모를 리 없는데 그런 억지를 부리면 쓰나.」
「내가 임자네 집안일에 시시콜콜 아는 게 없네. 임자가 달구를 놓고 먹는 하찮은 사람으로 배척하고 있지만, 알고 보면 달구는 그 나름대로 지 값어치를 하면서 살고 있다고 봐야지. 왜 못 잡아먹어서 속을 썩이나.」
「복장 지르고 들 거여, 시방?」
「눈만 떴다 하면 험담이니까 나도 동정적으로다가 해주는 소리여. 사람으로 보지 말고 너구리로 보고 쏴버리면 되잖여.」
「그놈이 어째서 너구리여, 빈대 같은 놈이지.」
「내로라하는 엽총으로 빈대를 쏘겠다는 포수도 있구먼.」
「말이 그렇단 이바구지 내가 언제 빈대 쏘겠다 하였나.」
「좌우단간에 못 쏘겠으면, 더 이상 왈가왈부하지 말고 임자 평생 소원인 멧돼지나 쏴.」
그처럼 외삼촌을 내쫓을 수 있는 방법을 비아냥거리는 투로 적시해 주는 사람도 없지 않았다. 그러나 그 엽기적인 방법만은 아버지도 지금까지 엄두를 못 내고 있었다.

공교롭게도 아버지에겐 오랜 지병인 천식이 있었다. 어머니가 집에 있을 때 줄곧 도라지 뿌리를 달여 구완도 했었지만, 지병의 그림자는 별다른 효험이 없이 지금까지 아버지 목덜미를 잡아채고 놓아주지 않았다. 천식은 포수에게 천적이었다. 몇 시간 혹은 며칠을 두고 뒤쫓던 짐승을 드디어 알맞은 사정거리 안에서 발견하고 호흡을 가다듬은 다음 조준해서 방아쇠를 당기려 들면, 그 순간에 꼭 치러야 할 장중한 의식처럼 밀도 있게 터져 나오는 기침 때문에 아버지의 갖은 노력이 한순간에 물거품으로 돌아갈 때가 많았다.

아버지는 외삼촌의 멱에 총구를 들이대고 협박하고 싶은 유혹에 사로잡혀 있을지도 몰랐다. 그러나 그 결정적인 순간에, 허파에 얌전히 들어앉아 가르랑거리기만 하던 기침이 난폭하게 터져 나온다면, 모든 것이 한낱 우스꽝스러운 모습으로 전락해 버릴 가능성이 있다는 것이 아버지의 예감인 듯하였다. 아버지가 궤멸되는 그 순간을 예측하기란 어렵지 않다. 폭발적으로 터져 나오는 기침 때문에 금세 탈진되어 침을 게게 흘리며 허리를 조아리지 않을 수 없을 것이었다. 그러나 외삼촌은 버릇대로 깎아 세운 석상처럼 꼿꼿하게 서 있을 것이었다.

아버지가 두려워하는 것이 바로 자신의 그런 모습이기 때문에 외삼촌과의 살벌한 정면 대결을 삼가고 있는지 몰랐다. 만에 하나 마을 사람들이 떼로 몰려와서 삽시간에 움막을 작살낸다 하더라도 움막 짓는 일엔 이골 난 외삼촌은 하룻밤

사이에 일 같잖게 그럴싸한 움막을 다시 지어 낼 것이 분명
했다. 다시 짓고 또 부수는 북새통이 언제까지 반복될 것인
지 예측하기 어려운 애꿎은 일에 무던하게 살아온 마을 사람
들이 섣불리 끼어들 까닭도 없었다.

 실제로 외삼촌은 하룻밤 사이에 움막을 뜯어다 다른 장소
로 옮겨 짓는 일을 대수롭지 않게 여겼다. 유수지 근처를 멀
리 떠나는 법은 없었지만, 어느 날 그곳에 가보면 밤새 뚝딱
움막을 옮겨 지은 것을 발견할 때가 있었다. 밤에 잠이 오지
않거나, 빈대나 벼룩 같은 물것들에 시달림을 받으면, 유령처
럼 어슬렁거리며 밤새 움막을 옮겨 짓곤 하였다.

 물까마귀들이 사람들의 시선에 손쉽게 노출되는 장소에
둥지를 짓고 있는 것이 속임수라고 예단할 수 있는 것은, 그
의 은둔 생활에서 비축된 신중한 통찰력의 결과인지도 몰랐
다. 아니나 다를까, 물까마귀들의 동작이 어느덧 간결하고 민
첩해지기 시작했다. 둥지를 지을 배수관 속으로 들락거리는
거동에서 자로 잰 듯한 치밀함과 일체감을 발견할 수 있었
다. 낙엽이나 잡초 뿌리 따위를 입에 문 암수가 폭포의 낙차
를 뚫고 배수관 속에 황홀한 날갯짓으로 날아들었다가 다시
낙차를 이용해 웅덩이 쪽으로 되돌아 나오는 동작들이 낱낱
이 노출되었다.

 새들은 계절의 진행에 민감하게 반응했고, 그 계절의 시나
리오에 온몸을 던져 굴복하는 듯했다. 그러나 시간의 흐름에
좇기고 있다 하더라도 암수가 서로 경계해 주는 본능은 능숙

하게 유지되었다. 장애물, 불신, 야비함, 질투, 개탄, 혹은 속임수, 우여곡절, 새빨간 거짓말, 거짓 화해, 덧없음, 울화, 파국적인 배신과 같이 인간들이 서로 부딪치거나 사랑함으로써 빚어지는 분비물들을 새들의 세계에선 발견할 수 없었다.

진달래가 피기 시작하는 그 무렵은 오목눈이나 오색딱따구리 같은 새들도 둥지를 지을 때였다. 개동박꽃이 피고 난 다음, 연달아 진달래가 피기 시작하면 새들의 깃털은 유혹적으로 반들거렸고, 그것은 짝짓기가 임박했다는 신호와 같아서 설혹 너구리나 오소리 같은 음험한 천적들이나 약탈자들이 둥지의 위치를 알아챘다 할지라도 다른 장소를 물색하기엔 이미 늦은 시기였다. 위험이 오히려 자극제가 되어 맹렬한 속도로 배수관 속의 둥지를 완성하고, 진달래가 만개할 때를 맞추어 짝짓기가 끝나면, 암컷은 하루 종일 거의 필사적으로 폭포 앞의 웅덩이 속에 자맥질했다. 피라미 새끼나 새우를 잡아 산란을 위한 기력을 비축하는 일이 남아 있기 때문이었다.

물까마귀가 세 곳에나 헛둥지를 짓는 속임수를 쓰다가 본격적으로 배수관 속에 알자리를 짓기까지의 진상들을 속속들이 탐지하는 동안 외삼촌은 나를 자기 곁에서 떼어 놓은 적이 없었다. 멱살을 잡아끌거나 뒤통수를 끌어 박는 폭력적인 방법을 쓰진 않았지만, 새들의 거동을 관찰하는 그 시간만큼은 외삼촌과 나는 투명하게 연결된 하나의 혼합물로서 손색이 없었다. 내게 들어와 있는 확연한 외삼촌의 존재를 느졌고, 그에게서 나의 존재가 명료하게 보였다. 그가 엎드려 있으면 엎드려 있는 내가 보였고, 내가 손가락을 꼼지락거리고 있으면 손가락을 꼼지락거리는 그가 바라보였다.

화농이 심한 상처가 있어 뚝 잡아떼어 버리더라도 그때만은 고통을 느끼지 않을 것 같았다. 은밀한 새들의 세계를 훔쳐보고 있다는 사소한 긴장이나, 골수조차 지끈거리게 만드는 옹골찬 고통이라 할지라도 말끔하게 청소시켜 버리는 부드럽고 유장한 힘의 순환에서 느끼는 애무와 같은 것이었다. 우리는 한 구멍에 꼭 끼워 넣어 함께 돌아가지 않으면 열릴 수 없는 자물쇠와 열쇠처럼 서로 떨어져 있으면 아무짝에도 쓸모없는 사람들처럼 그렇게 꼭 붙어 다녔다.

그래서 아버지가 가진 집에 대한 집착을 어렴풋하게나마 넘겨짚을 수 있었다. 그러나 그 집에는 반드시 자리를 지키고 있어야 할 어머니란 존재가 소멸되어 있었고, 어머니가 있을 때 선명하게 감지되었던, 아버지와 나에게 세밀하게 배분되었던 관심과 애정의 흔적도 찾아볼 수 없었다. 집은 언제 보아도 겸연쩍은 외관만 존재하고 있을 뿐, 퍼즐의 불완전한 반쪽처럼 집이란 명목만 남아 있는 셈이었다. 그런데도 아버지는 고결한 삶의 본질과 결연하게 맞부딪쳐 있는 듯한 숙연함이 존재하지 않는 그곳에서, 공중그네를 타고 있는 곡예사처럼 반대편에서 그를 잡아 줄 손길을 기다리며 허공에 무기력하게 몸을 내맡기고 있는지 몰랐다.

동년배들로부터 시기를 낭비해선 안 된다는 설득에 시달

림을 받으면서도 아버지가 집으로 뛰어들기를 기다리는 대
상은 어머니인 것 같지 않았다. 그것은 개였다. 주인이 결정
적인 순간에 순발력을 잃고 잠시 딴청을 펴도 포획물의 주위
를 맴돌며 도주로를 차단하거나, 포위망을 좁혀 가면서 정신
을 송두리째 빼놓는 일에 대담하고 침착하며, 평소에는 오만
하지만 배신을 모르는 헌신적인 사냥개였다. 어머니가 집에
있었을 때 달갑지 않은 반응을 무릅쓰고 아버지가 착수했던
일은 바로 사냥개를 사들이는 일이었다. 장롱 속에 숨겨 둔
어머니의 패물들을 몰래 내다 파는 우여곡절을 겪으며 사냥
개 한 마리를 사들였었다. 그런데 나에게도 무척이나 친숙하
게 굴었던 그 사냥개는 애석하게도 한 달을 체류하지 못하고
갑자기 죽고 말았다.

아버지가 수렵에서 실패를 거듭하고 있는 까닭이 숨겨진
폐 질환 때문이 아니라 하더라도, 그 결정적인 상황을 명백
하게 장악하지 못하는 치욕을 본때 있게 치유해 줄 수 있는
것은 오직 사냥개뿐이라고 믿는 것 같았다. 동년배들이 아직
까지 사냥개에 대한 집착을 버리지 못하고 있는 아버지에게
언짢은 기색을 보이기라도 하면, 아버지는 앉았다가도 벌떡
일어나며 핏대를 곤두세웠다.

「사냥개 아닌 똥개라 카더라도 개가 사람을 배신하는 꼴을
　한 번이라도 본 적이 있어?」
「이 사람 왜 불각시에 개처럼 날뛰고 그래?」
「개처럼 날뛰게 맨드니까 그렇제.」

「고정하시게. 순서로 치면 집에 없었던 개 새끼를 기다릴
게 아이고, 집에 있었던 사람을 기다려야 되는 게 아이라?
사리분별을 못 차려도 분수가 있지…….」
「그런 말은 입 밖으로 내지도 말어.」
「주둥이는 삐뚤어져도 나팔은 바로 불라 캤네. 개를 핑계
해서 사람 찾자는 이바구 아인가? 그 말이라면 내가 들어
주지.」
「천부당만부당한 소리여.」
「개가 사람을 배신하지 않는 것은 밤낮으로 자식처럼 거둬
주니까 배신을 모르고 사는 거여. 알뜰하게 거둬 주면 개
백정인 줄 알고도 따라가는 게 개란 짐승이여. 거둬 줄 줄
은 모르면서 타박만 늘어지면 꼬라지만 이상해져. 개 새끼
한 마리 사들이면 만사가 형통할 것 같지만 그렇지도 않
어. 사람 먼저 찾아내는 게 순서지.」

아버지의 격분에서는 어머니의 배신에 대한 굴욕적인 상
처가 뚜렷하게 감지되곤 하였다. 우리 집으로 팔려 올 때부
터 우레 같은 목소리로 짖지도 못하고 혈기 없이 비실거리던
그 사냥개가 얼굴도 익히기 전에 죽게 된 모든 책임과 허물
을 어머니가 몽땅 뒤집어써야 했다. 어머니가 수발을 게을리
한 탓이라고 명백하게 믿었기 때문이었다.

그 후부터 그야말로 아버지의 가시 돋친 개 타령은 시작되
었고, 어머니는 그때마다 수치심으로 몸을 떨었다. 더욱이
사냥에서 실패하고 돌아왔을 때, 개를 빙자하여 어머니를 헐

뜯는 아버지의 대화에는 다른 사람과 일체감을 느끼게 하는 결정적인 능력이나 관대함이 깡그리 소멸되어 있었다. 그런데도 어머니는 잘 참고 견디는 것 같았다.

하지만 그런 끈질긴 인내심은 어머니 편에서는 기품이 있거나 고귀하게 느껴질지 몰라도 아버지에겐 비열하게만 보일 뿐이었다. 그러므로 아버지가 발견하고자 하는 것은 어머니의 인내심 밑바닥에 깔려 있는 아버지에 대한 경멸이었다. 경멸이 뚜렷하게 존재하지 않는 이상, 추호의 변덕이나 변명이 없는 인내심을 유지하기 어렵다고 생각하고 있었다. 그 경멸을 감지하고 있다는 것을 맹렬하고 냉소적인 어조로 알려 주고, 그 결과로 나타나는 어머니의 고통을 바라보며 노골적인 쾌감을 드러내는 것이었다. 그러나 그것이 어머니의 갑작스러운 가출 원인의 전부일 수는 없었다.

따지고 보면, 그 사냥개를 집으로 데려왔을 때 어머니는 대뜸 부질없는 일이란 표정을 지었고, 따라서 짐승을 먹이고 거두는 일에 소홀할 수밖에 없었다. 어머니의 시큰둥한 기색의 초점은 아버지의 무분별함과 허세에 맞춰져 있었다. 화려하거나 낭비적인 것이 결코 빈 가슴을 채워 주는 것이 아니라는 것을 살아오면서 터득해 버린 어머니로선 당연한 반응이었다. 그래서 포수로서의 능력과 자질을 의심받고 있는 것은 남편의 사격술의 미숙함에서 기인하는 것이지 사냥개가 없기 때문이 아니라고 믿었다. 그렇다면 그 사냥개의 죽음은 어머니가 만든 정밀하고도 의도적인 계략의 결과일 수 있다는 의심도 살만 하였다.

　아버지의 분수에 넘치는 허세에는 어머니 아닌 한 여자가 은밀하게 개입되어 있다는 가정이 성립될 수 있었다. 그러고 보면, 아버지가 수렵 출장을 나갈 땐 요란뻑적지근할 정도로 차림새에 신경을 쓰곤 하였다. 마을에 소문이 퍼지기를 내심 기대하기 때문이란 것이 어머니의 생각이었다. 그런 날은 들썩한 아이들이 동구 밖까지 먼지를 일으키며 아버지의 행차를 뒤따라가곤 하였었다.

「짐승 잡으러 떠난다는 사람이 동네가 들썩하도록 소문을 퍼뜨린다. 짐승인들 그걸 모르겠나, 내가 그 속셈을 모르겠나.」

　언제나 온후한 가슴을 가졌고 선량했지만, 정서적으로 은둔 상태였기에 말수가 적었던 어머니도 그때만은 빈정거리는 투의 푸념을 늘어놓곤 하였었다. 그러나 어머니의 차가운 거부감과는 달리 나는 아버지가 항상 성공한 사냥꾼이기를 바랐다. 호두를 꽉 밟아 당장에 박살 낼 수 있는 우람한 구두와, 입고 나서면 모두에게 결연해 보이는 엽복에 총을 을러메고 몰이꾼들을 거느린 아버지의 비장하면서도 어쩔 수 없이 익살스러운 차림새가 요란할수록 흥미진진했다. 또한 잡동사니들이 뒤섞여 있는 듯한 경박함이 따분하기만 한 일상의 나에겐 호의적으로 보였고, 신중하지 못하거나 조심스럽지 않은 것들이 오히려 친근감을 느끼게 하는 요소들이기도 했다.

많은 아이들과 어른들이 골목 밖으로 달려나와 아버지의 공격적인 출발을 구경했고, 구름 같은 먼지가 동구 밖 길에 뒤덮이는 북새통이 일어날수록 더욱 아버지의 존재에 매료되곤 하였다. 출발할 때 보여 주는 아버지의 행차는 하나의 출정 의식이었고, 의식이어야 할 바에는 규모나 모양새가 크거나 요란할수록 좋았다. 그런 날 아버지의 모습이 사람들의 머릿속에 오래 기억되어 주기를 바랐다. 그래서 그 출정 의식의 주역이 다름 아닌 아버지라는 것에 동요 없는 자긍심을 가졌다. 아버지가 돌아올 땐 의기양양한 상두꾼들이 날카로운 송곳니가 주둥이 밖으로 돌출해 있는 집채만 한 멧돼지를 목도질해서 돌아오는 실질적인 결과가 있기를 간절하게 꿈꾸었다.

하지만 정작 아버지가 돌아왔을 때는 그런 바람과 꿈은 언제나 물거품이 되고 말았다. 사냥터에서 얻은 노획물은 십중팔구 수렵에 동행했던 외지 사냥꾼들의 차지라는 것은 귀동냥으로 짐작하고 있었지만, 아버지의 사냥총에 명중당한 토끼 한 마리라도 집으로 들여온 적은 없었다.

물론 남에게 불쾌감을 준다 해서 수렵한 것을 노출시키지 않는다는 법규가 있기도 하지만, 어찌 되었든 짐승을 잡겠다고 나간 사람이 오히려 자신만 초주검이 되어 돌아왔고 그곳에서 겪었던 무용담조차 입에 침을 튀기며 진술하기를 꺼렸다. 피로와 허탈감, 그리고 창조적 에너지라곤 흔적조차 찾아볼 수 없는 아버지의 파국적이고 굴욕적인 귀가 모습은 드디어 어머니의 상상력을 자극했고, 그 자극의 끝자락에서 아버지만 알고 있는 다른 여자의 존재를 감지하고 있는 듯했다. 이렇게 어머니는 눈에 보이지 않는 여자의 존재를 의식하기 시작했지만, 아버지는 눈에 바라보이는 외삼촌을 의심하기 시작했다.

그러나 그것은 잘못 길들여진 상상력의 오류에서 불거진 결과인지 몰랐다. 어머니가 종적을 감춘 후에도 아버지에게 다른 여자가 접근해 있다는 징표는 어디에서도 발견할 수 없었기 때문이었다. 어머니가 집을 지키고 있을 때와 비교하면, 출타했던 아버지의 귀가 시간은 삼엄할 정도로 정확했다. 뿐만 아니라, 신중하게 짜여진 혈연의 끈에서 탈락되어 버린 사람으로서의 황량하고 처연한 모습으로 거의 집을 떠나지 않고 칩거하다시피 했다. 음습한 권태와 굴욕감, 그리고 분노가 아버지의 가슴 밑바닥에 자리 잡았지만 그런 심성이 폭력적으로 노출되지는 않았다. 그렇다고 콩밭 두렁에서 자다 깬 콩새처럼 딴전을 펴고 있다는 징후도 보이지 않았다. 다만 한 가지 뚜렷한 변화가 있다면, 아버지와 나 사이에 대화가 끊어지고 말았다는 것이다. 우리는 하루 종일 한집에서 빈둥거리고 있어도 말이 없었다.

그런데 어머니가 자취를 감추고 난 지 한 해를 넘긴 지난해 늦여름이었다. 나는 마침 우리 집 담벼락 주위를 맴돌고 있는 고추잠자리 한 마리를 발견하였고, 그것이 어딘가 내려앉기만을 기다리고 있었다. 오래지 않아 잠자리는 내 기대를 저버리지 않고 담벼락 아래의 접시꽃 위로 내려앉았고, 나는 고양이처럼 소리 없이 다가가 손으로 냉큼 잠자리를 낚아챘다. 항상 그랬던 것처럼 잠자리의 꼬리 끝 부분을 예리하게 잘라 내고 몸통 속으로 성냥개비를 밀어 넣었다. 그런 후 날려 보내면, 잠자리는 몸통에 느껴지는 무게 때문에 억압과 혼란에 시달려 곤두박을 듯하면서도 필사적으로 날갯짓하며 담벼락 너머로 비틀비틀 날아갔다.

그것은, 다른 개체나 인간의 불행을 기뻐하는 것이 가장 통쾌한 유머로 세상에 정착되기 이전에 아무런 도덕적 영락감 없이 다반사로 저지르던 내 또래들의 놀이에 불과했다. 그러나 나는 그때, 아버지가 툇마루에서 내 일거수일투족을 지켜보고 있었다는 사실을 몰랐다. 아버지의 나지막한 질문이 등 뒤에 떨어지고 나서야 그것을 알아챘다.

「니 잠자리 잡아서 뭐 하고 있노?」

「잠자리 시집보냈니더.」

아버지는 순식간에 툇마루에 놓여 있던 재떨이를 집어 들었고, 거두절미하고 나를 향해 내던졌다. 툇마루에서 마당 귀퉁이까지 날아온 재떨이는 조준이 정확하지 못했으므로 그 이상의 불행한 사태는 벌어지지 않았지만, 아버지의 동년배들이 재떨이 한 가지 올곧게 던질 수 없는 사람이 어떻게 날고 뛰는 짐승의 멱을 명중시킬 수 있겠느냐는 반농담조의 핀잔을 했을 땐, 아버지의 얼굴이 모멸감으로 벌겋게 달아올랐다.

일테면 그때 보여 주었던 아버지의 폭력 행사는 어느 날 홀연히 모습을 감춰 버린 사람에 대한 어쩔 수 없는 미련과 억눌려 있던 배신감에 불을 댕긴 결과에서 비롯된 것이었다. 나로선 사소하고 단순했던 한마디에 격렬한 분노를 보여 주었던 아버지의 태도에서 어머니의 존재를 확연하게 느낄 수 있었다. 그렇기 때문에 나는, 어머니가 의심하고 있었던 것처럼 아버지에게 다른 여자가 있다고 의심할 여지가 없었다. 아버지는 마음의 상처를 입은 것이 분명했다. 그것을 기점으로 아버지는 항상 시무룩하고 편협해져서 쉽게 흥분하거나 하찮은 일에 어이없이 난폭해지고 동년배들의 모욕이나 비아냥거림을 참아 내지 못했으며, 나의 어리석음에 대해서도 관대하지 못했다. 그런 모습들이 바로 나에게는 다른 여자의 존재를 섣불리 예단할 수 없게 만들었다. 그러나 어머니의 정교한 관찰력의 성과에서 얻어진 투시력은, 집과 아내가 아닌 다른 곳에 현혹되어 있는 아버지의 일탈을 정확하게 읽은 것이었다.

그런데 다른 여자의 존재가 짐작이 아닌 증거로 나타난 것은 어느 여름날이었다. 아버지가 수렵에 나서면 내 끼니를 외삼촌이 챙겨 주는 것은 입이 코밑에 위치하는 것처럼 당연했다. 그러나 그날은 밭에서 얻어 온 참외로 허기를 채우고 밤이 깊어서야 외삼촌을 따라 집으로 돌아왔었고, 항상 그랬던 것처럼 외삼촌은 마당 한 귀퉁이에 모닥불을 피우고 밤을 새울 채비를 하였다. 그때 나는 괴기스러운 무엇이 느닷없이 주인 행세를 자처하며 번식하거나 기생하기에 알맞을 것 같은 음습한 어둠과 명쾌하지 못한 공기가 맴도는 방 안을 둘러보았다. 내 시선은 문득 윗목에 놓여 있는 밥상에 멈췄다. 그때 내가 발견한 것은 먹다 만 밥그릇을 아무렇게나 방치해 둔 난잡한 모양의 밥상이 아니었다. 깔끔하게 새로 마련한 밥상 위에는 내 기억에는 없었던 보자기까지 덮여 있었다. 그것이 시선에 들어오는 순간, 나는 온몸의 살점이 한 번 뻣뻣하게 긴장되었다가 흩어지는 듯 소스라쳤다. 그리고 연달아, 투명체로 보이도록 분장한 음험한 도깨비가 내 등 뒤에 서서 육모 방망이를 어깨에 걸친 채 입아귀가 양쪽 귀에 닿도록 웃고 있다는 환상이 엄습하고 들면서 자지러지게 놀라 구르듯 바깥으로 내달았다. 그것을 발견한 외삼촌이 달려와 나를 덥석 껴안았다.

다시 방 안을 엿본 것은 내가 가까스로 진정한 뒤의 일이었다. 물론 도깨비가 다녀간 흔적은 없었지만, 사람이 몰래 집으로 들어와 내 저녁밥을 지어 놓고 사라진 흔적은 뚜렷하게 남아 있었다. 그나마 공포심이 쉽게 사라질 수 있었던 것은, 처음 내가 느낀 공포심의 정체를 사악한 유령이 아닌 도깨비로 단정했던 때문이기도 했다. 도깨비는 천성적으로 변덕이 심하고 거짓말쟁이며, 밤길에서 사람을 만나면 유인해서 이리저리 끌고 다니며 골탕먹이기를 좋아하지만, 헤어질 때는 사람이 소원하는 것을 성취시켜 주는 선량한 본성도 가졌다는 것을 여러 번 귀동냥한 적이 있었다. 밥상에 덮인 보자기를 들춰 본 외삼촌이 씩 웃으며 태연하게 말했다.

「잔내비맨쿠로 놀라서 폴싹폴싹 뛸 것 없다. 이거는 도깨비가 와서 방맹이로 쳐서 뚝딱 차려 놓은 밥상도, 염라대왕이 나타나서 차려 놓은 헛제삿밥도 아인 거라. 우리맨쿠로 살아 있는 여자 솜씨로 지어 놓고 간 저녁 밥상이 분명한 거라.」

「살아 있는 여자가 누군데?」

「그걸 내가 어째 알겠노.」

「여자가 차려 놓고 간 밥상이라 했잖나.」

「도깨비가 와서 차려 준 밥상이 아인 거는 틀림없다.」

「아지야가 여자가 차려 놓은 밥상이라 캤잖나.」

「짚이는 데가 있지만, 확실한 거는 아인 거라.」

그때 뇌리를 스친 것이 바로 어머니였다. 여자가 마련해 놓고 간 밥상이라는 외삼촌의 말이 떨어지기가 바쁘게 나는 이것이 종적을 감춘 어머니가 불현듯 나타나 몰래 차려 주고 몸을 숨긴 것이라고 생각했다. 내 소망에서 비롯된 상상력의 끈에 묶여 현실로 끌려 들어온 어머니의 실체를 체험하는 순간이었다. 어머니가 자취를 감춘 뒤 공허한 통증이 가슴에 남게 되었으나, 그와 함께 내 상상력에 활기를 불어넣은 것도 사실이었다.

현실적인 가능성은 희박하지만, 만에 하나 어머니가 나타났을 때의 내 포즈를 거울 앞에서 지어 보곤 하였다. 무표정하게 똑바로 바라보았다. 환하게 웃어 보았다. 아니면, 팔짱을 끼고 경멸과 분노를 담아서 째려 보았다. 관심 없다는 듯 먼산바라기를 해보았다. 왜 나를 낳았느냐고 격렬하게 따지는 표정은 어떤 것일까. 아버지와 나를 유기하고 떠나 살았던 날들에 있었던 괴로움을 묻는 표정은 어떤 것일까. 불손하거나 걸쭉한 욕설을 퍼부어야 할 때의 표정은 어떤 것이어야 할까. 떠나갔던 사람이 다시 돌아왔을 때, 미묘한 갈등을 보여 주는 표정은 어떤 것일까. 목을 끌어안고 개처럼 컹컹 짖으며 대드는 표정은 어떤 것일까. 그러나 어떤 표정이나 포즈도 합당하다는 생각이 들지 않았다. 그처럼 내가 조작해 낼 수 있는 모든 표정을 섭렵하고 난 뒤 내 얼굴에 남는 것은 흥건하게 묻어나는 눈물 자국뿐이었다. 나는 어느덧 덧없는 상실감과 무력감을 상상력의 업적으로 대치하거나 메우는 습성에 조금씩 길들여지고 있는 셈이었다.

　그러나 외삼촌이 조합하고 있는 밥 지은 여자의 실체는 내가 생각한 어머니가 아닌 것이 분명했다. 나처럼 어머니로 단정했다면 지체 없이 어머니라고 지칭했을 것이었다. 그런데 외삼촌은 더 이상 여자의 실체에 대해서 이러쿵저러쿵 말이 없었다. 내가 아득바득 파고들었다면, 마지못해 밥 지은 여자의 정체를 밝혀 주었을지도 몰랐다. 그러나 나는 그가 방어적인 자세를 취하기 전부터 아예 짓조르고 들지 않았다. 그의 입을 통해 나열되는 여자의 모습이 어머니가 아닌 다른 여자일 수도 있다는 두려움 때문이었다. 그 시각부터 이튿날 아침 외삼촌이 움막으로 돌아갈 때까지, 우리 두 사람은 서로

약속이라도 한 것처럼 여자의 실체에 대해선 한마디도 나누
지 않았다.

　이튿날 오후 아버지는 돌아왔고, 그리고 숨소리의 갈피마
다 야만적인 수면 욕구가 켜켜이 묻어나는 게걸스러운 잠 속
으로 빠져 들어 버렸다. 끼니 건너뛰기는 예사인 그 수면 중
에도 이불 한 귀퉁이를 사타구니에 밀어 넣고 거의 쉴 새 없
이 엎치락뒤치락 몸을 뒤척이거나 끙끙거리고 연속적으로
코를 곯았다. 끓어 앉은 자세로 방바닥 위를 설설 기거나, 두
눈을 허옇게 뜬 채 잠을 잘 때도 없지 않았다.

　그처럼 병증적인 수면 습관들이 생겨난 원인을 납득하기
어려운 것은 아니었다. 그것은 자취를 감춰 버린 어머니의 배
신에 치명타를 입은 결과라고 생각했다. 모든 것이 가지런하
게 갖춰진 평범한 가정생활을 꾸려 나가는 데도 잡다한 문제
들이 지긋지긋할 정도로 생겨나기 마련인데, 그런 표준이 조
금이라도 훼손되거나 일탈되었을 때 아버지의 잠버릇과 같은
혼란스러운 징후들이 나타나는 것은 당연하다고 생각했다.

　그처럼 고통스러운 모습들이 어머니에 대한 그리움과 분
노의 징후들이라고 단정한다면, 설사 아버지 눈앞에 다른 여
자가 아지랑이처럼 얼른거리고 있다 하더라도 어머니의 존
재가 송두리째 위협당할 수는 없었다. 아버지의 수면은 자신
이 안고 있는 상처와 그 상처가 남긴 흉터에 대한 두려움을
묻어 줄지 모른다. 자신이 안고 있는 불행과 정면으로 대결
하는 것을 모면하게 해주는 유일한 방호벽은 잠자는 것뿐이

었기에 그것에 능수 능란하게 대처하고 있는지 몰랐다. 그래서 정서적 표류 상태에서 놓여 나지 못하고 있는 아버지에게 나는 거의 필사적인 애정과 동정심을 느꼈다.

따져 보면 나 역시 마찬가지였다. 어머니가 겉으로는 이웃집 나들이하는 것처럼 아무렇지도 않게 가출해 버린 이후부터 나에겐 공허한 통증이 남아 있었다. 딱히 어디가 아프냐고 묻는다면 가리킬 곳이 없어 막연하기 그지없는 통증은 음험하면서도 탐락적으로 나를 억누르고 있었다.

대상이 무엇이든 외곬으로 집착할 수 있는 것들은 사라지고 없었고, 새로운 것도 내게 자극을 주지 못했다. 어머니를 찾겠다고 무작정 버스에 올라타는 모험은 더욱 싫었다. 이런 자포자기를 어머니는 내게 남겨 두었다. 그런 어머니에게 실망을 느꼈지만, 아버지는 나에게 그런 실망을 주지는 않았다. 어머니는 물론 한량없는 그리움의 대상이었지만, 아울러 내게 적개심을 남겨 놓은 셈이었다.

아버지와는 달리 언제나 깨어 있는 모습만 보여 주는 외삼촌은, 유수지에서 자맥질한다든지 또 다른 새들의 둥지를 탐지하기 위해 움막에서 이동해야 할 경우를 제외한다면, 움직이지 않기 위한 자기 제어 능력이 탁월한 자라 할 수 있었다. 아버지의 어느 행동에는 어렴풋하게나마 여자를 떠올리게 하는 징조가 보였지만, 외삼촌은 그렇지 않았다. 스물한 살의 나이라면, 미숙한 신체에 묽고 연한 정액이 생산되는 나와는 다르게 이성에 대한 흔쾌한 관심이나 호기심이 발동하리란

예측은 상식적으로 가능한 것이었다. 그러나 외삼촌에게서
는 그런 낌새를 엿볼 수 없었다. 이성과는 아예 담을 쌓고 있
었다.

　마을엔 그의 기이한 은둔 생활에 호기심을 갖는 처녀들이
없지 않았다. 책은 슬픈 얘기들이 너무 많아 거들떠보지도
않는 계집아이들, 시골 안방에 도배된 벽지 무늬처럼 어디서
부터 시작되고 어디서 끝이 나는 것인지 모호하기 그지없는
억측에 단련되고 기억의 과장법에 익숙한 그 계집아이들, 그
래서 때로는 무례하도록 솔직하고 변덕과 오만을 위태롭게
넘나들며 어른들의 속을 썩이는 계집아이들, 머리를 요상하
게 지지고 볶고 어마어마하게 부풀려서 본적을 헤아릴 수 없
는 헤어스타일과 복장은 흡사 마녀와 같고 흔하지 않은 검정
스타킹을 신었으나 군데군데 찢어져 누런 살갗이 드러나 있
는 계집아이들, 도회지 생활을 청산하고 귀향했지만 언제라
도 다시 자극적이고 흥미진진했던 그곳으로 도망칠 기회를
노리고 있는 되바라진 계집아이들이었다. 그녀들이 작당하
여 몽상가의 거처인 움막을 정탐하기 위해 반죽 좋게 덤벼든
적도 있었다.

　「달구 총각, 오래간만이에요. 요새 어떻게 지내요?」
　「잘 지내는지 못 지내는지, 남의 일 알어서 얻다 쓸라 캐
요?」
　「멋대가리 없긴……. 여름 내내 여기서 살아요?」
　「겨울까지 산다 캐도 댁이 무신 상관입니껴.」

「불퉁가지 내지 말고 좋게 지내요.」
「좋게 지내고 싶으면, 내한테 말 걸지 마소.」
「대섭이 엄마하고만 말해요?」
「무신 소린지 몬 알아묵겠네요.」
「대섭이 엄마 없어지고부터 달구 씨가 말이 없어졌다면서
요?」
「그것도 무신 말인지 알아묵기 곤란하네요.」
「달구 씨, 여자들하고 사귀어 본 적 있어요?」
「사귀어서 뭘 하겠습니꺼.」
「향수 냄새 싫어요?」
「나는 콧구녕이 작아서 그런 냄새 맡을 줄 몰러요.」
「여자들 살내도 모르고 지내요?」
「똥 구린내만 납디더.」
「뻣뻣하게 굴지 말고 우리하고 같이 안 놀래요?」
「내가 뭣 때문에 여시들하고 놀어요?」
「염소하고는 놀구요?」
「가만있는 염소 헐뜯지 마소. 저 염소가 댁들 치맛자락이
라도 물어뜯습디꺼?」
「염소하고만 논다는 소문이 있던데요?」
「사람들이 나보고 좀 모자래는 사람이라고 하는데, 모자래
는 사람이라면 여시들하고 놀기보다는 염소하고 노는 게
편하지요.」
「말 못하는 염소하고 노는 것보다 말 잘하는 여우들하고

노는 게 더 편하지 않아요?」
「말 못하는 염소하고 놀아도 하루 해가 퍼뜩 지나가디더.」
「우리도 어엿한 사람인데 왜 자꾸 여우라고 해요?」
「여시가 아이라면 와 혼자 가만있는 사람 찾어와서 요리조
리 넘보고 떠보지요?」
「우리가 달구 총각 잡아먹을까 봐 그래요?」
「입술이 빨간 거 보니까, 사람도 만판 잡어묵을시더.」
  도회지에서 개칠해 온 온갖 간릉과 시시덕거림을 요령껏
발휘한다 하더라도 외삼촌의 동요를 이끌어 낼 수 없었고,
옷을 훌딱 벗고 사타구니까지 화끈하게 보여 주는 노골적인
미인계를 쓴다 하더라도 외삼촌의 가슴속에 들어 있는 거부
와 허무의 수렁을 명쾌하게 판독해 낼 방법은 없었다.
「아지야, 한 가지 물어봐도 되나?」
「너무 꽉 물지는 마라.」
「아지야는 여자들이 밉나?」
「밉고 곱고는 차후 문제고, 싫다.」
「와 싫노?」
「요물이니까 싫지.」
「요물이 뭐꼬?」
「여시가 요물이다.」
「그럼 엄마도 여시가?」
「니네 엄마도 여자니까 여시 아이겠나.」
「한 가지 더 물어봐도 되나?」

「그만하면 됐다. 너무 꽉 물지 마라 안 카드나.」

　아버지와 외삼촌에게서 겉으로 드러난 공통점을 찾을 수 있다면, 바로 어머니를 바라보는 냉소적인 시각이었다. 아버지의 시각에는 분노가 있었고, 외삼촌에겐 경멸이 자리 잡고 있는 것 같았다. 그 두 가지 인식은 나에겐 치욕이었고, 그 치욕의 끝자락에 두 사람이 뚜렷하게 존재하고 있었다. 그러므로 두 사람은 부지불식간에 나를 선동시켰고 분수처럼 제어력이 없는 폭력의 유혹을 받도록 부추긴 셈이었다.

　마을에는, 고리타분하고 나태하지만 그것이 오히려 엄숙주의로 굳어 버린 농가의 친숙한 일상에서 일찌감치 등을 돌린 내 또래의 아이들이 몇몇 있었다. 언제나 새둥지 같은 머리를 하고 있지만, 사소한 찰과상 따위는 스쳐 가는 바람처럼 대수롭지 않게 생각하는 아이들, 거미줄을 대거 수거하면 낙하산을 만들 수 있다는 주장과 불가능하다는 주장으로 입씨름을 벌이다가 급기야 치고 받는 싸움까지 서슴지 않는 아이들, 그러나 그 문제를 가지고 현명한 어른들의 자문 받기는 생각조차 않는 아이들, 아버지의 자전거를 훔쳐 타고 기세 좋게 달리다가 급기야 낭떠러지로 처박히면서 화들짝 놀라 잠에서 깨어나면 아침이 되는 아이들, 집에서 비설거지를 해야 할 때면 부리나케 뛰쳐나와 몸을 숨겨 버리는 아이들, 똥지게를 지고 밭두렁을 걸어가는 삼촌이 똥개로 보이는 아이들, 주머니에는 항상 훔친 성냥갑을 넣고 다니는 아이들, 수틀리면 작두날에도 서슴지 않고 맨발로 올라설 각오가 되어 있으므로 대책 없이 담대하고 강직한 성품을 가진 아이들이었다. 그래서 그들은 눈에 보이지 않는 악령과 교제하기를 주저하지 않았다.

길가에 옹기중기 모여 있다가 일부러 자동차가 코앞까지 달려오기를 기다려서 몸을 내던져 아슬아슬하게 길을 건넌다든지, 굴뚝에 빠져 울고 있는 고양이 새끼를 눈도 깜짝 않고 돌을 떨어뜨려 죽이는 아이들이었다. 그리고 몸이 터져 버릴 것 같은 위기와 해체의 쾌감으로 스스로도 놀랄 만큼 괴성을 내지르며 길길이 날뛰는 것이었다. 갑작스럽고 광기 어린 몸짓, 그리고 숨 가쁜 목소리가 우아해 보일 리는 없다. 그런 아이들에게 살기나 파괴력을 가지지 않은 놀이는 이미 관심 밖으로 밀려난 것이었다. 아장아장 크는 것이 지겹고 지루한 아이들은, 넋을 놓고 서 있는 사람 등 뒤로 절지동물처럼 소리 없이 다가가서 소리를 질러 놀라게 한다든지, 보슬비가 추적추적 내리는 날 울타리 곁 개울가에서 댐을 만들며 혼잣소리로 종알거리며 논다는 것은 배리다고 생각하는 아이들은 언제나 한데 몰려다니기를 좋아했다. 김길수, 권오규, 배태랑, 박태호가 모두 그런 아이들이었다.

음습한 남풍이 불어오는 날 해 질 무렵, 사위가 스산한 기운으로 가득 찰 때면, 나는 마을 초입에 있는 정류소로 달려가곤 하였다. 행여나 어머니가 초연히 모습을 드러낼지도 모른다는 기대 때문이었다. 그곳은 언제나 정반대의 방향에서 달려온 두 개의 흐름이 마주쳐서 강렬한 흥분과 파격적인 우연이 교차하는 장소였고, 그 우연의 틈새를 비집고 홀연히 나타날 어머니를 기다렸다. 그러나 그때마다 어머니의 모습을 발견할 수 없었기에 더 이상 출발과 도착이라는 엄숙한 의식이 행해지는 장소가 아니라는 배신감만 안겨 주었을 뿐이었다. 그 배신감이 자리 잡을 때, 내가 가는 장소가 있었다. 이 배반의 여름날 밤을 대담하고 단호한 태도로 통쾌하게 찢어 놓을 수 있었으면 좋겠다, 그리고 예기치 못한 상황이 닥쳤을 때도 전혀 머뭇거리지 않았으면 좋겠다는 결의를 가지고 찾아가는 곳은, 밤이면 내 또래의 악령들이 어둠 속을 지네처럼 소리 없이 기어서 모여드는 학교 운동장이었다. 달이 뜨지 않는 그믐께가 되면, 그들은 약속이나 한 듯 하나 둘 어둠 속에 모습을 드러냈다.

「니 밥 묵었나?」

「밥은 안 묵고 감자만 묵었다.」

「너그 아부지 뒷산에서 생나무 비다가 경찰서 잡혀갔제?」

「그거 비밀인데, 니가 어쩨 아노?」

「우리 아부지가 그카드라.」

「귀싸대기 몇 대 맞고 벌금 물고 나왔다.」

「산에 있는 나무를 비는데 왜 경찰서에서 잡아가노?」

「그러니까 웃기는 놈들이제.」

「지들이 권총 찼다고 뻐기는 거 아이가?」

「나무를 차떼기로 비 가는 도둑놈들은 보고도 가만 놔두고, 우리 아부지 생나무 한 개 빈다고 잡아가서 코에서 피를 한 버지기나 흘리도록 때린다 카이.」

「그래도 가만히 맞고 있었다 카드나?」

「권총 차고 있는데 대들다가 총 맞어 죽을라꼬.」

「내 그트면, 확 홀베 뿔 긴데.」

「대섭이 니 뭐라 카노? 밤 말은 쥐가 듣고 낮 말은 새가 듣는다는 거 모리나? 그라고 니는 약골이라서 떡대가 큰 순경한테 대들지도 못할 기라. 용기도 없으면서 말만 번드리하게 하면 안 되는 기라.」

「내가 용기 있는지 없는지 니가 어째 아노?」

「니는 맨날 우리 뒤를 졸졸 따러댕기기만 했지, 니가 앞장서서 한 일이 있나? 그랬기 때문에 너그 어무이도 도망갈 때 니를 안 데리고 갔는 기라.」

그날 밤 나는 그들이 놀랄 정도로, 그리고 나 자신도 비장할 정도로 전혀 머뭇거리지 않고 그 화형식을 주도했다. 무슨 일에나 앞장서서 장작 패듯 쩍쩍 갈라 놓는 괄괄한 성미의 아이들이 있기 마련이었다. 그 아이들을 제치고 내가 포수의 아들이란 것을 핑계하고 기염을 토하며 나섰을 때 지레 꿰진 아이들이라 해도 놀라지 않을 수 없었을 것이다.

처음 해야 할 일은 교실 마루 밑창으로 숨어들어 생쥐를 산 채로 포획하는 일이었다. 그러나 어둠 속에서 손전등도 없이 거미줄에 채이며 기어 들어갔다가 기어 나와야 할 눅눅하고 음습한 교실 마루 밑바닥 속에 감춰진 둥지를 덮쳐 생쥐를 산 채로 포획한다는 것은 실패의 확률이 너무나 높았

다. 더욱이나 마비될 정도의 흥분을 가지고 치러야 할 포획
이었기 때문에 평소에는 계획했던 그 쥐불놀이를 소란만 피
우다가 단념하곤 했었다. 그런데 공교롭게도 그날 밤은 사정
이 전혀 딴판이었다.

내가 무턱대고 운동장에 당도했을 때, 이미 한 녀석이 살아
서 찍찍거리는 생쥐 한 마리를 손에 들고 있었다. 녀석은 생
쥐의 꼬리를 단단히 잡고 있었는데, 거꾸로 매달린 생쥐는 기
회 있을 때마다 녀석의 손에 타격을 가하며 몸부림치고 있었
다. 나는 대담하게 그 쥐를 녀석으로부터 넘겨받았다. 소재
가 완벽하게 갖춰졌다 하더라도 걸쭉한 담력이 없거나 혹은
불만족스러운 결과가 나타날까 해서 처음부터 주저한다면,
섣불리 실행에 옮길 만한 놀이가 아니었기 때문이었다.

나는 그 녀석의 손에 들린 깡통도 태연하게 넘겨받았다.
내가 앙탈하는 생쥐를 깡통 속의 석유에다 흠뻑 적시고 있는
광경을 아이들은 숨죽이며 지켜보았다. 흡사 송편을 떡고물
에 묻히듯 했기 때문에 깡통 속에서 생쥐를 다시 꺼내 들었
을 때, 쥐는 그야말로 물에 빠진 생쥐 꼴이었다. 한 아이가 매
우 걱정스러운 투로 물었다.

「대섭아!」

「와?」

「니 참말로 일벌라 카나?」

「내가 용기가 없어서 못할 것 같으나?」

「니 같은 쪼다가 눈깔이 반들거리는 쥐에다 불을 놓을 수

「있겠나?」

「니 내한테 땡깡 부릴라 카나?」

「땡깡이 아이고, 니한테 참말로 그런 용기가 있겠나?」

「니 보기에는 내가 병신 새끼로 보이나?」

「쥐가 지 죽을 상싶으면 고양이를 물어 버린다는 얘기 못 들었나? 니를 비틀어 물어 버리면, 니는 흑사병에 걸려서 몇 분 만에 죽을 기라.」

「나는 죽어도 좋다. 그렇지만, 사나는 사나 행세하고 죽어야제.」

「쥐한테 물려 죽는 게 사나 행세하다가 죽는 기가?」

「그렇게 무서우면 니는 와 쥐를 잡아 왔노? 쥐불 놓을라꼬 안 잡아 왔나?」

「우리끼리 쥐불 놓을라 했제, 니가 끼어들 줄 몰랐다 아이가.」

「내가 어떤 놈인지 한번 볼래?」

석유에 흠뻑 적신 쥐를 땅바닥에 내려놓는 것과 때를 같이 해서 나는 생쥐의 뒷덜미에다 성냥불을 그어 댄 후 잡고 있던 꼬리를 엉겁결에 놓아 버렸다. 그 모두가 한순간에 일어난 일이었다.

바로 곁에 있는 사람도 식별하기 어려운 깜깜한 그믐께였다. 한 줄기의 광기 어린 불길이, 운동장에 들어찬 어둠을 도끼날로 내려찍은 듯이 반으로 쩍 가르며 질풍노도와 같이 달려가고 있었다. 어떤 경우에도 체험할 수 없을 것 같은 살기

띤 에너지의 징표가 그 파국적인 질주에서 바라보였다. 달려
갈 수밖에는 다른 대책이 전혀 있을 수 없는 그 처절함, 그리
고 탈출만을 향한 그 불가피한 선택이 빚어내는 야비하고 치
명적인 황홀경을 맛볼 수 있었다. 소름 끼칠 정도로 맹렬하
게 뻗쳐 나가는 파괴적인 불기둥은 순식간에 밤하늘로 벌떡
일어나 치솟으면서 별의 바다를 할퀴는 불꽃놀이 그것으로
변하는 것 같았다. 너무나 비장했기 때문에 굴곡을 만들 겨
를조차 없었던 그 기하학적인 질주는 흡사 자신의 둥지를 향
하여 지상으로 내리꽂히던 종달새를 연상시키기도 하였다.
그러나 불기둥 또한 눈 깜짝할 사이에 우리들 눈앞에서 소멸
되고 말았다. 두개골이 짝 열리는 듯한 짜릿함은 그야말로
한순간이었다.

어둠 속을 가로지르며 벌떡 치솟아 일어선 불기둥은 어느
덧 시야에서 흔적도 없이 사라졌다. 불꽃의 환영만 아름아름
남았을 뿐 우리들의 가슴에는 허탈감이 자리 잡았다. 그러나
나는 아이들에게 섬약하고 소심한 아이가 아닌 비장의 담력
을 가졌음을 과시한 셈이었다. 불기둥에 쏠렸던 아이들의 휘
둥그레진 시선은 어느새 나에게로 몰려 있었다. 그 시선에는
분명 선망과 존경심이 묻어 있었다.

문득 아버지가 해내지 못한 일을 내가 해냈다는 생각도 들
었다. 그러나 나는 우쭐대지 않았고, 언제나 그랬듯이 휘파
람을 날리며 그들과 헤어지려 하였다. 그러나 아이들은 곧장
집으로 돌아가야 한다는 것에 삭막해하는 것 같았다. 뭔가

다시 자신들을 선동하기를 바라는 눈치였다. 할 일 없이 성냥불을 그어 대던 아이가 물었다.

「대섭아.」

「와?」

「참말로 집에 갈라 카나?」

「와? 한 마리 더 잡아 올라꼬?」

「한밤중에 쥐를 어대 가서 잡아 오겠노.」

「또 잡거들랑 내한테 연락해라. 모조리 불 질러 줄 기다. 잡았던 자리에 다시 찾아가 보면 같이 살던 수놈이 암놈을 찾으려고 남아 있을지도 모린다.」

「니가 불 지른 게 암놈 맞드나?」

「배에 젖꼭지가 있는 걸 보니 암놈이드라.」

「새끼는 안 뺐드나?」

「그걸 내가 어째 알겠노.」

「쥐 떼가 우리 집으로 몰려와서 불 질러 버릴까 겁난다.」

「니 땡깡 부릴래?」

두 눈을 부릅뜨고 있는 내 모습을 성냥불빛으로 바라본 아이는 찔끔해서 딴청을 폈다.

「그 쥐가 오줌을 바가지로 싸버렸을 기다.」

「오줌 싸고 똥 싸고 할 정신도 없었을 기다.」

「그 쥐가 어느 만치 갔겠노?」

「세상 끝까지 갔을 기다. 지구 끝까지 갔을 기다.」

「한번 가보까?」

「이 밤중에 세상 끝까지 갈 수 있겠나?」

「짧은 다리 가지고 있는 쥐도 가는데 긴 다리 가진 우리가 못 가겠나?」

「쥐는 로켓처럼 불을 달았으니까 지구 끝까지 갈 수 있지만, 꽁지에 불도 안 달린 우리가 걸어가 보았자 어대까지 가겠노.」

「기차 타고 가면 안 되겠나.」

「기차 타면 서울 가지, 지구 끝에는 못 간다.」

「서울까지라도 안 갈래? 너그 어무이가 거기 있을지도 모르잖나.」

「니 그런 소리 함부로 할래?」

마을이 술렁거리기 시작한 것은 우리들이 집으로 돌아와 막 잠자리에 들려 할 무렵이었다. 학교 운동장과 탱자나무 울타리를 사이에 두고 있는 교장 선생의 사택에서 난데없는 불길이 치솟고 있다는 것이었다. 예기치 않은 화재로 마을이 발칵 뒤집힌 뒤에야 우리는 운동장 모퉁이에 다시 모였다. 부릅뜬 두 눈에서 불꽃이 튈 것같이 흥분한 마을 사람들은 양동이든 깡통이든 함지박이든 가릴 것 없이 수챗구멍과 우물에서 물을 얽죽박죽 퍼다가 사택의 창고 지붕에 끼얹느라고 북새통을 이루었다.

시골 마을에는 태생적인 쓸쓸함과 침묵이 있다. 그 속에서 나태하게 살아가던 사람들은, 화재라는 선동적인 단초로 말미암아, 시들거나 쇠퇴해 있던 기력들을 우발적으로 발산시키고, 모든 것들이 한꺼번에 기지개를 펴고 일어나 뒤죽박죽 엉켜서 돌아가는 활력과 광분을 바라보게 된다. 주책은 없어도 갈 곳이 많고 볼거리가 많은 사람들끼리 걸쭉한 욕설과 수다를 퍼부어 대고, 초라하고 옹색해서 평소에는 숨겨져 있던 가재도구들이 화재 현장에선 뻔뻔스럽게 노출되고 있었다. 모여든 사람들과 집 밖으로 나온 가재도구들보다 더 많은 고함 소리가 화재 현장을 뒤덮었다. 그러나 그곳은 화재만 진화되는 것이 아니었다. 오래전 혹은 며칠 전에 감쪽같이 사라져 버려서 귀신이 곡할 노릇이라고 넋두리를 늘어놓았던 용기나 연장을 되찾는 기회이기도 했다.

몰래 훔쳐 가서 남몰래 쓰고 있었던 그것들이 돌발적인 화재로 말미암아 엉겁결에 노출되고 말았고, 임자의 눈에 들통나 버렸기 때문이었다. 말다툼과 삿대질이 시작되고, 지금까지 몇십 년을 두고 쌓아 온 이웃 간의 신뢰에 앙금이 지고, 한 길 사람 속을 비로소 알게 되는 것이었다. 애성바른 여자들끼리 막사발 한 개를 서로 밀고 당기며 드잡이를 하고 뒹구는 곁에서 남자들은 불 끄는 일에 여념이 없었다. 숨어 있던 모든 것들, 심지어 마루 밑에 들어앉아 새끼들에게 젖을 먹이던 암캐까지 뛰쳐나와 목놓아 짖어 대고, 만삭이 되어 거동이 불편한 임산부들까지 거리로 달려나와 불 구경을 하고 있었지만, 그곳에서 어머니의 모습만은 발견할 수 없었다.

우왕좌왕하는 가운데 창고는 몽땅 불타 버렸고, 사택의 본채까지 옮겨 붙으려는 불길은 가까스로 잡혔다. 그러나 생쥐가 보여 주었던 가차 없는 선택과 두려움 없는 파멸을 그곳에선 발견할 수 없었다. 돌발 사태에 대처하는 열정과 능력도 생쥐를 따르지 못했다. 중구난방으로 떠들며 대중없이 허둥거리고 핑계만 난무하고 있었을 뿐, 눈이 시리게 선명했던 고통과 숙연한 비장감의 황홀한 공유도 그곳에선 없었다. 그래서 우리는 눈먼 대포만 꽝꽝 쏘아 대는 마을의 얼뜨기들을 손가락질해 가며 악다구니를 퍼부어 대거나 한껏 비웃었다.

화재가 얼추 진화되어 갈 무렵부터 구경꾼들 사이에서 이상한 대화들이 오가기 시작했다. 사택의 화재는 실화가 아니고 누군가가 앙심을 품고 저지른 방화라는 것이었다. 나는 소머리에 받힌 것처럼 자국도 없이 얼떨떨했다. 머지않아 나를 방화범으로 지목할 것이 틀림없었다. 그렇다면 당장 집으로 돌아갈 수 없는 처지라는 것을 깨달았다. 생쥐 한 마리를 화형시키다가 불거진 파장은 예기치 않은 방향으로 발전하리라는 것을 예고하고 있었다. 우리 공범자들은 서로 종주먹을 들어내 보이며 설혹 무릎맞춤을 당하더라도 초저녁에 있었던 자초지종을 발설하지 않겠다는 약조를 했지만, 자고 나면 변덕인 아이들의 맹세를 믿고 태연하게 집으로 돌아갈 수는 없었다.

그때 뇌리를 스친 것이 유수지의 움막이었다. 곧장 집으로 달려갈 수 없는 궁지로 내몰렸다면, 은신할 수 있는 곳은 그나마 움막뿐이었다. 그러나 한밤중에, 배추 속같이 핏기 없는 얼굴에 땀을 비 오듯 흘리며 찾아갔지만, 외삼촌은 움막 안으로 단 한 발도 들여놓지 못하게 가로막았다. 굽도 젖도 못하게 된 나는 화재가 발생하게 된 자초지종을 반은 울며 털어놓을 수밖에 없었다. 처음엔 귀담아들으려 하지 않았는데, 생쥐가 분명히 사택의 창고로 뛰어들었을 것이라는 대목에 이르자 외삼촌은 이제까지의 서슬은 온데간데없고 자못 진지해졌다.

「니 그 악돌이들하고 언제부터 어울려 놀았노?」

「언제부턴지 기억이 삼삼하다.」

「배꾸무(배꼽)에 피도 덜 마른 놈이 엄청스러운 일을 저질러 놓고도 여시 새끼맨쿠로 딴청만 펴나? 남의 집에 불 지르면 감악소로 붙들려 가서 평생 식은 콩밥만 묵고 살아야 된다는 거 몰랐디나?」

「내가 언제 불 질렀노?」

「사택 창고의 불은 쥐 새끼가 질렀다 카드라도, 쥐 새끼한테 불을 지른 건 니가 저지른 짓 아이가?」

「쥐 새끼가 사택으로 달려갈 줄은 몰랐다 아이가.」

「임마야, 그 쥐 새끼가 얼매나 뜨거웠겠노. 모르긴 해도 지내장까지 확 토해 버리고 싶을 정도로 뜨거웠을 거다. 그래서 이래도 죽고 저래도 죽을 수밖에 없는 처지라, 얽죽박죽 물웅덩이를 찾는답시고 무작정 창고 쪽으로 뛰어든 거라.」

「학교에서도 쥐는 잡아 없애야 한다고 카드라.」

「임마 또 땡깡 놓고 있는 거 보래? 곡식을 축내는 쥐는 잡아 땅에 묻고 꼬랑지 잘라서 학교로 가져오라 하지, 석유

붓고 불 질러서 교장 사택으로 내쫓으며 땡깡 놓으라는 이바구는 없었을 거다……. 니는 앞으로 꿈을 꿨다 하면, 쥐새끼들만 나타나서 니를 할퀴고 들 것이고, 그래서 죽을 때까지 쥐 새끼 귀신한테 평생 시달림을 받을 거다.」
「아지야가 날 협박하제?」
「꼴에 밤똥 싼다 카디, 임마가 어디 가서 유식한 말을 배워 가지고 내한테 써묵을라 카노. 그나저나 쥐 새끼 꿈은 내일 밤중에 할 걱정이지만, 너그 아부지가 이 사실을 알면 니는 몽둥이찜질로 세월 보내게 생겼다. 밤에는 생쥐 떼들한테 시달리고 낮에는 몽둥이찜질에 시달릴 니 신세가 가련하게 돼뿌렀다.」
「아부지가 날 때릴지 안 때릴지 아지야가 어째 아노?」
「너그 아부지 괴팍한 성질에 니를 가만둘 성부르나?」
「나는 집에 안 갈란다.」
「니가 정말 창고에 불 지른 게 사실이라면, 집에 들어가는 것이 참말로 화약 짊어지고 불로 뛰어드는 것이나 마찬가지다.」
「아지야가 일러바칠 기제?」
「그것보다는 니가 왜 그런 가당찮은 일에 재미를 붙이게 되었는지 알 것도 같고 모를 것도 같다. 한번 화끈하게 땡깡 놓으라고 누가 니를 꼬시드나?」
「…….」
「모두가 집 나간 너그 엄마 탓이다. 니가 그 엄마 원수 갚

을라꼬 그런 땡깡을 놓은 거라. 하기사 아픈 것보다 더 참
기 어려운 것이 가려운 것이제.」
　외삼촌은 내가 당하고 있는 위기를 진솔하게 받아들였고,
그제서야 당분간 움막에서 체류할 것을 허락하였다.

3

　배수관에 둥지를 튼 물까마귀 새끼들이 알에서 깼다는 것을 발견한 것은 움막에 기거한 이튿날이었다. 암수 한 쌍이 거의 쉴 사이 없이 웅덩이에 잠수하여 피라미나 쉬리 새끼들을 잡아서 둥지 속으로 날랐다. 이미 둥지를 짓고 산란에 부화까지 마쳤는데도 경계를 게을리 하지 않는 본성은 여전했다. 오히려 더욱 철저하게 경계를 두어서 먹이를 물고 그대로 둥지 속으로 날아드는 경우는 거의 없었다. 근처에 천적이 접근하는 낌새가 없다는 것을 확인한 후에 폭포의 낙차를 이용해서 배수관 속으로 날아들었다가 다시 낙차를 이용했다. 그 헌신적인 수발은 나에게는 지루하게 느껴졌으나 한 치의 오차도 두지 않고 치밀하게 진행되고 있었다.

　몰래 내 끼니를 수발해 주던 여자의 존재를 발견한 것도 움막에서 며칠 동안 체류했기 때문이었다. 움막에 피신하게 된 까닭을 아버지는 알아챈 것 같았다. 그러나 외삼촌이 우려했던 것처럼 질책이나 손찌검은 없었다. 그리고 당장 집으로 돌아오라는 삼엄한 분부도 없었다. 아버지가 의외로 너그러웠던 것은, 그날 밤의 화재가 방화범의 소행인지 실화인지 아무런 증거도 찾아내지 못하고 있었기 때문인지 몰랐다. 아니면, 외삼촌과의 해후가 예측되는 움막까지 찾아오는 것 자체가 혐오스러워 주저하고 있는지도 몰랐다. 그래서 대신에 그 여자를 움막으로 보낸 것인지 몰랐다.

그 여자가 움막에 나타난 것은, 핏빛으로 타는 노을 아래로 한 무리의 새 떼가 자갈돌들 부딪는 소리로 우짖으며 산구릉을 넘어가던 무렵이었다. 외삼촌과 나는 눅눅하지만 아직은 따뜻한 온기가 남아 있는 자갈밭에 나란히 엎드려 있었다. 우리는 아주 사소한 것에 시선을 고정시킨 채 오랫동안 그렇게 있었다. 가령 바람에 조용히 나부끼는 미루나무 잎사귀, 모래톱에 찰랑이는 물결 같은 것이었다. 우리는 마침 타래 치며 흐르던 물결이 어느덧 유수지와 마주치면서 기세를 죽이고 잔잔하게 가라앉아 모래톱을 핥으면서 잔광에 반사되어 사금파리처럼 반짝이고 있는 모습을 바라보고 있었다.

그처럼 유수지 근처에 있는 사소한 변화들을 지나칠 정도로 오랫동안 응시하고 있으면, 그것들은 문득 본래의 모습과는 전혀 다른 어떤 것으로 변질되어 나타나곤 하였다. 가령 잔광에 반짝이는 물결을 오랫동안 바라보고 있으면, 잔잔한 물갈기 위로 떡 벌어지게 차려진 만찬 밥상이 불쑥 솟아올랐다.

갖가지 오묘한 모양으로 제작된 유리그릇들이 서로 높낮이를 자랑하며 커다란 밥상 위에 진열되었다. 그릇들마다 서로 향기를 다투는 음식들이 소담스럽게 담겨 있었다. 딸기, 머루, 모과, 밤, 감, 개구리, 산토끼, 꿩, 메추리, 메뚜기, 고욤, 오소리, 돼지감자, 취나물, 민들레, 씀바귀, 방가지똥, 고들빼기 같은 짐승의 고기와 나물들이 그릇들에는 담겨 있었다. 어머니가 앞치마를 두르고 나타나서 하얀 접시에 담긴 전병들과 숟가락을 꽂아도 넘어지지 않을 만큼 빡빡하게 담긴 고깃국이며 호박전들을 맛보고 있었다. 그러나 자세히 관찰하면, 그 유리그릇들에 담긴 음식은 육고기도 아니고 전병도 아니었다. 그릇마다 안다미로 담겨진 것들은 혐오스럽게도 검은콩처럼 딱딱하게 굳은 염소똥이거나 해삼처럼 건조된 너구리똥이거나 고약같이 멍울진 쥐똥이었고 콩죽처럼 묽은 수달이나 멧돼지의 똥들이었다.

햇살에 반사되는 유리그릇들은 한결같이 반짝거렸지만, 그 속에 담긴 것들이 구린내 풍기는 짐승들의 배설물로 돌변해 있다는 것은 이해할 수 없었다. 하물며 어머니가 마련한 저녁상이 온통 짐승의 똥으로 둔갑해 있다는 것은 더 이해할 수 없었다. 그러나 음식 맛을 보고 있던 어머니는 바로 이 맛이라는 듯 우리 쪽으로 시선을 돌려 웃음짓기도 하였다. 너무나 호의적인 어머니의 태도 때문에 구미가 당긴 나는 코를 벌룽거리기 시작했고, 침까지 삼키느라 목젖에서 덜컥 소리가 날 정도였다. 어머니가 가만히 손짓하고 있었다.

「대섭아, 이리 오이라.」
「나는 안 갈 깁니더.」
「니 밥해 묵일라꼬 일부러 여기까지 왔는데, 안 오겠다 카면 되겠나?」
「밥해 묵일라면 아부지가 기다리는 집으로 가야제, 여긴 왜 왔습니껴?」
「집에 가니까 너그 아부지 출타하고 없드라.」
「거짓말하지 마소. 아부지는 집에서 한 발도 안 나갔니더.」
「내 말 몬 믿겠거든 니가 가봐라.」
「나는 인제 집에 몬 가요.」
「니가 집에 몬 들어갈 형편이라는 것을 알고 내가 여기까지 안 왔나?」
「그런데 밥이 와 전부 똥이니껴?」
「니 눈에는 똥으로 보이나? 너그 삼촌 눈에는 진수성찬으로 보인다 카든데?」
「내 눈에는 똥이시더.」
「그거는 니가 이 어미를 밉게만 보기 때문인 기라. 니가 너그 아부지한테는 싹싹하게 굴고, 니 어미는 니를 버리고 떠난 몹쓸 여자로만 보기 때문에 헛게 보이는 기라.」
「나를 버리고 떠난 게 아이라 카면, 어째 나 혼자만 여기 있니껴?」
「니 혼자 있는 거 아이다. 삼촌하고 같이 있잖나?」
외삼촌과 나는 급기야 자개가 박혀 반짝거리는 흰 밥상머리에 나란히 앉아 있었고, 어머니는 국자를 찾아 들고 우리 두 사람의 턱밑에 놓여 있는 앞접시에 염소똥과 너구리똥과 수달의 똥을 떠놓기 시작했다. 다행스럽게도 밥상 위에는 그것들을 떠먹을 수저가 놓여 있지 않았다. 구미가 당기지 않으면 먹지 않아도 상관없다는 어머니의 배려인지 몰랐기 때문에 다행스럽다는 생각을 하였다. 그러나 어머니의 태도는 그렇지 않았다. 분명하게 알아들을 수는 없었으나 어머니는 야비하게 우리들에게 먹을 것을 강권하고 있었다.

그런데 나보다는 외삼촌에게 더욱 진지한 태도로 먹을 것을 권하는 것이었다. 그러나 다시 보아도 그릇 속의 음식들은 짐승의 똥이 분명했다. 그 순간 놀라운 일이 벌어졌다. 비장하게 그리고 낭패한 모습으로 앉아 있는데, 그 똥들은 우리가 수저질을 하지 않아도 저절로 벌떡 일어나 입으로 들어오기 시작했다. 우리는 입에 들어온 똥을 씹으면서 생선전이나 호박전을 먹고 있다는 현실을 믿었다.

눈에 보일 때는 붉은 접시꽃들이었다가 입 안으로 들어가는 순간 쫄깃쫄깃 씹히는 편육으로 돌변하였고, 눈에 보일 때는 민들레꽃이었는데 입 안으로 들어가는 순간 하얀 쌀밥으로 변하는 것들도 있었다. 짐승의 똥이라 하더라도 어머니 손에 들고 있는 국자에 닿으면 금세 생선전이나 고깃국으로 변한다는 것이 너무나 기이하고 놀라웠다. 우리가 먹고 싶은 것들을 턱짓으로 가리키기만 하면, 그 음식들은 스스로 일어나 입 안으로 들어왔다. 목젖에서 게트림이 흘러나올 정도로 포식한 우리는 강가에 누워 가쁜 숨을 몰아쉬었다. 그러나 식사는 그것으로 끝나지 않았다.

포식한 우리들을 흡족하게 바라보고 있던 어머니가 문득 외삼촌의 손을 잡아 일으켰다. 평소에는 거동이 굼뜨던 외삼촌은 아무런 몽니도 부리지 않고 어머니에게 이끌려 성큼성큼 유수지 하류 쪽으로 걸어갔다. 두 사람이 걸어가는 모습은 일순 귀기스럽기도 하면서 춤사위처럼 율동적이었다. 하지만 단 한 번도 내게 시선을 돌리지 않았다. 필경 나를 뒤돌아보며 손짓이라도 할 것 같았는데, 매몰찬 외면으로 일관했다. 먹은 것을 게워 내고 싶다는 생각까지 했으나 그 역시 여의치 않았다.

유수지 아래쪽에는 강의 흐름을 가로막은 물챙이방죽이 놓여 있었다. 움막이 앉아 있는 장소가 유수지로 변하게 된 것은 물길이 S자로 휘어진 곳에 절벽이 병풍처럼 둘러쳐진 까닭도 있지만, 하류 쪽에 그 시설물이 있기 때문이기도 했다. 싸리나무나 미루나무 가지를 꺾어다 발로 엮어서 만든 물챙이방죽에는 발 사이로 빠져나가는 물 흐름을 따라, 상류에서 떠내려온 잡동사니들이 걸려 일렁거렸다. 연장이나 신발 같은 것을 그곳에서 찾아내는 사람들도 있었고, 죽은 물고기가 떠오를 때도 있었다.

강가에 사람들의 발길이 뜸해서 한적함이 유지되었던 한때는 그곳에 수달 가족이 살았다는 소문도 있었다. 사람들이 거기에 물챙이방죽을 짓게 된 것은 그 수달들이 나뭇가지를 물어다 바윗돌을 의지하고 쌓아 강의 흐름을 차단하기 시작한 데서 얻어 낸 지혜였다는 말도 없지 않았다. 외삼촌은 때때로 그곳에 걸린 잡동사니와 쓰레기들을 걷어 내어 강가에 널어 말렸다가 모닥불을 지피곤 하였고, 때로는 나무 잎사귀들을 건져 내어 염소에게 던져주기도 하였다. 어머니의 손에 이끌린 외삼촌은 지금 막 물챙이방죽 뒤쪽으로 사라지고 있었다. 그 순간, 어머니는 내키지 않는 듯 시늉으로만 내게 일별을 보냈을 뿐이었다.

그 뒤로는 또다시 침하지가 있어서 하상이 낮아져 강물은 얼마 동안 잠잠히 흐르고 있었다. 이제 아득하게 멀어진 두 사람은 머리 부분만 할끔할끔 바라보였다. 이상한 일이었다. 나는 아득한 상실감을 느끼며 두 사람이 사라지는 쪽을 한눈팔지 않고 줄곧 바라보고 있었으나 벌떡 일어서서 쫓아가거나 눈여겨볼 엄두는 나지 않았다. 두 사람의 행동이 너무나 은밀했기에 물까마귀 가족을 관찰하고 있을 때처럼 가까이 다가가 관찰해선 안 된다고 생각했다. 어른들의 은밀한 세계를 훔쳐본다는 것은 기품을 가진 아이가 저지를 일이 아니란 생각도 들었다. 그때 그 뒤쪽으로부터 남녀가 흐느끼는 듯한, 그리고 자신들 스스로도 승인할 수 없는 교성이 바람결을 타고 끊어졌다 이어지곤 하였다. 달려가 보지 않아도 그것은 아버지와 어머니 사이, 그리고 어머니와 나 사이에 만들어졌던 우호적인 관계에 대해 치명적인 파국을 예고하는 것이었다. 그 순간 가슴이 덜컥 내려앉았다. 나는 고개를 가로저었고 곁에 있는 외삼촌을 다급하게 불렀다.

「아지야!」

「와 또?」

「우리는 배부르게 먹었제?」

「그런 엉뚱한 소리 하지 마라.」

「그 여자는 누구고?」

「이늠아가 실성을 했나, 불각시에 귀신 씻나락 까먹는 소리
는 와 하노?」

「아지야는 맛있게 안 묵었나?」

「이늠아가 돌아도 한참 돌았제? 염소똥도 먹은 게 없다.」

「너구리똥은 안 묵었나?」

「이늠아가 미쳐 뿌렀나. 불각시에 웬 똥 소리를 하노?」

「아지야는 똥 안 묵었나?」

「땡깡 부리지 말그래이.」

「아지야는 와 안 묵고 사노?」

「똥누기 싫어서 안 묵고 산다.」

　미풍에 나부끼는 미루나무 잎사귀들을 바라보고 있으면
곧잘 가을 운동회가 열렸다. 짓푸르게 청명한 가을 하늘을
가릴 정도로 조밀하게 장식된 만국기가 쏟아져 내릴 듯 펄럭
이고, 그 아래로 두 볼을 태워 버릴 것같이 홍조를 띤 얼굴의
아이들이 재잘거리며 하얗게 칠한 주행선을 따라 깡마른 새
가슴을 한껏 앞으로 내밀며 뛰어가는 것이었다. 바람이 불고
있었지만, 바람의 실체는 오히려 달려가는 아이들이었다. 아

이들 몸에선 바람의 냄새가 흩날렸고, 바람보다 더 빨리 그리고 바람보다 더 가볍게 더 높게 달려갔다. 아이들은 바람보다 더 바람다웠기 때문에 아이들 모두가 바람처럼 실체가 보이지 않았다.

운동장엔 바람의 소름 끼칠 정도로 날카로운 기염을 토하는 아이들의 함성만 들려오고, 어른들의 모습은 전혀 발견할 수 없었다. 금줄이 쳐진 운동장 변두리에서 밭은기침을 토해내며 응원해 주던 아버지도 마을 사람들도 보이지 않았고, 허파에 잔뜩 바람을 집어넣고 두 눈이 충혈될 정도로 지악스럽게 호루라기를 불던 선생님도 보이지 않았고, 눈처럼 쏟아져 내리던 만국기의 잔치도 사라지고 없었다.

오직 보이지 않는 바람만 시간이 흐를수록 탄력을 받아 어디론가 맹렬하게 질주하고 있을 뿐이었다. 나는 어느덧 그 바람의 등에 넙죽 엎드려 있었다. 바람에 실려 있다는 것에 의심의 여지가 없었으나, 내가 보이는 것은 아니었다. 나도 보이지 않고 바람도 보이지 않았으나, 바람과 내가 한 몸이 되었다는 것을 완벽하게 믿고 있었다. 바람은 내 볼을 쓰다듬었고, 때로는 종기가 난 다리를 쓰다듬어주기도 하였다. 아무리 아픈 상처도 바람의 손길이 닿으면 씻은 듯이 상쾌해졌다.

나는 바람의 등을 두드렸고, 알아챈 바람에는 가속도가 붙었다. 그야말로 질풍노도였다. 그런데 아래를 내려다본 나는 놀랐다. 나를 등에 싣고 있는 것은 바람이 아니었다. 그것은 놀랍게도 아버지가 몇 년을 두고 잡기를 소원했던 멧돼지였다. 나는 맨몸으로 멧돼지의 등에 올라타 갈기만 잡고 있어도 아래로 떨어지지 않았다. 두려움의 징표인 흰 이빨 두 개가 침버캐가 부글거리는 주둥이 밖으로 불거져 나온 멧돼지는 바람처럼 비명을 내지르며 달려갈 뿐이었다. 그런데 저 아래에서 아버지가 엽총을 겨누고 있었다. 그 엽총은 아버지가 이때까지 지니고 있었던 구식 엽총이 아니었다.

개머리판에 금빛의 낯선 문양이 날렵하게 새겨진 라이플이었다. 명중률이 백 퍼센트인 그 총을 발사한다면, 멧돼지와 나는 순식간에 형체도 없이 사라질 만큼 가공스러운 파괴력을 갖고 있었다. 그런데 아버지는 지금 우리가 달려가고자 하는 정면에서 우리를 향해 조준하고 있었다. 엽총의 가늠자가 멧돼지를 겨누고 있는 것인지, 아니면 나를 겨누고 있는 것인지 확실하지는 않았으나, 둘 중 어느 것에 명중되더라도 파국을 맞기는 매일반이었다. 우리는 아득하게 내려다보이는 지상 세계로 떨어질 것이고, 곧이어 숨을 거둘 것이었다. 그런데 이상한 것은 일촉즉발의 아슬아슬한 그 순간에 멧돼지와 나는 전혀 위기감을 느낄 수 없었다. 울화가 치미는 것도 아니었고 발사를 제지할 엄두도 없었다. 어쩌면 아버지의 조준이 성공하기를 바라고 있었는지 몰랐다. 그때 외삼촌이 내 엉덩짝을 딱 치면서 윽박질렀다.

「이늠아, 보그래이. 방구 냄새가 돼지똥 냄새보다 더 구리대이.」

「내가 언제 방구 뀌었노?」

「니 콧구녕은 방구 냄새도 몬 맞나?」

「방구 냄새 안 난다마는?」

「그러면 내가 뀌었다 말이가?」

「아지야는 방구 뀌면 안 되나?」

「내한테도 방구 뀌라고 만들어 둔 구녕은 있지만, 옛날에 수세미로 막아 뿌렀다. 니 아다시피 내가 먹은 게 있어야 방구를 뀔 거리가 있을 거 아이가.」

「아지야는 밥을 안 묵어도 지금까지 어째 살아왔노?」

「니맨치로 꾸역꾸역 안 묵어도, 안 묵는 게 버릇되면 그 나름대로 사는 방도가 나서는 거라.」

「염소똥 먹고 사나?」

「염소똥을 한 말이나 먹는다 캐도 목구녕만 미어졌지 그기 요기가 되겠나.」

「그러면 밤중에 작살질해서 고기 잡아묵고 사나?」

「남도 못 잡게 하는 고기를 내가 잡아서 배를 채우면 마을에서 나를 가만두겠나? 당장 몽둥이찜질해서 내쫓고 말 거다.」

「그럼 아지야는 안 먹어도 사는 물귀신이라?」

「내 눈에 간혹 보름달이 노랗게 보이기는 하지만, 귀신은 아이다. 귀신이라면 진작에 니를 잡아서 구워 먹어 뿌렀지 지금까지 가만 놔두고 있었겠나.」

물까마귀들이 둥지를 튼 배수관을 오랫동안 응시하다 보

면, 그 배수관은 어느 순간 문득 증기 기관차의 굴뚝으로 변
모하여 벌떡 일어섰고, 그 굴뚝에선 하얀 증기가 구름처럼
뭉게뭉게 솟아오르기 시작했다. 열차가 역에 당도한 것을 알
리는 기적 소리가 귀청을 찢을 듯이 들려오고, 육중한 쇠바
퀴가 지금까지 삼켰던 레일을 기다랗게 게워 내면서 멈추는
소리가 들려왔다. 긴 여정을 마감한 여행자들이 햇볕에 시든
호박꽃처럼 지친 모습으로 객차의 승강구를 내려오기 시작
했다. 고만고만한 크기의 보따리들을 머리에 얹었거나 손에
챙겨 든 여행객들이 줄레줄레 개찰구를 나와 흩어지면서 두
리번두리번 갈 길을 찾고 있었다. 그 여행객들처럼 보따리를
든 한 여자가 우리들 등 뒤까지 걸어와 머뭇거리고 있다는
것을 먼저 알아챈 것은 나였다.

느닷없이 우리들 등 뒤로 화사한 모습을 드러낸 그 여자의
얼굴 윤곽은 해납작해서 얼핏 수더분한 인상을 가졌으나, 유
난히 쳐들린 두 눈초리가 표독스럽거나 변덕스러운 성품이
라는 것을 과시하고 있는 듯했다. 그 여자는 정말 열차에서
금방 내린 여행자처럼 보따리 하나를 손에 들고 서 있다가,
기척에 화들짝 놀라 시선을 돌린 내게 자신도 덩달아 소스라
치면서 얼른 물었다.

「니가 대섭이제?」

그녀는 거두절미하고 물었다. 그러나 확연한 인기척에도
외삼촌은 미동도 없이 잔물결 위로 떨어뜨린 처연한 시선을
거두지 않았다. 내가 그녀의 접근을 알아채기 전 외삼촌은

그 예민한 촉각으로 이미 등 뒤에서 그녀의 움직임을 탐지하고 있었음이 분명했다. 그처럼 미동도 않고 있는 외삼촌에게 가위질려 그녀를 뚫어지게 바라만 보았을 뿐, 얼른 말문이 열리지 않았다.

「니 대섭이 맞제?」

그 여자가 다시 다급하게 물었지만, 역시 그녀를 뚫어질 듯 바라보기만 했다. 그녀에 대한 외삼촌의 비우호적이고 배타적인 응대에 나도 얼른 동의하고 있는 셈이었다. 그런데도 유수지까지 접근한 그녀의 대담성에 압도당하고 말았다. 여자는 우리들의 비우호적인 응대에도 불구하고 들고 있던 보따리를 내려놓으며 자갈밭에 풀썩 주저앉았다. 그녀가 보따리를 들고 온 것이 아니라, 보따리가 그녀를 여기까지 겯부축해 온 것처럼 그녀는 지쳐 있었다. 서 있을 땐 장딴지를 덮었던 치마 끝자락이 그녀의 허벅지 위까지 밀려 올라가면서 피둥피둥한 허벅살이 허옇게 드러났다. 내 시선이 거리낌 없이 허벅지 안쪽을 파고드는데도 그녀는 전혀 개의치 않고 들고 온 보따리를 풀기 시작했다. 그릇들이 서로 부딪치는 소리가 들려왔다. 도시락이었다. 내가 지난날 안방에 차려진 밥상에서 익숙하게 보았던 음식들의 실체가 보따리 속과 겉으로 분주하게 들락거리는 그녀의 손살에서 한 가지씩 모습을 드러냈다.

「사람이 찾아왔는데, 소 닭 보듯 하네. 푸대접도 분수 나름 이제…… . 숨어 있어도 굶지는 말아야제…… . 길을 잘못 들어서 저 위에 있는 봇도랑까지 올라갔다가 마침 콩밭 매고 있는 할마씨를 만나 물어보고 여기까지 다시 내려왔다. 하는 일도 없이 돌장승처럼 여기 앉아 있기만 하면, 누가 밥 먹여 주나?」

그녀는 외삼촌과 나를 싸잡아 비아냥거렸다. 아버지보다 10여 년 정도 손아래인 서른 중반의 나이로 보이는 그녀는 우리 마을에서 2킬로 정도 떨어진 아랫마을에 살고 있었기 때문인지 자주 마주친 기억은 없었다. 자갈밭에 보자기를 깔고, 밥이 든 도시락과 찬그릇을 분리해서 장황하게 진열하는 여자의 하얀 손바닥에 그어진 선명한 손금과, 꽃무늬가 정교하게 새겨진 원피스 차림의 입성은 그녀가 등뼈가 휘는 농사일과는 등지고 산다는 증거였다. 그제서야 여자는 자신이 나타남으로써 갑자기 곁도는 사람으로 전락해 버린 외삼촌을 힐끗 곁눈질했다. 외삼촌의 결 바른 태연함과 괴팍스러움이 못마땅하다는 눈치였다.

「남의 눈치 볼 것 없이 싸게 먹그라. 용뺄 재간 있는 줄 아나. 사람 명색이라면 수염이 석 자라도 먹어야 지탱을 하제.」

그때까지 꿈쩍도 않고 있던 외삼촌이 부스스 일어섰다. 그리고 자갈들이 부스럭거리는 소리가 들렸다. 굽도 젖도 못하고 있는 내 처지를 알아채고 자리를 비켜 주려는 것인지 몰랐다. 물챙이방죽이 있는 강 하류 방향으로 저만치 비켜나는 외삼촌을 다시 힐끗하고 나서 여자는 수저를 내 손에 쥐여 주며 눈짓으로 먹기를 채근하였다. 외삼촌을 턱짓으로 가리키는 여자의 입에서 예견하지 못했던 한마디가 흘러나온 것도 그때였다.

「명주 자루에 개똥 싸더라고…… 어디 가당키나 한 일이냐. 니 엄마가 줄행랑을 놓은 근본 원인이 바로 저 사람 때문인 기라. 니 처지가 딱하게 되었으니, 지금은 그냥 두고 있지만 일이 잠잠해지면 너그 아부지가 싸게 집으로 데려간다 카드라.」

「아부지는 잘 있습니껴?」

「똥 싼 주제에 속옷 걱정한다 카디, 니가 그 꼴이다. 니가 시방 너그 아부지 걱정하고 있을 처지가 되나? 니 걱정이나 하거라.」

「아부지는 밥 묵습니껴?」

「밥 못 묵으면? 니가 벌어 묵일래?」

「내가 어째 벌어 묵이겠습니껴.」

「그러니까 주제넘은 말 하는 게 아이다.」

밥먹기를 오도카니 앉아 기다리던 여자가 빈 그릇들을 챙겨 돌아간 뒤에도 외삼촌은 냉큼 모습을 드러내지 않았다. 움막으로 들어가 남은 촛농을 긁어모아 불을 밝힌 지도 상당한 시간이 흘러갔는데 외삼촌의 기척은 감감무소식이었다. 누군가가 나타나기를 강렬하게, 그리고 그 강렬한 만큼 더 강렬하게 바라는 기다림의 관성에 시달릴 때, 소리가 눈으로 보일 만큼의 미세한 적요 속에 넋을 빼고 앉아 있을 때, 그래서 옷 솔기마다 쓸쓸하고 공허한 기운이 스멀스멀 기어들고 있을 때 촛불을 바라보고 있으면, 마음을 안정시키는 적당한 온도와 습도가 방 안에 가득해지는 것을 느끼고, 막연한 불안감이 조금씩 이완되면서 비워져 가는 가슴속으로 안식이 자리 잡아 주었다. 그러나 밤이 깊어 갈수록 가슴속의 안식을 교란시키는 수다스러운 상념들을 떨쳐 버릴 수 없었다.

바로 그녀가 남기고 간 가시 돋친 말이었다. 외삼촌에게 홀대당한 굴욕에 분개해서 저지른 농탕이었을까. 아니면 외삼촌과 나 사이의 돈독한 정분을 시기한 것일까. 스스로 안타까운 것은 여자의 속내가 확연하게 짚여 오지 않는다는 것이었다.

이제 흘러내린 촛농이 멍석 가녘을 적시고 심지까지 까물까물 타 들어갈 무렵, 숨어서 훔쳐보기라도 했던 것처럼 외삼촌의 기척이 들려왔다. 거적문을 들치고 들어와 가만히 좌정하는 그에게서 시큼한 풀 냄새가 풍겼다. 그가 혼자 있고 싶을 때 하는 버릇대로 무덤에 기대어 팔짱을 낀 채 쪽잠을 자고 왔거나, 아니면 유수지 아래쪽 먼 산코숭이 곁에 있는 삼밭 두렁을 베고 졸다가 돌아왔는지 몰랐다.

다시 촛불을 갈아 켜고 나를 바라보는 외삼촌의 눈길에서 불쾌한 기색을 읽을 수는 없었지만 충혈되어 있다는 것을 깨달았다. 그는 내 가슴속을 교란시키고 있는 상념이 무엇인지 확연하게 꿰뚫어 보고 있었다. 훌쩍 다가왔던 그 여자가 내게 어떤 말을 남기고 떠났는지 듣지 않았는데도 정확하게 꿰

고 있었다. 오랫동안 홀로 살게 되면 스스로에게 혼잣말을
건네는 버릇을 익히게 되고, 바람의 흐름 속에 숨겨진 말들
의 가닥을 잡아채는 기량도 터득하게 되는지 몰랐다. 거두절
미하고 외삼촌은 이렇게 말했다.
「삼 년 전 삼삼한 그 여자한테 눈독을 들이고부터 너그 아
부지가 갑자기 안면을 싹 바꾸면서 너그 엄마한테 땡깡을
놓기 시작했제. 니는 그걸 본 적이 없지만 내한테는 현장
을 몇 번 들킨 일이 있었던 거라. 그런데 옛날부터 흥정은
붙이고 싸움은 말리라는 말이 있제. 생사람 잡는 소리가
들리는데, 구차스럽지만 사지가 멀쩡한 내가 가만히 서서
보고만 있을 수는 없었제. 그런데 내가 뛰어나가서 싸움을
뜯어말리면, 너그 아부지는 고삐 풀린 짐승맨쿠로 길길이
날뛰며 땡깡을 부리는 거라. 너그 아부지가 뜯어말리는 나
보고 뭐라 캤는지 아나? 개 똥구녕에 보리알 끼듯이 니는
와 끼어드냐고 대드는 거라. 너그 엄마와 내 사이에는 남에
게 드러내고 말 못할 사연이 있다고 덮어씌우면서 거품을
물고 날뛰는 거라. 한창 몰아붙일 때는 너그 엄마가 너그
엄마의 본래 있던 꼴로 되돌아갈 틈도 주지 않았다 카이.」
외삼촌이 그토록 진지하게, 그리고 내 낌새를 살피거나 응
대를 기다리지 않고 긴 대화를 이끌어 간 것은 처음이었다.
물론 천성이 과묵했던 탓이었겠지만, 다채로운 감정이 적당
하게 배어 나는 대화를 일체감 있게 그리고 노련하게 연결시
켜 나가는 기량은 당초부터 서툴렀었다. 그런데 그 서투름이

이상하게 나를 안도시켰고 신뢰하도록 만들었다. 그에겐 최소한 없던 일을 있던 일처럼 달변으로 꾸며 내는 변덕이나 도덕적 질병은 없었기 때문이다. 그러나 외삼촌의 머리에 잠겨 있는 기억의 창고에는 청소되지 않은 어머니의 자리가 있다는 것을 극명하게 읽을 수 있었다. 기억의 뒷모습을 조작하거나 윤색한 흔적은 없었지만, 그 기억을 무심한 일상에서 스쳐 간 일들처럼 청소해 버릴 수 없었던 주관성은 어렴풋하게 엿보였다. 하지만 외할아버지에게 홀대만 당하다가 돌아가신 외할머니는 그의 생모였음에도 불구하고 그 기억은 그토록 애틋하거나 선명하게 남아 있다는 징표가 없었다. 그리고 외삼촌은 덧붙였다.

「너그 엄마가 어디로 달라빼 뿌린(도망해 버린) 거는 두말할 것도 없이 순전히 아까 왔던 그 여자 때문인 거라. 그 여자만 없었드라면, 너그 엄마는 등을 떠밀어도 집을 나갈 여자가 아인 거라. 사람들은 혹 나를 너그 엄마한테 끌어들여서 그럴듯하게 꿰맞추기도 하지만, 그건 얼토당토않은 말인 거라.」

그녀는 외삼촌이란 존재 때문에 아버지와 어머니 사이가 파경에 이르렀다고 고자질했으나, 외삼촌은 바로 그녀의 존재가 어머니에게 가출할 수 있었던 명분을 만들어 주었다는 것이다. 이런 견해와 해석의 괴리는 물론 나에겐 혼란일 뿐이었다. 그러나 엉킨 실타래 풀듯 그 혼란의 가닥을 슬기롭게 헤어 나갈 지혜는 없었다. 그 혼란과 의문들이 서로 백안시하고 있는 아버지나 외삼촌의 능력에 의존해서 해결되기를 바라는 수밖에 없었다.

그녀가 움막을 다녀갔던 그날 이후, 나는 외삼촌의 탐조 행각에서 낙오되는 경우가 생겨나기 시작했다. 나는 비교적 움막을 떠나지 않고 유수지 근처를 맴돌았지만, 새벽같이 일어난 외삼촌은 움막을 떠났다가 해가 질 때까지 모습을 드러내지 않는 경우가 많아졌다. 때로는 쥐똥나무 울타리가 쳐진 수박밭 어름이나 물총새들의 둥지가 있는 상류 쪽이 아니면, 물챙이방죽 아래쪽까지 기웃거려 보았으나 외삼촌의 모습을 발견할 수 없었다. 그러나 노을 녘에는 반드시 움막으로 돌아왔다. 그 여자가 끼니를 마련해서 움막을 들락거리는 것이 못마땅했지만, 아버지로부터 낙오된 내 딱한 처지를 측은하게 여겨 침묵으로 일관하고 있는 셈이었다.

그 여자의 수다스러운 출현을 의구심이 가득한 시선으로 경계하고 있으면서도 외삼촌은 그날 밤 이후, 여자가 움막을 내왕하면서 쏟아 놓는 말의 성찬에 어떤 궁금증도 내비친 적이 없었다. 나는 여자로부터 생쥐의 화형식으로 비롯된 경찰들의 탐문 수사에 아무런 진전이 없다는 소상한 내막을 전해들을 수 있었다. 내가 가슴 두근거려 가며 그 추이를 의심하고 있던 아이들도 한결같이 함구하고 있다는 것을 알았고, 사택의 창고에 쓰다 만 석유통을 보관하고 지냈다는 늙은 사환의 진술이 방화라는 범죄 구성의 기틀을 조금씩 소멸시켜 가고 있는 중이었다. 사실 아무리 몸부림치며 달려가도 불덩이 속을 벗어날 수 없었던 생쥐가 창고 앞의 물웅덩이로 뛰어들었다면, 화재의 동기는 창고에 보관되었던 석유통에 있었을 것이라는 가설도 설득력이 있었다. 어쨌든 경찰에선 방화와 실화를 심각하게 저울질하는 척하다가 방화를 의심하고 있는 마을 사람들의 입방아가 잠잠해지면, 슬그머니 실화 쪽으로 결론을 내리고 수사를 마감할 작심인 것 같았다.

사냥철이 아닐 때는 엽총을 파출소에다 유치시켜야 하는 법규 때문에 아버지는 파출소에 수시로 드나들어도 이렇다 할 제지를 당하지 않았고, 그것으로 파출소에서 진전되는 사소한 사건들의 수사 진행은 수월하게 귀동냥할 수 있었다. 그렇다면 하루 한 번씩 내게 끼니 수발을 하고 있는 그녀 역시 아버지를 수시로 만나고 있다는 뜻이었다. 그녀로부터 전달받는 정보가 아버지의 입에서 흘러나온 것이 분명하기 때문이었다. 두 사람 사이가 궁금했던 것은 나였지만, 오히려 내가 그녀의 끈질긴 추궁으로 시달림을 받고 있었다.

그녀가 시종일관 궁금하게 생각하고 있는 것은 종적을 감춘 어머니의 행방이었다. 자신이 모르고 있는 어머니의 행방을 아버지와 나는 꿰고 있다고 넘겨짚고 있었다. 그녀는 줄거리가 전혀 다른 얘기를 장황하게 이끌어 가다가 느닷없이 어머니의 행방을 묻곤 하였는데, 그것은 내가 부지불식간에 실토해 버리는 실수로 유도하기 위해서였다. 허를 찔러 놓고 나를 암팡진 얼굴로 뚫어질 듯 쏘아보는 그녀의 시선은 티끌 같이 사소한 변덕이나 협잡도 반드시 색출해 내고야 말겠다는 결의로 넘쳐흘렀다.

그녀를 처음 만날 때부터 쳐들린 눈초리와 시골 사람들에 게선 보기 드물게 오뚝한 콧날에 압도되었고 주눅 들어 버렸다. 내게 익숙한 것은, 먼산바라기를 하고 있는 아버지의 초점이 흐린 시선이었거나, 눈을 감고 있는 경우가 많은 외삼촌의 눈이었다. 그렇기 때문에 그녀의 그런 오만하면서 위압적인 신체적 조건들은 내 진정성을 계측하는 데 탁월한 기능을 발휘하게 된다는 것을 깨달았다.

그뿐만 아니라, 그녀는 귀와 눈썹, 심지어 이마로 늘어뜨린 머리칼까지 자신이 가진 온갖 감응 체계를 곤두세우고 흡사 호비칼로 내 쓸개라도 도려 낼 듯, 갈등하고 있는 나로부터 한순간도 시선을 거두지 않았다. 그때마다, 내가 보이는 갈등 때문에 거의 똑같은 질문을 교활한 방법으로 반복하고 있는 듯했다. 그러나 내가 겪고 있는 교란은 그녀가 예단하고 있는 것처럼 단순한 망설임이 아니었다. 모른다고 솔직하게 털어놓았을 때, 곧바로 수긍하지 않을 의구심의 요소들을 그녀는 너무 많이 가지고 있었다. 그렇기 때문에 그녀가 이미 구성을 마친 강렬한 기대치를 완전히 전복시키는 발언을 내쏟아 버렸을 때, 그녀가 받을 실망감이나 마음의 상처가 두려웠다.

그래서 때로는 어머니의 행방을 알고 있는 것처럼 그럴듯하게 꾸며 대고 싶은 유혹에 빠질 때도 없지 않았다. 그런 유혹에 빠질 때마다 나는 말을 더듬거렸고, 마른침을 꿀걱 삼키거나 가렵지도 않은 뒷덜미를 긁어 댔다. 뒷덜미를 긁으면 세계 지도 위에 씌어진 수많은 지명들이 주마등처럼 뇌리를 스쳐 가곤 하였다. 뉴욕과 런던, 혹은 우간다와 케냐, 아니면 서울과 대구와 대전과 부산 같은 굵직굵직함으로써 오히려 사실성이 결여되어 있는 지명들이었다. 어떤 지명도 어머니가 안착하고 있어야 할 명분을 가진 곳은 아니었다. 그 어떤 곳도 어머니의 자리는 아니라는 것에 동의하고 싶었기 때문이었다. 그러나 어디에 있든 어머니라는 존재 자체는 너무나 뚜렷했다. 그렇다면 어머니는 정처 없이 떠돌고 있을지 몰랐다. 아직까지 떠돌고 있기에 내게 연락을 않고 있는 것이 분명했다.

그런 애매한 태도는 응당 그녀를 혼란스럽게 만들었다. 그래서 내가 어머니의 행방을 알고 있지만 그것을 곧이곧대로 발설하면 아버지로부터 돌이킬 수 없는 보복을 당할지도 모른다는 결론으로 낙착이 되는 것이었고, 그것은 그녀로 하여금 자제력을 발휘할 수 있도록 유도하는 것이 아니라 오히려 안달하게 만들었다. 차분하거나 냉정하게, 때로는 목청을 근엄하게 가다듬거나 또는 속삭이면서 나에게 담보되어 있는 파경의 진로를 샅샅이 캐려 드는 그녀의 태도에서, 끊임없이 겉돌기만 할 뿐 안착의 느낌을 갖지 못한 우울한 여자로서의 불안과 갈등이 묻어났다.

「집 없이 떠도는 하찮은 날짐승도 지 새끼를 품고 있을 때는 지 목숨을 내걸고 여우 콧등을 쪼아 댈 만치 표독스러운 기라. 아무리 매몰찬 여자라 카디라도 피붙이를 남겨 두고 종적을 감춘 그 여자가 이때까지 편지 한 장 없이 등돌리고 살까. 그렇게는 못하는 기라. 나도 한때는 자식 낳고 반듯하게 살아 볼라꼬 애쓴 일이 있었던 여자다. 그렇기 때문에, 살 섞은 남편은 두 번 다시 대면하기가 몸서리치게 싫을 수도 있지만, 지 뱃속에서 빼놓은 피붙이는 보고 싶어서 환장하는 게 인지상정이라 카는 것도 알고 있다. 그래서 너그 아부지한테는 연락이 없더라도 니한테는 필경 연락이 있었을 기다.」

때로는 멀찌감치 비켜나 있는 외삼촌을 턱짓으로 가리키며 덧붙일 때도 있었다.

「니가 아니라 하드라도 저 사람하고는 비밀리에 연락을 주고받을 기다. 니도 저 사람한테 그 여자 이바구를 들어 본 적이 있제? 왕골이 수렁 아닌 곳에선 자라지 못하고 갈대가 늪 아닌 곳에서 자라지 않는다 카드라. 그 여자가 종적을 감췄다 카다라도 니나 저 사람하고 인연을 끊고는 살지 못하는 것도 같은 이치인 기라. 니는 아직도 모르고 지나치는 게 너무 많은 철부지 나이지만, 철이 들었다는 사람의 마음은 모두가 비슷비슷한 기라.」

그리고 매우 선동적인 눈짓으로 느닷없이 손바닥을 내밀었다. 어머니로부터 받은 편지를 내놓으라는 것이었다. 만약 그런 편지를 수습한 적이 있다면, 집 안에다 숨겨 놓고 다닐 것은 아둔한 여자라도 익히 알 만한데, 강가 움막에 끽 소리 없이 은신하고 있는 나를 윽박지르고 있는 것이었다. 그런 억지를 부리고 있는 것은 내가 가지고 있는 모든 자질구레한 상황들도 장악하겠다는 의도였고, 중간에 어물어물 그만두는 것은 체질상 맞지 않는다는 자신의 집착력을 과시하려는 것이기도 했다. 일테면 서로 연락을 주고받는다는 증거물을 탈취할 수 있을 때까지 소모적인 것을 무릅쓰고 채근과 회유와 변덕을 되씹고 곱씹으며 성가시게 굴겠다는 암시이기도 했다.

어쨌든 그녀가 드세거나 말거나, 내 어머니를 그 여자로 객관화시켜 거드름을 피우고 있는 것에 울화가 치밀었다. 그 때문에 어머니의 행방을 그럴듯하게 꾸며 내어 그녀의 비위를 맞춰 주고 싶었던 당초의 유혹을 오히려 수월하게 떨쳐 버리곤 하였다. 내게는 안착의 느낌이 없는 그녀가 바로 내 어머니의 자리에 앉아 있기라도 한 양 뻔뻔스럽게 행동하는 것이 목에 걸린 가시처럼 거북했다.

개개의 사물에는 그 나름대로 규칙성이나 고정성이 있다. 가령 가을에 촉촉이 내리는 보슬비는 조그만 마을을 다소곳하게 만들고, 그럼으로써 평소에는 하찮게만 보여 지나쳐버리기 쉬운 것들에 친밀감을 갖도록 하거나 행복감을 느낄 수 있도록 만든다는 고정성이 존재하였다. 박쥐는 밤에만 날아다니고, 대나무는 정말 대쪽같이 결 바르며, 보자기는 물건을 싸는 데 사용한다는 규칙성이 존재하였다. 그런데 그녀는 자신이 바로 내 어머니의 자리를 차지하고 앉아 있다는 허물도 모르고 콧대를 내흔들고 있는 셈이었다.

그녀가 보여 주는 모순은 그뿐 아니었다. 처음 며칠 동안
은 행여나 절벽 위에서 목격하고 있는 사람이 있을까 해서
삼엄한 눈초리로 유수지 근처까지 주의 깊게 살핀 다음, 인적
이 없는 것을 확인한 후에 도시락 보자기를 풀었고, 내가 도
시락을 비울 동안 심지어 움막 뒤로 몸을 숨기기도 했었다.
그리고 나 혼자 먹을 수 있는 끼니만 갖고 와서 내가 그릇들
을 후딱 비우면, 잽싸게 보자기를 수습하여 황급히 자리를 뜨
곤 하였다. 그러던 어느 날, 그녀는 자신의 도시락도 같이 싸
가지고 와서 야외에서 먹는 조촐한 식사로서는 누가 보아도
과장되어 있으리만큼 떡 벌어지게 차려 놓고 보란 듯이 나와
함께 밥을 먹었다. 식사를 마치고 난 뒤에도 빈 그릇들을 냉
큼 수습하지 않고, 두 팔을 등 뒤로 돌려 상반신을 삐딱하게
받치고 앉아 게트림까지 크르륵 토해 내곤 하였다. 아니면,
나처럼 자갈밭에 난폭하게 나자빠지면서 손깍지를 뒤통수에
대고 반듯이 누웠다. 나와 허물없이 지내겠다는 뜻이거나 호
의적인 태도가 지나쳐서 하는 행동일 수 있었다.

그때, 아무에게나 관대할 것 같은 그녀의 젖무덤이 확연하
게 드러났고, 짧은 치맛자락이 배꼽노리까지 끌어당겨져서
탱탱한 허벅지가 온전하게 드러나기도 하였다. 그러면 나는
얼굴이 숯불이라도 끼얹은 것처럼 화끈 달아올랐고, 거의 결
사적으로 호흡을 가다듬어야 했다. 그녀 자신에겐 버릇으로
정착된 튼튼하고 편리한 습관일 뿐인지 몰라도, 정액에 독이
올라 어떤 수정체를 갖기엔 아직 미숙했던 나에게도 그것은

참기 어려운 유혹이었고 혼란이었다. 모기가 흔한 곳이 아닌데도 때때로 치맛자락을 홀떡 걷어 올리고 손바닥에 침을 발라 허벅지를 딱딱 쳐서 찰진 소리를 내며 서걱서걱 긁어 댈 때도 있었는데, 그때는 그녀의 허벅지를 와락 껴안고 싶은 강렬한 충동까지 일었다.

마침 그때 절벽 위를 산책하는 사람이라도 있었다면, 나이든 여자와 어린 소년이 이상야릇한 짓을 벌이고 있다는 소문도 파다하게 퍼질 만하였다. 그처럼 방만한 태도는 그녀의 젊은 나이로 보나, 괄괄하거나 무던한 성미도 아닌 이상 쉽게 구성해 낼 수 없는 행동이었다. 그녀가 굳이 나와 저녁 식사를 함께하고 허벅지를 드러내고 젖무덤을 과시하고 있는 근저에는 바로 외삼촌이란 존재가 겨냥되어 있었다. 그리고 그것은 나를 목표하고 저지르는 선동이나 유혹이 아니라, 외삼촌에게 심술이나 적의를 품고 있다는 확연한 징표였다. 그녀가 그런 퇴폐적인 태도를 보여 주고 있는 것은 바로 외삼촌의 접근을 되도록 가로막으려는 저의가 숨어 있었고, 그 교활한 계책은 대체로 성공하고 있었다. 바람에 실려 오는 외삼촌의 낌새가 느껴질 때마다 그녀는 치맛자락을 걷어붙이고 당치도 않은 모기를 잡는 척했기 때문이었다.

외삼촌은 언제 보아도 먹는 것과는 담을 쌓고 지내는 사람이었다. 물론 그도 사람인 이상, 현실적으로 섭생을 외면하고 살지는 못할 것이다. 그러나 어쩐 셈인지 먹고 있는 실제 상황이 나에게 발견된 적은 없었다. 괴팍한 성품 때문일 수도 있었고, 기인으로 보이기 위한 나름대로의 계책일 수도 있었다. 어쨌거나 그는 그처럼 몰래 연명해 가고 있었다.

그녀는 외삼촌이 곁눈질하는 가운데 게걸스럽고 방만한 식사 장면을 연출함으로써 외삼촌의 허파를 뒤집어 놓겠다는 심산이 분명했다. 입맛 다시는 소리가 끊이지 않는 왕성한 식욕, 그 식탐이 요구하는 과장된 손놀림이 외삼촌의 시선에 낱낱이 각인되기를 바라지 않는다면, 우리들의 식사는 당연히 절지동물처럼 소리 없이 그리고 은밀하고 조심스럽게 진행되어야 했다. 그런데도 그녀는 외삼촌을 향한 적의를 거두려 하지 않았다. 그래서 외삼촌은 우리들이 식사하는 시간에는 보이지 않는 먼 곳까지 가서 쉽게 돌아오지 않았다. 그것이 바로 그녀가 겨냥하고 있는 것이었다.

거기에서 아버지가 만든 음습한 계략의 흔적이 모습을 드러냈다. 아버지가 여자에게 그렇게 하도록 사주하고 있었다. 그래서 결국은 더 이상 버틸 수 없는 지경에 이른 외삼촌이 마을을 떠날 결심을 굳히게 함으로써 유쾌한 승리를 얻어 내려는 것이었다.

더욱이나 경찰 수사는 이제 실화로 결말을 짓고 일단락되었는데도 집으로 돌아와도 좋다는 아버지의 분부는 떨어지지 않았고, 그녀의 도시락은 여전히 나에게 전달되고 있었다. 일테면 은신처에 숨어 있는 내게 음식 수발을 하겠다는 본래의 의도가 기만으로 변질된 셈이었다. 이젠 아버지에게 달려가 개처럼 컹컹 짖어 대며 귀가를 애원한다 하더라도 아버지의 흔쾌한 허락이 떨어질 것 같지 않았다.

외삼촌 역시 아버지의 비열한 의중을 이미 꿰뚫어 보고 있는지 몰랐다. 그러면서도 그녀의 뻔질난 내왕을 저지하거나 따돌리려 들지 않았는데, 그 역시 외삼촌다운 대응일 수 있었다. 그녀의 등 뒤에 감춰진 아버지의 계략을 넘겨짚지 못하는 척하면서 아버지 편에서 먼저 지치도록 기다리고 있는 것인지 몰랐다. 그런가 하면, 그녀가 겨냥하고 있는 의도는 아버지와 달랐으나, 먹갈치, 생갈치, 햇갈치이지만 모두 한통속이듯 외삼촌을 움막에서 몰아내야겠다는 것에는 아버지와 다르지 않았다. 그녀는 외삼촌이 유수지 부근에 기거하고 있는 한 어머니가 돌아올 가망성이 소멸되지 않는다는 생각을 갖고 있음이 분명했다. 그 여자의 허파에 들어앉아 있는 계산은, 어머니가 돌아오면 사태는 어차피 자신에게 불리하게 전개될 것이라는 데 있었다.

어쨌든 나는 아버지에게 따돌림을 당하고 있는 셈이었다. 그것을 참담한 심정으로 받아들였지만, 배신당했다는 느낌은 없었다. 아버지가 만들어 내는 모든 불찰은 어머니의 가출로부터 출발하고 있다고 믿었기 때문이었다. 그리고 아버지가 건넌방에서 마작을 벌이며 밤샘을 하지 않을 때나 수렵 길에 나섰을 때, 악몽에 시달리지 않아도 된다는 안도감도 없지 않았다.

안방 윗목에는 어머니가 남기고 떠난 헌 옷가지들이 정돈되지 않은 채 처박혀 있는 낡은 궤짝 하나가 꺼칠하게 놓여

있었다. 어머니가 가출한 이후, 아버지는 집 안 여기저기에
서로 조화를 유지하면서도 일체감 있게 배치되어 있던 가재
도구들을 야금야금 처분하기 시작했다. 그 옛 가구들을 사가
는 사람은 언제나 같은 사람이었다. 얼굴은 언제 보아도 삶
은 수수떡같이 벌겋고, 손톱 밑에는 늘 땟국이 시커멓게 끼
어 있었다. 눈자위를 부라려 가며 막대한 금액이라고 건네주
는 물건값이 아버지에겐 그지없이 약소한 푼돈에 불과했다.
그리고 까닭 없이 왝왝거리며 악다구니를 쏟아 내거나 사소
한 문제 따위로 아버지에게 투덜거렸다.

그를 가리켜 마을 사람들은 도굴꾼이라 했다가 골동품상
이라 했다가 무시로장수라 했다가 어떤 땐 박 주사라 했다가
닥치는 대로 불렀다. 한때 우리 집 가재도구들을 아예 싹쓸
이해 가고 구들장을 파고 연못이라도 만들 것처럼 음모가 깔
린 시선으로 집 안팎을 샅샅이 뒤지고 다녔던 그가 유독 그
투박한 궤짝만은 대수롭지 않게 여겨 사가기를 탐탁해하지
않았기 때문에 이때까지 방 한구석에 남아 있었다.

내가 혼자서 잠이 들 때면, 그 궤짝의 뚜껑이 속창까지 뒤
집혀 보일 것처럼 맹렬한 속도로 활짝 열리면서 할아버지가
재취로 삼았던 외할머니의 모습이 희미하게 나타났다. 궤짝
밖으로 나와서도 한동안 국화 화분처럼 웅크리고 앉았던 외
할머니는 문득 신체 각 부분이 실타래처럼 풀리며 흩어지는
듯했다가 어느 틈에 재구성되면서 살아 있었을 때의 모습을
갖추어 나갔다. 그것은 흡사 궤짝 속에서 황급히 기어 나오

느라 신체의 몇몇 부분을 놓쳐 버린 나머지 유령의 모습으로 행세하기에 걸맞게 꿰어 맞추는 듯한 거동이었다. 해체와 재구성의 능숙한 반복 한 가지만으로도 유령이라는 존재를 본 때 있게 보여 주는 것이었다. 본래의 모습이 거의 완성되었다 싶으면, 발끝에서부터 정수리까지 온몸을 한 번 부르르 떨며 방 안 여기저기를 낯선 듯 두릿두릿 살폈다. 우리들에게 익숙한 유령들처럼 풀어헤친 머리카락이 어깨를 덮지 않고 단정하게 빗겨 넘겨졌지만, 무슨 개운치 못한 일이 있는지 표정만은 언제나 썰렁하고 음산했다. 흡사 음산한 표정을 돋보이게 하려고 쪽 진 머리로 단정하게 빗은 것처럼 보였다.

　잠에서 깨어났을 때도 얼굴 모습만은 사진처럼 생생하게 반추되는 외할머니는 덥고 추운 것과는 상관없이 원망이 가득 담긴 목소리로 하소연하는 말이 있었다. 그것은 언제나 춥다는 것이었다. 그리고 내가 뒤집어쓰고 있는 이불 속으로 기어들기 위해 가차 없는 삼투력을 유지하며 여릿여릿 다가오는 것이었다. 그러나 이불 속으로 기어드는 것에는 성공하지 못하고 연기 풀어지듯 사라져 버리곤 하였다. 어떤 때는 나를 불러 앉히고 외삼촌의 행방을 물어볼 때도 있었다.

「달구는 어대 가고 안 보이노?」

「움막에 살고 있습니더.」

「누가 거기로 쫓아냈노?」

「몰시더.」

「너그 아부지 짓이제?」

120

「아부지가 안 그랬니더.」

「너그 아부지 짓이 아이면, 가가 와 추운 데서 떨고 있노?」

「여름이라서 안 춥심더.」

「이늠이 변명하는 것을 보니까 못된 심사는 저그 아부지와 다를 데가 없구먼.」

「우리 아부지 욕하지 마소.」

「팔이 안으로 굽는다더니…… 이늠 말대꾸하는 꼴 좀 보그래이.」

「사람들이 모두 우리 아부지를 나쁜 사람 맨드니까 그렇지요.」

「너그 아부지가 나쁜 사람 아니드나?」

「하먼요.」

「멧돼지 한 마리 온전하게 못 잡는 얼포수가 니 애빈데 와 그토록 감싸고 드노?」

「멧돼지는 곧 잡을 깁니더.」

「코 큰 소리 하지 마라, 이늠아.」

외할머니가 회초리를 들어 나를 내리쳤고, 그 사품에 나는 천장에 정수리가 닿을 정도로 놀라 잠이 깨고 말았다. 정말 정수리가 천장에 부딪친 듯 얼얼하고 전신에는 진땀이 흘렀다. 나는 그것이 돌아가신 외할머니가 유령으로 둔갑했다는 것과 모든 상황 전개들이 꿈속의 진풍경일 뿐이라는 것도 깨닫고 있었다. 그런데도 가위에 눌려 꼼짝달싹할 수 없었다. 함정에 빠졌다는 것을 깨닫고 짐승처럼 소리를 질러 대며 발버둥을 쳐도 악몽에서 헤어나기가 쉽지 않았다. 그러나 그런 악몽에 시달림을 받으면서도 한 번도 아버지에게 하소연한 적은 없었다. 집에 남아 있는 유일한 현실적 흔적인 어머니의 헌 옷가지들이 들어 있는 궤짝을 가차 없이 내다 버릴지도 몰랐고, 아니면 총으로 쏴 산산조각으로 박살내 버릴지도 몰랐기 때문이었다.

한데 외삼촌과 움막에 기거하게 되면서 외할머니와의 해후로 성가심을 받지 않아도 되었으나, 난데없는 그 여자가 나를 곤경에 빠뜨리기 시작했던 것이다. 어느 날 오후, 그 여자는 느닷없이 눈갈기를 곱지 않게 뜨고 나를 위압적으로 노려보면서 물었다.

「마실에 고약한 소문이 떠돌드라.」

「……?」

「사택 창고에 불을 지른 장본인이 바로 니라 카데.」

「내가 언제 불을 질렀니껴?」

「경찰서에서는 사람이 한 짓이 아이라고 사건을 일단락지었지만, 요새 와서 그런 요상한 소문이 떠돌기 시작한다드라.」

「내가 그랬다고 누가 그랬니껴?」

「얼굴도 없고 발도 없고 손도 없는 것이 소문 아이겠나. 그러나 빠르기는 비행기도 못 당하는 기라. 누가 그런 말을 하고 댕기는지 알면 너그 아부지가 나서서 단속할 긴데, 출처를 알아야 단속을 하제.」

「내가 안 질렀는데, 누가 그런 소문을 내는지 참말로 몰시더.」

「니가 태연한 걸 보이 불은 안 질렀다 카는 기 드러났다마는, 부엌 아궁이에 불을 때면 굴뚝에서 연기가 나게 되어 있는 기라.」

「나는 부엌에도 불 안 질렀니더.」

「니가 안 질렀으면, 와 여기 숨어 지내노? 가마솥같이 푹푹 찌는 한여름에 짐승들맨쿠로 겨울잠 자겠다고 숨어 사나? 사나라면 사나 행세를 하고 살아야제. 니가 과묵하다는 이 바구는 들었다만, 과묵하다는 평판을 듣는다 캐서 경우에 빠지는 짓까지도 용납된다는 생각은 말아야제. 이만저만 해서 그렇게 되었다고 속 시원하게 털어놓으면, 누이 좋고 매부 좋을 거 아이가.」

「쥐한테 불 질렀지, 창고에는 불 안 질렀니더.」

「쥐한테 불 지른 거는 잘한 일이가?」

대꾸할 말이 없었다. 그 여자의 가파른 시선이 이마에 꽂혀 있다는 것은 고개를 들지 않아도 알고 있었다. 가슴속에 비축된 정한을 달래려는 듯 견골이 패도록 한숨을 쉬고 난 그 여자의 나지막한 목소리가 들렸다.

「니가 설령 방화범으로 지목된다 카디라도 빠져나올 구녕이 없지는 않은 기라. 니가 순순히 그 여자 있는 곳을 일러 바치든지, 그걸 모른다면 저 사람을 멀리 쫓아낼 방도를 알아내든지 한다면, 그런 일쯤은 내 혼자서도 얼마든지 해결해 줄 수 있는 기라.」

소문처럼 겉돌다가 어느 날 문득 현재성을 가지고 착 달라 붙어서 떨어지지 않는 그녀로부터의 유쾌한 해방을 위해서 라도 어머니의 행방을 곧이곧대로 고자질해 주고 싶었다. 그 러나 나는 어머니의 행방을 몰랐고, 외삼촌 역시 마찬가지였 다. 어쩌면 따돌림을 당하고 있는 나와 아버지 사이엔 그녀 의 의도적인 농간이 자리 잡고 있다는 짐작도 들었다. 내 눈 에 홍건히 고였다가 송진처럼 흐르는 눈물을 바라보고 나서 야 그 여자의 추궁은 느슨해졌지만, 무엇을 착취하려는 듯 소 름 끼치게 할퀴고 드는 그 여자의 사악하고 음습한 공략은 내게 적의를 쌓아 주는 결과만 낳았다.

그녀에겐 어머니에게 있었던 온후한 가슴이 없었다. 자신 이 보여 주는 사소한 몸짓이나 험담 한마디가 나를 절망 속 으로 빠뜨린다는 것을 의심하지 않았고, 천부적인 거짓말쟁 이는 내가 아니라 그 여자 자신이란 사실도 교묘하게 위장하 고 있었다. 뿐만 아니라, 그런 끈덕진 공략에 주눅 들고 압도 된 나에겐 수치와 굴욕뿐이었으나, 그 여자에겐 어머니에 버 금가는 품위를 더하게 한다는 것도 삭이기 어려운 모멸이었 다. 그 여자는 어머니의 불행을 사랑하고 있는지 몰랐다. 지 금으로선 그녀가 어루만질 수 있는 유일한 것이 어머니의 불 행이었기 때문에 그 불행에 몰두하고 있는지 몰랐다. 그처럼 여자에게 굴욕을 당하면서도 내가 할 수 있는 맞대응이란 눈 자위 아래로 흘러내린 눈물을 뽀드득 소리 나게 문지르는 것뿐이었다. 외삼촌에게 하소연하는 수밖에 없었다.

「아지야, 저 여자 때문에 몸서리가 나서 죽고 싶다 카이.」

「그 여자는 니를 밥 묵여 주느라고 사타리에 물집이 잡히도록 들락거리는 사람인데, 그런 말 하면 못쓴다.」

「아지야도 싫어하는 여자 아이가.」

「세상에는 싫어도 좋은 것처럼 도리 없이 상종해야 하는 사람이 있는 거라. 그 여자가 니한테는 바로 그런 사람인 거라. 변덕을 부리고 시달림을 주어도 그 여자가 없으면 니가 어대 가서 밥을 얻어묵겠노.」

「나도 아지야처럼 안 묵고 살았으면 좋겠다 카이.」

「니 보기에는 안 묵고 연명하는 것처럼 보이지만, 나도 엄연히 묵고 사는 짐승인 거라.」

「아지야 묵고 사는 거 나도 같이 묵으면 안 되겠나?」

「그런 소리 하지 마라. 니는 그러다가 굶어 죽는다.」

「아지야도 엄마 있는 곳을 모르제?」

「당연하제. 니가 모르는데 내가 어째 알고 있겠노.」

「그 여자가, 나는 몰래도 아지야는 알고 있다고 덮어씌우더라 카이.」

「그 여자가 인제는 미쳐 가고 있다는 징조인 거라. 너그 아부지한테도 그런 말을 했을지 모르제. 너그 아부지가 그 여자한테 빠져 있어서 그런 말을 철석같이 믿을 수도 있을 거다. 남자가 여자한테 한번 빠지면 헤어 나올 구멍을 못 찾는 법인 거라.」

「아지야가 엄마를 찾아 나섰으면 좋겠다.」
「바로 니 때문이라도 너그 엄마를 찾아 나서고 싶은 마음
은 굴뚝같다. 그런데 말이다. 만약 내가 객지로 나가서 몇
날 며칠이 걸리더라도 너그 엄마를 용케 찾아서 집으로 모
시고 온다 카자. 그때 어떤 일이 벌어지겠노? 틀림없이 그
동안 너그 엄마하고 내통하고 있다가 손목 잡아끌고 돌아
왔다는 소문이 새끼를 쳐서 온 동네에 퍼지고 말 거다. 그
렇게 되면, 가진 것이라고는 심술뿐인 너그 아부지가 가만
있겠나? 단불에 기름붓기다. 또다시 생트집을 잡고 물에
들어선 당나귀처럼 날뛸 것이 뻔한 거라. 일이 그렇게 꼬
일 것이 뻔한데 내가 대중없이 찾아댕길 수 있겠나? 설사
찾아내지 못한다 할지라도 찾아댕긴다는 그 한 가지로 남
의 입초에 올라서 너그 엄마한테 험집이 나는 거라. 내가
장마에 줄남생이맨쿠로 곱다시 여기 앉아 있는 까닭이 바
로 그런 거라.」

아버지와 외삼촌 사이가 소원해지기 전까지 외삼촌은 어머니에게 외골수라 할 만치 온갖 허드렛일에 헌신적이었다. 겨울이 다가와 스산한 바람이 옷깃을 스치기 시작하면, 언제나 놓치지 않고 부엌 뒤쪽에 있는 헛간의 천장 높이까지 땔감을 빼곡하게 쌓아 주었고, 어머니가 잠에서 깨어나기 전에 먼저 일어나 가마솥에 물을 끓여 어머니로 하여금 시린 물에 손을 담그는 불상사가 없도록 배려하였다. 어머니를 대신하여 아버지가 거처하는 건넌방 아궁이에 군불을 지펴 어머니가 찬바람에 전신을 드러내고 앉아 떨고 있는 일이 없도록 조처하였다. 방문마다 문풍지를 달아 주어 황소바람이 방 안으로 휘몰아치는 일이 없도록 하였다. 어머니가 해달라는 일에 퇴짜를 놓거나 게으름을 피운 적도 없었다.

여름날 갑자기 소낙비가 내리면 그때까지 어디 박혀 있었는지도 몰랐던 외삼촌이 구름보다 먼저 달려와서 비설거지를 거드는 것은 물론이었고, 담벼락이나 울바자에 걸쳐 둔 빨랫감까지 잽싸게 수습하여 마루 위로 한 아름씩 던져 주었다. 어머니가 부엌 아궁이에 이마를 디밀고 희나리에 불을 댕기려고 진한 눈물을 흘리고 있으면, 언제 어디서 달려왔는지 외삼촌이 불쑥 나타나서 손사래 치는 어머니를 밖으로 몰아세우고 연기가 자욱한 부엌으로 들어가 불땀이 이글거리도록 불을 댕겨 주었다.

그런 외삼촌의 모습을 어머니는 언제나 담담하고 처연한 시선으로 바라보았을 뿐, 호들갑을 떨며 공치사를 늘어놓는 일은 없었다. 아버지가 수렵을 나가고 없는 사이, 장이 열리는 날엔 어머니를 따라서 장거리까지 나가 장보기 한 물건들을 집까지 들어다 주는 것은 당연한 일상에 속하는 것이었다. 내막을 따지고 보면, 성씨는 서로 달랐지만 진정한 오뉘처럼 굴었기 때문에 남의 눈총을 두려워할 까닭도 없었다.

그러나 아버지를 섬기는 외삼촌의 태도는 대체로 냉정한 편이었다. 아버지가 수렵 여행에서 꼭 필요로 하는 사람은 고비마다 아버지의 내심을 정확하게 꿰뚫어 볼 줄 아는 한 사람의 몰이꾼이었다. 아버지가 내심 부러워하고 있는 것은 야생에 대한 외삼촌의 진지하고 폭넓은 지식이었다. 가령 멧돼지는 모계 중심의 군집 생활을 하기 때문에 항상 암컷이 수컷 몇 마리를 거느리고 다닌다든지, 바람과 추위를 싫어해서 긴 산등성이가 끝나는 지점의 따뜻한 남향에 살기를 즐겨한다는 것을 알고 있었다. 멧돼지의 발자국을 보고 암수를 판별해 낼 수 있었고, 그 배설물을 분석해서 진행하고 있는 방향을 예측하고 심리 상태까지도 파악해 내는 탁월한 통찰력을 갖고 있었다. 그렇기 때문에 아버지는 사냥 길에 나설 때마다 외삼촌에게 동행을 설득했었으나, 항상 녹록하게 보이지 않았다. 나중에는 어머니까지 은근히 가세하여 훈수를 두어도 시큰둥한 반응은 마찬가지였다. 몰이꾼으로 나서지 않으려는 뚜렷한 이유가 없었기에 그야말로 고집불통으로 볼 수밖에 없었다.

어머니와 관련된 일이라면 고용살이하는 사람으로 폄하를 당하거나 빈축을 산다 해도 전혀 염두에 두는 기색이 아니었지만, 아버지에겐 뚜렷한 명분이 없는데도 줏대 있고 고집스러운 사람으로 보이기를 바랐다. 그런 행동에는 근본적으로 아버지에 대한 불신과 경멸이 깔려 있는 듯했다. 하지만 아버지에 대한 거부감이 언제 어디서부터 발단이 되었는지 알 수 없었다. 그것은 아마도 감정적으로 아버지보다 어머니에게 밀착되어 있음으로써 생겨난 심성일 수도 있고, 끈질기게 어머니를 경원했던 아버지에 대한 반감일 수도 있었다.

어머니는 어느덧 아버지보다 외삼촌의 발자국 소리에 귀를 기울이는 것에 익숙해져 있었다. 한때 나는 외삼촌과 한방 거처를 했던 적도 있었는데, 그때 어머니는 뚜렷한 까닭도 없이 우리들의 거처에 들러 한동안 머물다 돌아가곤 하였다. 대체로 윗도리를 벗어부치고 있던 외삼촌과 시선이 마주치

지 않으려고 애쓰는 눈치가 역력했는데, 그렇게 거북해하면
서도 왜 빈번하게 방으로 찾아오는지 알 수 없는 일이었다.
두 사람은 서로 외면한 가운데서도 내막을 소상하게 넘겨짚
기엔 어려운 대화를 나누곤 하였다.
「논바닥에 거적때기를 깔고 삭숭이 드러내고 시린 잠을 자
는 것도 하루 이틀 말이지, 사냥 나간 지 벌써 닷새가 지났
는데 언제 온다는 통기도 없고…….」
「언제는 안 그랬습니껴. 맨날 그 대중이지요. 거적때기를
깔고 잘 수도 있고, 따끈한 아랫목에서 엉데이를 지지며
늘어지게 자고 있을 수도 있겠지요.」
「알지도 못하면서 그런 소리 하면 안 되제.」
「사냥 갔다 돌아올 때, 꿩 한 마리라도 들고 온 적이 있었습
니껴?」
「잡은 짐승은 읍내에서 처분하고 돌아온다 카데. 죽은 짐
승을 몸에 붙이고 다니기가 거북한 모양이드라.」
「그렇다면 모르지요.」
「천식이 있는 사람인데, 들려 보낸 약은 객지에서 제때 복
용하는 것인지……. 집에 있을 땐 서로가 소 닭 보듯 했지
만, 눈앞에 보이지 않으니까 시름이고 끌탕이라 카이.」
「거적때기를 덮고 자는지 솜이불 덮고 늘어지게 자는지 알
수 없겠지요. 내가 뒤따라가서 뒷바라지를 해주었으면, 누
님이 걱정을 덜겠지만 나는 싫습니더. 총 쏘는 소리만 들
려도 오싹 소름이 돋고 등골에 진땀이 흘러서 포수들 근방

에는 얼씬도 하고 싶지 않습니더. 더군다나 짐승 비린내가
나면 내장까지 토할 것같이 구역질도 나고……」
  어머니가 사냥터로 나간 아버지를 걱정하고 있다는 것이
외삼촌에겐 못마땅한 게 분명했다. 더욱이 사냥 나갔다는 아
버지의 거처가 사냥터 아닌 곳일 수도 있다고 비아냥거리는
데도 어머니는 짚이는 구석이 없지 않은지 시무룩해져서 한
동안 말이 없었다.
  「자기는 신주단지 모시듯 했던 사냥개가 죽고 난 뒤부터는
모든 불찰을 나한테 돌리고, 말 한마디를 건네도 금방 눈
이 벌게져서 잡아먹을 듯이 비틀어 물기만 하니, 견디기가
힘들고……」
  「그 사냥개 이바구는 인제 그만 들먹이소.」
  「처음엔 죽고 나면 며칠 동안 원망을 퍼붓다가 그만이겠거
니 하였는데, 미련떼기가 저토록 어려운가……」
  「그래, 처음에 내가 뭐랍디껴. 형님이 사냥에만 골똘해 있
으니 사냥개가 죽고 나면 원망이 모두 누님에게 돌아가서,
두 분의 사이가 원상 복구되기는 고사하고 서로 간에 간극
만 키우게 된다고 떠먹이듯이 말씀드렸지 않습니껴. 자기
안해보다 비루먹은 개를 더 엄중하게 생각할 것이라고 말
씀드리지 않았습니껴. 우리가 멋도 모르고 실수를 한 것입
니더.」
  어머니의 입에서 짧은 한숨이 흘러나왔다. 외삼촌이 덧붙
였다.

「그렇다고 개 한 마리를 다시 들여놓겠다는 생각은 하지 않는 게 좋겠습니더. 형님 생각과 눈길이 엉뚱한 곳에 간 지 오래되었는데, 누님이 고개 숙이고 든다고 될 법한 일도 아입니더.」

「산골 촌년 미련한 생각 때문에 몽매한 개 한 마리만 죽이고 말았네…….」

「지금 와서 후회한다고 원상 복구가 될 일도 아입니더. 개가 그렇게 된 것도 근본 원인이 누님 때문은 아이지 않습니꺼. 복장을 치고 후회해야 한다면 내가 해야 할 일이지, 누님이 복장 칠 일은 아입니더.」

소원해진 부부 사이의 정분을 지난날처럼 되돌려 놓는 일에 외삼촌은 기꺼이 하수인을 자처하고 나선 것이었지만, 어머니와 외삼촌이 은밀히 공모했던 그 사건은 애매한 사냥개 한 마리만 희생시키는 결과를 낳았을 뿐, 아버지와 어머니의 썰렁한 관계는 그대로 남아 있게 된 것이었다. 아버지의 사냥개는 병으로 죽은 것이 아니라, 하수인이었던 외삼촌의 계략에 의해 숨진 것이었다. 물론 두 사람의 귓속말을 나는 간간이 아로새겨 들을 수 있었다. 하지만 그들이 나누었던 대화 속에 웅크리고 있는 불신과 파멸의 정체를 조리 있게 해석할 수 있는 그릇에는 미치지 못했다. 그렇기 때문에 아직까지 그 사냥개가 병으로 숨진 것인지 타살된 것인지는 의문투성이었다. 밥그릇에 독약을 섞어 먹였든 비상을 던져 주었든 아버지나 내가 현장에서 직접 목격한 것은 아니었다. 그러나 나는 어머니와 외삼촌 사이에는 아버지가 눈치 채지 못한 그들만의 어떤 비밀 창고 같은 것이 있어서, 그 속에서 서로 만나 눈을 반들거리며 낮은 목소리로 음모의 싹을 틔우고 그것을 효용성의 서열에 따라 대담하게 현실로 옮겨 놓고 있다는 것을 어렴풋이 가늠하고 있었다.

언제나 음습한 습기가 맴돌고 있는 어둡고 축축한 비밀의 창고에는 아버지가 무시로행상에게 야금야금 팔아넘겼던 우리 집의 가재도구들이 모두 집결되어, 지금 막 선박에 실리려는 화물 부두의 짐짝들처럼 난잡하게 흩어져 있을 것이었다. 햇살이 미치는 창이라면 서쪽으로 지는 여우볕이 시늉으로만 잠깐 스쳐 지나는 협소한 봉창 구멍이 인색하게 뚫려 있을 것이고, 오랜 세월이 배설한 때와 먼지가 켜켜이 내려앉은 기둥과 서까래와 검은 이끼가 번식하고 있는 축축한 흙바닥, 그리고 허물어진 틈으로 스산한 바람이 기탄없이 새어 드는 푸석푸석한 흙벽, 낡고 찌그러진 가재도구들 사이에는 살벌한 포식성의 거미들이 모여 살고, 오랏줄이나 다름없는 튼튼한 거미줄들이 기하학적인 무늬로 얽혀 있을 것이 틀림없었다.

그 비밀의 창고는 그래서 언제부턴가 거미들이 점령한 거미 왕국이 되어 있을 것이었다. 눈앞에 보이는 것이라면 모조리 먹이로만 생각하는 포악한 육식성 거미들은 저희들끼리 교배해서 밤마다 올챙이같이 뱃구레가 통통한 새끼를 치고, 교미를 마친 암컷은 달아나는 수컷을 지악스럽게 뒤좇아

잡아먹고, 태어난 새끼들은 다시 어미의 몸뚱이를 가차 없이 갉아먹으며 몸뚱이를 풍선처럼 부풀리고 있을 것이었다. 저희들끼리 재판을 열고 장보기를 하며, 멋모르고 날아든 귀뚜라미나 딱정벌레가 걸려들면 촉각을 곤두세우고 기다리던 모두가 와락 덮쳐 거미줄로 포박한 다음, 쇳조각이라도 갉아먹을 수 있는 왕성한 식욕의 전초 기지에 버티고 있는 옥니로 냠냠 식사를 즐길 것이었다.

외삼촌은 아마도 그 비밀의 창고를 진작부터 발견하고 숨진 사냥개를 거미들에게 던져 주어 살해의 증거를 소멸시켜 버렸을 것이었다. 그렇기 때문에 그 개는 묻힌 장소가 없는지 몰랐다.

거미들 이외에 그곳을 거리낌 없이 드나들 수 있는 이는 물론 어머니와 외삼촌뿐일 것이다. 그들은 거짓과 은폐의 기술에 능수 능란한 거미들 앞에서 또 다른 살해 음모를 차근차근 진행하고 있는 것은 아닐까. 아버지가 또다시 가재도구를 팔아서 사냥개를 들여오면, 그 개를 쥐도 새도 모르게 살해시킬 계략을 짜고 있는 것은 아닐까. 거미들은 전 방위를 조망할 수 있는 음험한 눈을 가지고 있어 머리를 등 뒤로 돌리거나 뒤돌아 앉지 않아도 두 사람이 비밀리에 창고를 드나들면서 무슨 말을 주고받으며 어떤 음모를 꾸미고 있는 것인지 낱낱이 염탐해 낼 수 있을 것이다.

거미들이 날개가 없는데도 날아다닐 수 있는 비상한 능력을 소유한 것은 그렇다 치고라도 비밀의 창고뿐만 아니라 땅

속이나 동굴 속, 바위나 나무껍질 틈, 나무와 풀 잎사귀에도 매달려 살 수 있기 때문에, 두 사람이 아무리 은밀한 장소를 선택한다 하더라도 세밀화처럼 정교하고 절묘한 거미들의 염탐 능력을 따돌릴 수는 없을 것이다. 그 순간 나는 불현듯 거미가 되고 싶은 욕구가 간절하게 치밀어 올랐다. 그래서 창고를 드나들며 음모를 꾸미고 있는 어머니와 외삼촌의 내통을 남김없이 염탐하고 싶었다. 그러나 수컷은 암컷에게 잡아먹히고, 암컷은 다시 새끼들에게 잡아먹혀야 한다는 섬뜩한 광경이 떠오르는 순간, 다부진 욕구는 저절로 무너져 내렸다.

그런데 두 사람에게 비밀의 창고가 존재한다는 확신을 갖게 만드는 몇 가지 징후가 보이기 시작한 것은 내가 쥐불 사건 끝에 어쩔 수 없이 외삼촌의 움막에서 거처를 같이한 얼마 뒤부터였다. 먼저 확신을 갖고 닦달하고 드는 그 여자의 말에도 예사롭지 않은 낌새가 엿보인다는 것을 비로소 깨달았다. 그녀는, 아버지나 내가 모르고 있다 하여도 외삼촌은 어머니의 거처를 꿰고 있다고 여러 차례에 걸쳐 다짐을 했었다. 그녀도 우리들만치 열정적으로 어머니의 행방을 뒤좇고 있는 이상, 단서 없이 허튼소리를 계속 지껄이지는 않았을 것이다. 또 다른 한 가지는 그녀가 움막을 찾아오지 않는 날인데도 움막을 나선 외삼촌이 오랫동안 자취를 감추었다는 것이었다. 한번 움막을 나서면 반나절 이상 혹은 한나절이 지나도록 스쳐 가는 바람처럼 아무런 흔적도 남기지 않았다가 느닷없이 머쓱한 모습을 드러냈다. 그러나 어디를 쏘다니다

돌아온 것인지 전혀 정체를 밝히려 들지 않았다. 아득바득 캐물어도 자기가 다녀온 장소나 경로를 속 시원하게 털어놓은 적이 한 번도 없었다.

　외삼촌의 행각에 대해 의심을 가질 만한 점은 그뿐 아니었다. 아버지와 어머니 사이가 파경에 이르기 전부터 어머니와 더 돈독한 관계를 유지했던 사람은 두말할 것도 없이 외삼촌이었다. 더욱이나 쥐불놀이로 말미암아 사택의 창고를 깡그리 불사르고 말았던 사건은 실화로 결론이 났는데도 아버지가 나를 집으로 불러들이지 않고 움막에 두고 있는 것은, 그녀와의 관계가 내게 노출되는 것이 두렵기 때문이 아니라, 그녀처럼 아버지도 어머니의 행방을 외삼촌 혼자만 알고 있다고 믿기 때문에 염탐을 하기 위해서인지 몰랐다. 아버지 몰래 개를 죽이는 일에 공모할 수 있었고, 아직까지 두 사람만의 비밀로 간직하고 있는 사이라면, 내 예단은 그렇게 빗나가는 것이 아니란 확신이 날이 갈수록 더욱 뚜렷해졌다. 외삼촌이 어머니를 찾아 나서지 못하고 있는 자신의 딱한 처지를 말했었지만, 그것은 일부러 꼬장꼬장한 척하는 알량한 변명에 불과한 것일 수 있었다.

　미루어 볼 때, 그 비밀의 창고는 움막에서 멀지 않은 어느 곳에 반드시 존재했다. 내 가슴속에 구성되어 있는 어머니에 대한 배신감이 일고의 여지도 없이 그 추리를 믿게 부추겼다. 나는 창고를 찾아나서기로 하였다. 그것이 어머니를 찾는 길이기도 하면서 나를 배신한 어머니에 대한 본때 있는 보복일 수도 있었다. 창고 염탐에 나서기도 전에 나는 벌써 전율하고 있었다. 그런데 창고라는 이름의 조건들을 모두 갖추고 있는 사택의 창고는 이제 을씨년스러운 외양만 드러내고 있었다. 흙벽 속에 감춰져 있었던 기둥과 서까래는 새까맣게 그을린 채로 해골의 갈비뼈처럼 흉물스럽게 노출되어 있었고, 마을 사람들이 채 수습하지 못한 양동이들과 깡통들과 두레박과 바가지들이 나뒹굴고 있었다.

전신이 불에 그을려 눈만 빠끔한 강시라도 콩콩 걸음으로 뛰어나와 나를 와락 껴안을 것 같았다. 앞에서 보면 뒷벽 너머로 사택의 안채로 들어가는 대문이 빤히 바라보였고, 뒤쪽에서 보면 채소밭 한가운데를 꿰고 지나는 좁다란 골목길이 반듯하게 누워 있었다. 그렇기 때문에 그 창고는 이미 비밀 창고로선 설득력을 잃어버린 장소였다.

지난날의 그 창고는 작고 큰 나무 궤짝들과 판자 조각들, 공작 기구들과 쓸모없는 농기구들, 그리고 찌그러지거나 부서진 책걸상들이 천장까지 난잡하게 쌓여 있었다. 그래서 숨바꼭질하는 아이들이 허술하게 닫아 둔 문짝을 비집고 들어가 몸을 숨기기엔 안성맞춤이었다. 빈 공간마다 썩은 곤충의 시체가 걸린 거미줄들이 얼기설기 얽혀 있어 술래에게 색출되어 밖으로 끌려 나오는 아이의 얼굴은 온통 민들레 씨앗을 뒤집어쓴 것 같았었다. 그러나 이제 골격만 흉물스럽게 남아 있는 창고는 어머니와 외삼촌이 남의 눈총을 따돌리고 음모를 꾸밀 수 있을 만큼 은밀함이 보장되는 장소로서의 명분을 잃어버린 곳이었다. 더군다나 움막에서 은둔 생활을 하는 외삼촌이 햇볕이 쨍하게 내리쬐는 대낮에 사람들의 내왕이 빈번한 한길을 지나서 창고까지 배짱 좋게 다녀올 리는 없었다.

다음으로 그럴싸한 장소로는 정미소가 있었다. 그러나 봄부터 쥐 죽은 듯이 웅크리고 있다가 가을걷이가 시작되어야 비로소 가동하는 정미소는 한여름 동안은 고집스럽게 문이 잠겨 있었고, 문고리에는 벌겋게 녹슨 주먹만 한 자물쇠가 이 집의 주인은 나라는 듯 버티고 있었다. 그곳 역시 두 사람의 밀회 장소로서는 팥을 두고 팥이라 해도 설득력이 없었다. 그곳이 아니라면, 외삼촌의 움막에선 추녀 끝 한쪽이 간신히 쳐다보이는 낡은 정자 한 채가 있었다. 마을의 중심과는 상당한 거리를 두고 있을뿐더러 일부러 그곳을 겨냥하고 찾아온 경우가 아니라면, 무더운 여름에도 사람들의 내왕이 뜸한 곳이었다. 그러나 그 정자는 지붕을 지탱하는 네 기둥을 제외하면 사방으로 탁 트인 공간을 두고 있기에, 미욱한 사람들이라 할지라도 은신이나 밀회 장소로는 고려의 여지조차 없는 곳이었다.

마땅한 염탐 장소를 찾아내지 못한 나는 전전긍긍했다. 훈수를 들어줄 만한 사람을 찾는 것도 불가능했다. 지금까지 나를 두둔해 왔고 후견인 노릇에 인색한 적이 없었던 외삼촌의 비밀을 염탐하려는 일에 그의 도움을 받을 수는 없었다. 모든 것을 혼자서 결정하고 혼자서 결행하지 않으면, 우선 나 자신이 당할 곤경이나 위험으로부터 안전할 수 없었다. 내 염탐 행각을 외삼촌이 알아채기라도 한다면, 나는 당장 움막에서 쫓겨나는 대가를 치러야 할 것이고, 필경 간극을 두고 서먹서먹하게 지내게 될 것이었다. 그랬기 때문에 불타 버린 사택 창고나 정미소를 찾아갈 때도, 외삼촌이 움막을 비우고 되돌아올 때까지의 시간 거리에 확신이 생겼을 경우에 쏜살같이 다녀오곤 했었다.

그럼으로써 아버지와 그 여자, 그리고 외삼촌과 어머니가 가지고 있는 것처럼 나 또한 가슴속으로부터 한 가지 명백한 음모를 가지게 되었다는 것을 깨달았다. 그것이 유치하거나 하찮은 것이라 하더라도 음모의 정체라는 것은 원시인들이 그려 놓은 암벽화처럼 단순한 것이 아니었다. 그 나름대로 고뇌의 하중이 무겁게 실려 있고, 몽환적인 목맴이 묻어 있었다. 음모를 가진다는 것은 성숙을 의미하는 것이었다. 성숙의 아픔에는 뭔가 복잡한 것이 얽히고설켜들기 마련이었다. 음모는 그러나 예측하기 어려운 노출의 위험성도 상당히 지니고 있었다.

그런데 그 두 곳을 왕래하는 동안 간간이 마주친 마을 사람들이 보여 주었던 반응은 납득하기 어려울 만큼 태연했다. 그들은 창고를 불태운 장본인으로 의심의 여지가 없는 내가 위장도 않고 한길을 설레발치며 쏘다니는데도 스쳐 가는 바람인 것처럼 눈여겨보려 하지도 않았고, 최초로 내 가슴속에 도사린 음모를 눈치 채지도 못했다. 그들이 나를 투명 인간으로 인식할 수도 있다는 생각에서, 바싹 접근해 기침 소리까지 냈으나 모른 척하기는 마찬가지였다.

딱따구리와 박새가 나무줄기 속에 숨어서 동면하고 있는 곤충도 끄집어내는 약고 꾀바른 지혜를 가졌다는 것은 알면서도, 마을 사람들은 십수 년 동안 항상 눈앞에서 알짱거려온 마을 소년이 품고 있는 가슴속의 혐의는 읽어 내지 못했다. 그와 같은 미숙함은 그들이 가지고 있는 천부적인 우직함과 사회에 대한 융통성 있는 감각을 터득하지 못한 졸렬함 때문이라고 믿었다. 나는 그들의 보잘것없는 노련미와 투시력으로썬 도대체 꿰뚫어 낼 수 없는 음모를 품고 있는 나 스스로에게 매료되었고, 드디어 성숙한 사람들의 반열에 끼어들게 되었다는 기특함과 자긍심도 가질 만했다. 그래서 세상 풍진을 많이 겪으며 살아온 사람들처럼 위험의 공포 때문에 나는 오히려 고조되었고, 위험과의 정면충돌도 두려워하지 않기로 하였다.

무엇보다 나를 흥분시킨 것은 바로 돌아가신 외할머니였다. 무덤 속에 묻혀 있어야 할 외할머니가 궤짝 속에서도 살고 있는 것처럼, 집을 떠난 어머니가 대담하게도 우리 집 헛간 구석이나 곳간 혹은 장독대 뒤 후미진 곳을 선택해 거미들과 함께 은신하면서 외삼촌을 만나고 있을지 몰랐다. 등잔 밑이 어둡다 했듯이 등잔 바로 밑에 어머니가 없으리라는 보장도 없었다. 꿈속이긴 했지만, 외할머니의 왜소한 몸뚱이가 궤짝 속에서도 견딜 수 있다면, 어머니 역시 그럴 수 있을 것이었다. 나는 외삼촌이 알아차리거나 말거나 염두에 두지 않기로 하였다. 일테면 나는 간덩이가 배 밖으로 나와 있었다. 우리 집을 염탐하다가 아버지에게 들통 나면 어떤 불상사가 벌어질지 예상할 수 없었으나, 그 또한 그때의 임기응변으로 매끄럽게 대처할 각오가 되어 있었다.

비밀과 음모는 어두움과 혈연 관계를 맺고 있었다. 쥐불놀이도 야음 속에서 결행된 것이었기 때문에 실화로 은폐될 수 있었고, 어머니 또한 채 어둠이 걷히지 않은 꼭두새벽에 집을 나갔기 때문에 지금까지 종적이 묘연한 것이었다.

결심을 굳혔던 그날 밤 나는, 앉은 채로 졸고 있는 외삼촌에게 밤똥을 핑계하고 움막을 나섰다. 내가 움막을 떠날 때 언제나 어디 가느냐고 꼬치꼬치 묻곤 하였지만, 배설을 하러 간다면 외삼촌은 무척 관대했다. 저녁밥을 챙겨 준 그녀가 움막을 다녀간 지 서너 시간이 흐른 뒤였기 때문에 하늘에는 숨은 별 하나 없이 모조리 어둠 속에서 뛰쳐나와 밝기를 다투고 있었다. 상류 쪽에 있는 개여울을 건널 땐, 오싹하게 시린 한기가 뼛속으로 파고들어 몇 번인가 몸서리를 쳤다. 벼랑의 된비알을 간신히 올라서 마을 한 귀퉁이가 내려다보이는 언덕에 올랐다. 별빛을 받은 마을의 초가들이 서리 맞은 것처럼 하얗게 빛나고 있었다. 등불들이 켜진 마을은 항상 그렇게 보아 왔듯이 그날 밤도 궁전처럼 아름다웠다. 이미 밤이 깊었으므로 마을 어귀를 드나드는 사람들의 발길도 뜸했다. 그러나 나는 이미 거미로 둔갑해 있었으므로 사람들의 발길이 수다스러웠다 해도 그들의 눈길 정도는 얼마든지 따돌릴 수 있었다. 우리 집 대문은 빗장을 지르지 않고 짓질러만 놓았던 그대로였다. 마작꾼들이 수시로 드나들기 좋도록 배려하기 위해 빗장을 지르지 않았던 것이 습관으로 정착된 것이었다.

대문은 손등으로만 슬쩍 밀어도 까탈 부리지 않고 쉽게 열렸다. 아버지가 거처하는 건넌방에서는 희미한 불빛이 고즈넉이 흐르고 있었다. 마작 굴리는 소리도 없이 사방이 적막한 것으로 보아 일찍 잠자리에 든 것이 분명했다. 등불을 켜 둔 채 잠자리에 드는 습관도 마작꾼들이 부담 없이 찾아올 수 있도록 배려한 것이었다.

나는 머릿속에 그리고 있던 대로 거미처럼 기어서 안방과 마주 보이는 아래채의 곳간으로 다가갔다. 곡식 가마들이 쌓여 있던 곳이었으므로 어머니에겐 가장 익숙한 장소였다. 까치발로 흙벽을 짚고 사부작사부작 다가가 반몸은 벽에 밀착시킨 채로 곳간의 문을 열어 보았다. 그러나 메케한 흙냄새만 코를 찔렀을 뿐, 건넌방에서 새어 나오는 불빛을 빌려 한동안 눈여겨보았으나 어머니는커녕 강아지 한 마리 거처하고 있다는 징후조차 발견할 수 없었다. 그 옆에 있는 잿간은 거적때기로도 가리지 않은 채 항상 개방되어 있는 곳이지만, 역시 어머니에겐 익숙한 장소였다. 그곳을 살펴보아도 역시 어머니가 은신하고 있다는 증거는 발견할 수 없었다. 감나무 두 그루가 서 있는 뒤꼍의 장독대 부근에서 어머니를 발견할 수 없다면, 그날 밤의 염탐은 무위로 돌아갈 것이었다. 그러나 나는 몇 번이라도 이곳을 염탐해서 기어코 어머니의 은신처를 찾아낼 각오가 되어 있었다.

아버지가 나타난 것은 내가 막 감나무가 서 있는 장독대 뒤쪽을 겨냥하고 발걸음을 옮기려던 찰나였다. 누구냐고 묻지도 않았는데 나도 모르게 섬뜩해서 고개를 쳐드는 순간, 난데없는 아버지가 땅에서 불쑥 솟아난 장승처럼 장독대를 가운데 두고 서 있었다.

「대섭이냐?」

나는 내 이름이 대섭이라는 것을 처음 안 것처럼 놀랐다. 그러나 놀라는 순간 나는, 침울함 속에 갇혀 마비되고 말았던 아버지의 실체를 함께 발견했다. 아버지는 웃통을 벗어부친 채로 두 다리를 떡 벌리고 버텨 서서 내게 총부리를 겨누고 있었다. 이런 살풍경은, 내가 익히 보아 왔던 것처럼 시름과 권태에 찌들어 위축되어 있던 아버지의 모습이 아니었다. 장독대 위로 커다랗게 구성되어 있는 아버지의 허우대는 한마디로 우람했다. 발소리를 죽인 인기척도 대뜸 탐지할 수 있는 예민한 촉각은 다부지게 유지되고 있었고, 움직이고 있는 표적물도 여축 없이 정조준할 수 있는 민첩성과 강단, 그리고 '아부지, 내시더' 하는 겁에 질린 대꾸를 듣고 나서야 비로소 총부리를 내리는 신중한 제어력은 아직도 아버지가 명포수로서의 기백과 명성을 유지하기에 손색이 없다는 것을 보여주는 것이었다. 언제나 아버지로부터 발견하고 싶어 안달이 났었던 위풍당당한 모습을, 아버지는 그날 밤 예기치 않은 장소에서 마주친 내게 보여 주었다. 아직 아버지는 나를 버리지 않았다는 확신과 함께.

「니 거서 뭐 하고 있노?」

나는 하마터면, 어머니를 찾고 있다는 말을 쏟아 낼 뻔하였다. 내가 작정하고 있었던 임기응변이라는 것에 미숙했던 것이다. 아버지가 대답을 대신해 주었다.

「니 에미가 장독 뒤에 숨어 있을까 봐 여기까지 와서 알짱거리고 있나?」

「아이시더……」

「이늠아가 한밤중에 무섭지도 않나. 아이기는 뭐가 아이고. 짐승들도 잠자는 한밤중에 족제비처럼 집으로 기어 들어와서 누룽지 찾고 있나? 누룽지를 찾으려면 부엌으로 들어가야제 장독대는 와 뒤지고 댕기노.」

「고무신 찾니더.」

「이늠아가 실성을 했나. 니가 시방 신고 있는 신은 고무신이 아이고 나막신이가?」

「엄마 고무신 찾니더.」

「니 에미 고무신을 찾는다꼬?」

「예.」

「참말로 엉뚱한 놈일세. 이늠아야, 경황 중이라 카드라도 둘러댈 말이 그렇게도 궁했디나? 하기사 니 에미를 찾는 거나 니 에미 고무신을 찾는 거나 그 말이 그 말이제. 하지만, 간뗑이가 부어도 분수 나름이제 아무리 환장한 놈이기

로서니 이 한밤중에 거기서 여기가 어디라고 겁도 없이 찾
아왔노? 달구가 시키드나?」

「아입니더, 내 혼자 왔습니더.」

볼멘소리 한마디도 올곧게 할 수 없었던 나는 비로소, 아
버지의 가슴속에는 내가 섣불리 범접할 수 없는 심각하고도
난해한 인생의 전말이 생동하고 있다는 것을 깨달았다. 아버
지는 번들거리는 눈으로 나를 쏘아보다가 돌아서면서 뇌까
렸다.

「방으로 따라 들어오그라.」

심지를 돋운 남폿불이 건넌방을 환하게 밝히고 있었다. 나
도 모르게 목젖이 뚝 떨어질 만큼 놀란 것은 건넌방에 한 발
을 들여놓는 그 순간이었다. 삭숭이를 홑이불로 가린 그 여
자가 진정성을 금방 알아챌 수 없는, 그래서 비중의 축을 측
정하기가 모호한 웃음을 띠며 돗자리 위에 오도카니 앉아 있
었다. 아버지와 그녀는 있을 법하지 않았던 내 염탐 행각에
놀랐겠지만, 예기치 못한 광경을 목격하게 되어 진짜 놀란 사
람은 나였다. 열정에 정신 나간 그 여자는, 담뱃재가 떨어져
도 기겁할 만큼 아버지가 아끼는 그 돗자리를 점령하고 부당
하게 앉아 있었다. 살랑살랑 부채질을 하고 있는 여자의 얼
굴은 그런데도 더없이 편안해 보였다. 그 안락감의 배면에
숨어 있는 그림은, 아버지가 갖고 있는 현실 해석에 몰두해야
하거나 불확실성으로 애간장을 태우던 시기, 혹은 남의 눈총
에 발각될지 모른다는 두려움에서 속 시원하게 벗어났다는

것을 의미하는 것 같았다. 이젠 더 이상 숙성이란 절차나 분해의 대가를 치르지 않아도 그 본성이 유지되는 묵은 된장 같은 모습이 바로 그녀였다.

나는 아버지가 턱짓으로 가리키는 방 윗목에 엉거주춤 꿇어 앉았다. 소리도 냄새로 변할 것 같은 무거운 침묵이 흐르고 있을 동안, 아버지는 시종 양미간을 찌푸리고 천장만 하염없이 쳐다보고 있었다. 그러다가 급기야는 거미가 먹이를 낚아채듯 성깔 사납게 돗자리 귀퉁이에 놓여 있던 재떨이를 끌어당겼다. 그리고 꽁초 한 개를 찾아내어 불을 댕겼다. 아버지가 내뿜은 담배 연기는 금방 거미줄처럼 분산되어 방 안을 점령해 들어갔다. 그녀가 캑 하고 기침을 토했다. 나를 조준했던 아버지의 엽총은 아직도 방구석에 세워져 있었다. 기침을 내쏟을까 조마조마했던 아버지가 나지막한 목소리로 물었다.

「니가 마이 놀랐제?」

금방 내 가슴속으로 들어갔다 나온 사람 같은 질문이었다. 그러나 아버지가 내게 살상력을 가진 흉기를 들이댄 것을 두고 말하는 것인지, 방에 있는 그 여자를 발견한 것에 놀랐느냐고 묻는 것인지 분명치 않았다. 나는 드디어 훌쩍거리며 울기 시작했다. 왜 눈물이 쏟아지게 되었는지 왜 울어야 하는 것인지 나는 도저히 알 수 없었다. 그 순간에 아버지를 향해 내가 할 수 있는 일은 그것밖에 없었다.

내가 지금 느끼고 있는 분노와 모멸감의 끝자락에 아버지와 그 여자가 함께 존재하고 있다는 사실을 들키고 싶지 않았는지 몰랐다. 그리고 내 울음은 맹렬하게 옥죄고 들 것이 틀림없는 아버지의 폭력적인 질문을 아예 차단하거나, 아니면 터울을 길게 두도록 만들 수 있다는 계산도 염두에 둔 것이었다. 그러나 갑작스러운 내 눈물에는 그런 수치스러운 감정들만 있는 것은 아니었다. 그것은 장독대 뒤에서 아버지의 실체를 발견해 내고야 말았다는 우쭐함도 있었다. 겉으로 나타난 현상은 단순했지만 심경은 복잡했던 그동안, 내가 해야 할 대꾸를 그 여자가 냉큼 가로채 버렸다.

「대섭이가 엄청 놀랐는 모양이시더.」

사실 나는 놀랐거나 가위에 질려 울음을 터뜨린 것은 아니었다. 그토록 나약한 아이는 아니라는 항변이 가슴속을 비집고 튀어나왔다.

「놀라서 우는 게 아이라 카이요.」

「놀라지 않았으면 음전하고 과묵한 니가 와 울겠노.」

「놀라도 안 울 때가 있습니더.」

내 가슴속에는 소용돌이친다고 할 만큼 비장함이 감지되고 있었으나 그 비장함의 정체를 명백하게 밝히기에는 불가능한 것들이 너무 많았다. 바로 그때였다. 그녀의 참견이 못마땅했던 아버지가 그녀를 힐끗 쳐다보면서 면박을 주었다.

「거긴 좀 가만있어. 자발없이 참견할 일이 아니지 않나.」

「아니…… 내가 무슨 참견을 한다고 그래요?」

「대섭이가 시방, 놀라도 안 울 때가 있다는 말 몬 알아묵겠

「나?」
「아이들이 놀라면 우는 게 정상 아입니껴?」
「그럼 안 운다 해서 정상이 아이란 말인겨? 아이들 속내는
어른들이 헤아리지 못할 때도 많다는 걸 몰라서 그래?」
「날 홀대하고 있네요.」
「쓰잘데없는 소리, 집어치워.」
 찔끔한 여자는 그러나 톡톡히 무안을 당한 설치를 한답시
고 엉덩짝을 신둥부러지게 싹 돌려 앉았다. 입아귀가 실룩거
리는 여자를 곁눈질하며 손등으로 눈물을 훔치고 있는데, 덩
달아 머쓱해 있던 아버지 입에서 엉뚱한 질문이 떨어졌다.
「달구하고 같이 왔나?」
「혼자 왔니더.」
「담 밖에 서 있는 게 달구 맞든데?」
「나는 몰시더.」
「이것들이 합작해서 무슨 꿍꿍이속을 차리고 있는지 모르
겠다. 개호주가 쏘다니는 이 야밤에 거기서 여기가 어디라
고 니 혼자 왔겠노. 저늠이 훈수를 안 들어줬으면, 니 주제
에 감히 엄두라도 낼 수 있었겠나?」
「같이 안 왔니더.」
「그럼 담 밖에 서 있는 짐승은 달구 아이고 달구 귀신이
라?」
 억울했지만 변명의 여지가 없었다. 움막을 떠날 때 만에
하나 외삼촌이 미행하지 않을까 해서 몇 번인가 뒤를 돌아다

보았지만 인기척은 없었다. 그런데 아버지는, 내 뒤를 따라와서 담 밖에 몸을 숨기고 있는 외삼촌을 알아챈 것이었다. 그런데 애써 따돌리려 하였던 외삼촌이 담 밖에 매복하고 있다는 뜻밖의 사실이 이 순간은 마음 든든했다.

「달구가 집에 가보라고 니를 꼬시드나?」

「아이시더. 하도 궁금해서 왔니더.」

「이런 주제넘은 놈 보그래이. 이 집을 누가 동여매고 튈까 봐 걱정되드나?」

「예.」

「내가 안방에 있는 궤짝까지 팔아넘길까 걱정되드나?」

「예.」

아버지의 억탁을 정면으로 되받아치며 불손하게 굴기 시작할 수 있었던 것은, 방 안의 소동이 커질 경우 담 밖을 지키고 있을 외삼촌이 뛰어들어 그녀를 돗자리 밖으로 속 시원하게 밀쳐 내고 아버지와 담판을 벌이는 상상이 나를 유혹하고 있었기 때문이었다. 아버지와 어머니 사이에 실랑이가 벌어졌을 때도 아버지 말대로, 개 똥구멍에 보리알 끼듯이 외삼촌이 뛰어들어 아버지에게 숭어뜀을 시킨 사례가 없지 않았다. 나는 그때처럼 흥분으로 고조된 아버지의 모습을 보고 싶었다. 살의가 느껴질 만큼 전율하고 있을 때, 아버지는 행려병자처럼 품고 다니는 퀴퀴한 냄새로부터, 걸핏하면 아버지를 얕잡아 보는 동년배들의 비아냥거림으로부터 벗어나, 꺼칠하고 초췌한 옹색과 나태를 보란 듯이 툭 털어 내고, 서

슬이 푸른 준수한 풍골로 되돌아갈 수 있었다. 그때야말로 거칠고 다부진 아버지의 기백이 돋보였다. 그녀에게도 그처럼 과단성 있는 모습을 본때 있게 보여 줄 필요가 있다는 생각도 들었다. 그러나 내가 그처럼 몽니를 부리며 부추기는데도 아버지는 내 조잡한 계략에 선뜻 끌려들지 않았다. 표정은 어느 때보다 처연하고 평온했다. 나는 아버지가 가진 흥분의 접합선을 잘못 짚은 것이 분명했다.

「집에 오고 싶더래도…… 여름 동안은 피서하는 셈치고 달구한테 가 있그라. 그늠아가 내하고는 앙숙이지만, 니가 걸기적거린다 하드라도 홀대하지는 않을 기다. 니라도 옆에 달고 다니면 지도 거북하지 않을 것이고…….」

「대섭이도 아부지 말을 고깝게 듣지는 않을 깁니더. 또 내가 날마다 벤또를 날라다 주는데, 무슨 불편이 있을 겁니껴.」

한 번 무안을 당했던 여자가 또 자발없이 참견하고 들었다. 대뜸 불호령이 떨어질 것 같았는데, 아버지는 어느새 시무룩한 시선을 허공에 박은 채 미동도 없이 앉아 있었다. 여자는 아버지까지 싸잡아 들으란 듯 목소리를 낮추었다.

「달구라는 사람이 어디로 쏘댕기는지 니가 놓치지 말고 잘 봐두거라. 아부지가 니가 미워서 움막에 놔두는 게 아인 기라. 내가 무슨 말을 하는지 알아듣겠제? 그래야 니 소임을 다하는 기라.」

바로 그때였다. 뒤숭숭한 표정으로 허공을 바라보고 있던

아버지가 어디서 그런 기백이 발동했는지 의심스러울 정도
로 별안간 와락 소리 질렀다.

「가가 뭔 소리를 알아듣는다꼬 미주알고주알 못할 말이 없
  노? 할 소리가 있고 못할 소리가 있제, 멀쩡한 아를 무슨
  첩자 만들라 카나?」

「그러면? 야 아이고 달구를 속속들이 알아볼 마땅한 사람
  이 있으까요?」

「어허? 한밤중에 왜 또 질근질근 씹고 드나? 씰데없는 말
  로 밤새우지 말고 아나 퍼뜩 돌려보내라. 한데서 기다리는
  저늠아 얼어 죽겠다.」

「한밤중에도 땀이 비 오듯 하는 삼복더위에 누가 얼어 죽
  는다고 야단입니꺼. 나만 몹쓸 여자로 만들라 캅니꺼?」

아버지는 제풀에 탈진한 듯 풀썩 방바닥에 몸을 뉘면서 나
를 향해 손사래를 쳤다. 정말 외삼촌이 밖에서 기다리고 있
는지 궁금하지 않았다면, 나는 핑곗거리를 찾아서라도 건넌
방에서 더 머물렀을 것이었다. 여자가 알기죽알기죽 뒤따라
나왔으나 나는 거들떠보지도 않고 안방으로 가서 문을 열어
보았다. 불이 켜져 있지는 않았으나 외할머니가 살고 있는
궤짝은 윗목에 그대로 놓여 있었다.

이해할 수 없는 것은 그 궤짝에 대한 아버지의 무관심이었
다. 헐값으로라도 처분해 버릴 의향이 없지 않았으나 무시로
장수가 거들떠보지도 않았기 때문에 아직까지 그 자리를 지
키고 있는 것이었다. 그러나 내 꿈속에서처럼 아버지도 궤짝

에서 나타나는 외할머니 유령에 시달리기 때문에 섣불리 처분을 못하고 있는지 몰랐다. 어머니가 들었던 부채까지 들고 있던 그녀와 잠자리를 같이하는 장소가 안방이 아닌 건넌방이라는 것은 외할머니 유령에 시달림을 받을 염려가 있기 때문은 아닐까. 궤짝을 처분해 버린다면, 바로 그날 밤부터 외할머니 유령이 건넌방의 고미다락 속으로 거처를 옮기고 시도 때도 없이 아버지와 그녀에게 총부리를 겨눌까 봐 겁을 집어먹고 있는 것은 아닐까. 그렇다면 차라리 궤짝을 그대로 두고 건넌방에 거처하는 것이 마땅할 것이었다.

「요사이는 눈만 감았다 하면 그 할망구가 나타나서 나를 못살게 협박하고 들어. 죽은 고양이가 산 고양이보고 야옹 한다더니, 자기하고 내하고 도대체 무신 피 맺힌 원한 관계가 있다고 잠잘 때마다 찾아와서 협박하고 드는 것인지, 젠장…….」

언젠가 볼멘소리로 넋두리를 늘어놓았을 만큼 아버지는 외할머니의 유령과 나보다 먼저 만난 적이 있었다. 그처럼 서로 적의를 품고 있었기 때문에 외할아버지가 재취로 들였던 그 외할머니를 가차 없이 할망구로 부르고 있는지 몰랐다. 그러나 아버지가 그 여자를 건넌방까지 불러들였으면서도 안방 차지를 시키지 않고 있는 까닭이 외할머니의 유령에 대한 두려움 때문인지, 어머니에 대한 미련이나 마을 사람들의 입에 오르내릴 소문을 감당할 배짱이 없기 때문인지는 확실치 않았다.

속옷만 걸친 그녀는 나를 대문 밖까지 배웅해 주었다. 그녀의 배려가 오히려 가출한 어머니를 호비칼이 가슴속을 파고드는 것처럼 간절하게 보고 싶도록 부채질했다.

퀴퀴하고 끈적끈적한 더위는 아직도 대기 속에 남아 있었다. 두리번거릴 사이도 없이 담벼락에 붙어 서 있던 외삼촌이 모습을 드러냈다. 그리고 가만히 내 어깨에 손을 얹었다. 그는 여느 때와 달리 내 짧은 보폭에 맞추어 걸음을 옮겨 놓았다. 꿉꿉한 두엄 냄새가 풍기는 골목길을 천천히 벗어났다.

그때부터 빨라진 넓은 보폭에 뒤질세라 외삼촌의 허리춤에 매달려 까치처럼 폴싹폴싹 뛰어가면서도 그에 대한 의구심을 떨쳐 버릴 수 없었다. 우리 집 후미진 곳 어딘가에 어머니의 은신처가 있고, 외삼촌은 내가 잠들어 있는 사이 몰래 집으로 와서 어머니를 만나고 있을지 몰랐다. 그래서 그 여자가 매일 같은 시간에 내게 도시락을 배달해 주고 있는 것처럼, 외삼촌 역시 어머니에게 끼니를 배달해 주고 있는지 몰랐다. 내가 움막을 빠져나올 때, 외삼촌은 깊이 잠들어 있었다. 낮잠 자는 버릇이 없었기 때문에 외삼촌은 몸을 눕혔다 하면 그대로 곯아떨어지곤 하였다. 그런데 내가 움막을 나서는 기척을 어떻게 알아차렸을까. 자신의 머릿속에 어머니를 만날 계획이 도사리고 있었기에 제출물로 깨어날 수 있었을 것이었다. 외삼촌과 내가 우리 집에서 마주칠 수 있었던 것은 똑같은 계획을 염두에 두고 있었던 탓이었다.

어머니가 가출하기 전에 있었던 일이었다. 그때 나는 볼거리를 앓고 있었다. 한쪽 볼이 줄곧 부어오르며 귀에서 구린 내 나는 진물이 흘러 도대체 멈추지 않았고, 밤이면 고열에 시달려 거의 뜬눈으로 지새웠다. 더욱이나 상약으로 느긋하게 대처하다가 병이 악화되고 말았다. 결국은 군청 소재지에 하나뿐인 의원을 찾아가기로 하였다. 응당 아버지가 데리고 가야 할 일이었다. 그런데 아버지는 기어코 외삼촌을 동행해서 어머니가 다녀오기를 고집했다.

어머니는 선병질이었고, 평소에 집 밖으로 싸돌아다니는 것을 달갑지 않게 여겼었다. 병아리를 품고 있는 암탉처럼 언제나 울타리 안에서만 맴돌았다. 그러나 아버지의 고집을 꺾기가 힘에 겨웠으므로 내키지 않은 병원 나들이를 결심한 것 같았다.

우리는 하필이면 밤중부터 한대중으로 쏟아 붓는 궂은비를 무릅쓰고 아침 일찍 도회지로 가는 버스에 올랐다. 이마까지 지끈거리는 통증에도 불구하고 나는 소풍 떠나는 아이처럼 들떠 있었다. 그러나 20리 길을 채 못 가서 출발할 때부터 온갖 기괴한 마찰음을 토하며 내리받이로 휘어 내린 산길을 쉬엄쉬엄 달려가던 버스는 느닷없이 멈추고 말았다. 벼랑 중턱을 까낸 산코숭이를 타고 무너져 내린 토사가 한길을 덮치고 있었기 때문이었다. 낭패한 승객들이 모두 길턱으로 내려섰다. 외삼촌은 지체 없이 나를 들쳐 업었다. 꼬리를 사린 산속 길로 내려갈 동안 외삼촌이 앞장서고 우산을 받친 어머니가 등 뒤로 바싹 조이고 걸었다. 그러면서 어머니는 딱히 누굴 겨냥함도 없이 자주 혀를 찼다. 외삼촌은 그것이 누굴 겨냥한 끌탕인지 금방 눈치 챘다. 자꾸만 아래로 미끄러져 내리는 나를 그때마다 아금받게 추스르며 맞장구를 쳤다.

「몸도 성하지 못한 누님을 기어이 보낸 매형 심술은 알다가도 모르겠습니더.」

그러나 어머니는 대꾸도 않고 또다시 혀만 끌끌 찼다.

「매형이 나서기 싫다면 내 혼자서 대섭이를 데리고 가도 눈이 멀어서 의원을 못 찾아가겠습니껴. 그런데도 기어코 누님더러 같이 가라고 억지를 부리고 심술을 부리는 것을 보면, 속에 무슨 꿍꿍이가 안 있었겠습니껴.」

「동상, 그만 잊어버리게.」

「나도 잊어버리는 게 좋겠는데, 누님이 자꾸 혀를 차면서 씰데없이 푸념을 늘어지게 하니까 하는 말 아이겠습니껴. 하필이면 꿉꿉하게 궂은 날을 골라서 시난고난하는 누님을 거리로 내쫓은 걸 남이 알면 뭐라 카겠습니껴. 아무래도 좋은 소리는 못 들을 깁니더. 오히려 잘됐는지도 모르지요. 이번에 가는 길에 누님도 무슨 병인지 진찰을 받아 보시더.」

「내 병은 의사도 못 고치는 고질이라는 걸 동상도 알고 있잖나.」

「의사가 못 고치는 병이 어디 있겠습니껴. 병 고쳐 주고 돈 받는 게 의사 아이겠습니껴. 눈 딱 감고 한번 받아 보시더.」

「소용없는 짓이제. 병이 생겨난 시단까지 알고 있는데, 돈

들여서 진찰 받을 일이 뭐 있겠노. 평생 끌어안고 살아도 그 때문에 죽지 않을 걸 알고 있는데.」

「치료비 물기가 무서워서 그러제요? 나는 파리한 누님을 볼 때마다 가슴이 따가워서 죽겠습니더. 그런데 매형은 거들떠보지도 않는 눈치데요.」

「씰데없는 소리. 이 속앓이는 내가 고쳐야 할 병이지 의사가 거든다 해서 나을 병이 아니라 카이. 동상이 자꾸 속을 지르네? 대섭이 듣는데 무슨 소리를 하노.」

「귀에 고름이 흐르는 아가 뭘 알아듣겠습니껴.」

「잘 못 알아들으니까 하는 소리지. 귀로 못 듣는 아이가 지짐작 하나로 나하고 동상 사이를 이상하게 생각하고 저그 아부지한테 안 본 것도 보았다고 까바치기라도 한다면, 무슨 소동이 벌어지겠노.」

「알겠습니더. 입 닫고 있음시더. 매형이 또 땡깡 안 놓겠습니껴.」

「모두가 내 불찰이제. 내가 대섭이 아부지한테 사소한 것이나 거들어주기를 바랐던 그때부터 속병이 시작된 기라. 그렇기 때문에 모두가 내가 자초한 병이제. 남편이란 사람이 있는 것만으로도 천국인 양하고 살아야 했는데……. 전부 내 잘못인 기라.」

어둑어둑해질 무렵 가까스로 병원까지 도착해서 치료를 받는 동안, 어머니는 눈갈기가 곱지 않은 의사로부터 병이 중증으로 발전하도록 방치했던 무분별함과 부모로서 소임을 게을리 한 것에 대해 꾸중과 조롱을 들어야 했다. 위압적이고 호전적인 의사는 귓속으로 솜뭉치를 쑤셔 넣어 밀랍같이 굳은 고름덩이를 찍어 낼 때마다 놓치지 않고 어머니를 돌아보며 귀가 떡이 되도록 방치한 어머니의 무지를 꾸짖어 댔다. 서툰 언변의 어머니는 그때마다 당혹감으로 벌겋게 상기되어 쉴 새 없이 허리를 조아려야 했다. 나는, 형광등 줄에 매달린 인형이 사람의 목맨 형상처럼 섬뜩하다 느끼면서, 마룻바닥을 건너다니는 인형의 그림자에 시선을 빼앗긴 채 고통을 참아야 했다.

치료비 역시 의사는 약소하기 그지없는 금액이라고 생색을 늘어놓았으나 어머니에겐 막대한 액수였다. 어머니를 더욱 낭패시킨 것은 그날로 돌아가겠다는 아버지와의 약속도 지킬 수 없게 된 사정이었다. 비는 줄곧 내려 멈추지 않았고, 우리 마을로 가는 버스편도 끊어져 버렸기 때문이었다. 그렇지만 어머니는 밤길을 무릅쓰고 돌아가자고 애걸했고, 외삼촌은 나를 업고 집까지 걷기는 근력이 따르지 못한다고 쏘아붙였다. 의사도 나를 업고 먼 길을 떠나는 것은 무리라고 꾸짖었지만, 외삼촌이 염려했던 것은 평소에도 병색인 어머니였다. 선병질인 어머니가 비를 오래 맞게 되면 다른 병이 덧날 수 있었기 때문이었다. 내키지 않았던 어머니도 결국은 동의할 수밖에 없었다.

우리는 간호사가 알려 준 여인숙을 찾아가 하룻밤 묵기로 하였다. 노자를 아끼기 위해 우리는 한방에 들었다. 나를 가운데 두고 두 사람은 나란히 누웠다. 어머니는 나와 함께 아랫목 차지였고, 외삼촌은 윗목으로 썩 비켜 누웠다. 잠을 청하긴 하였지만, 어머니는 그날 밤 내내 당일로 돌아가기로 하였던 아버지와의 약속을 지키지 못한 것 때문에 잠을 설치며 불안을 감추지 못했고, 윗목으로 비켜나서 바람벽을 마주하고 돌아누운 외삼촌은 의사의 진중하지 못한 언사 때문에 어머니가 무안을 당했던 일에 줄기차게 분통을 터뜨렸다.

나는 매우 흥미진진한 눈초리로 두 사람을 끝까지 관찰했다. 서로 멀리 떨어져 누운 두 사람이 보여 주는 감정의 미묘한 편차까지도 놓쳐서는 안 된다고 생각했다. 그러나 어머니는 나를 향해 새우처럼 허리를 꾸부리고 누워 내 가슴에 손을 얹은 뒤 새벽까지 떼어 놓은 적이 없었다. 외삼촌은 곧장 코를 곯았다. 그러나 이튿날 아침, 여인숙을 떠나면서 어머니는 외삼촌과 한방 거처를 했다는 사실이 경솔한 결정이었다는 것을 깨달은 것 같았다. 혹여 이상한 소문이라도 퍼지면 십중팔구 곤경에 빠질 것이었다. 외삼촌의 등에 업혀 돌아오는 길에 어머니는 염두에 두었던 한마디를 잊지 않았다.

「밤말은 쥐가 듣고 낮말은 새가 듣는다 했잖나. 너그 아부지한테 삼촌하고 한방에서 지냈다는 이바구는 하지 마라.」

그런데 담 밖의 외삼촌과 움막으로 돌아오던 그날 밤, 어두운 길을 걸으면서 벼락이 떨어진다 해도 구린 입도 떼지 않을 것 같던 외삼촌이 무성한 칡넝쿨 사이로 뚫린 벼랑길에 이르러서 한숨을 돌리는 사이, 그때 어머니가 내게 당부했었던 한마디를 반복했다.

「밤말은 쥐가 듣고 낮말은 새가 듣는다고 했다. 오늘 밤 집에서 보았던 일은 어대 가서도 발설하지 마라. 너그 아부지 귀에 들어가면, 틀림없이 땡깡을 놓을 거다. 그 여자가 보란 듯이 집에까지 와 있는 것이 너그 아부지가 너그 엄마한테 분풀이를 하겠다는 심보인지, 눈에 보이는 것이 없을 정도로 홀딱 빠졌다는 것인지 알 수 없다. 내가 주제넘은 말인지는 모르겠다만, 너그 아부지가 실수한 거다. 저러면 안 된다. 너그 엄마가 돌아오려고 마음을 고쳐먹었다가도 저런 해괴망측한 꼬라지를 보았다면, 아무리 대범한 여자라 카더라도 두 번 다시 돌아올 마음이 생기겠나?」

「아부지가 그 여자하고 안 친하다 카이.」

「친하고 안 친하고가 문제가 되는 게 아인 거라. 그 여자가 거기 있었다는 게 중요하제.」

아버지는 내게 입단속을 당부한 적은 없었다. 그것은 노출되어도 치명적인 손상을 입을 비밀이 없다는 뜻이었다. 그녀가 건넌방에 앉아 있는 모습까지도 스스럼없이 내게 보여 줄 정도로 아버지는 비밀에 대해선 둔감했다. 그런데 어머니와 외삼촌에겐 왜 이처럼 감추어야 할 비밀이 많은 것일까. 병원 나들이에서 두 사람이 도덕적으로 지탄받아야 할 불상사를 저지른 것도 아니었고, 아버지의 동년배들이 수시로 드나드는 건넌방에 그 여자가 왔었다는 사실도 따지고 보면 이상하게 볼 것은 없었다.

나는 또 눈물이 났다. 외삼촌이 아버지를 대중없이 예단하는 것이 싫었다. 그리고 어머니가 돌아올 수 없다는 절망적인 명분을 애써 쌓아 가려는 외삼촌의 태도도 싫었다. 아버지의 행동에 흠절이 있고 절제가 부족하다 할지라도 어머니가 돌아오기를 기다리는 마음에는 변함이 없다는 믿음을 나 혼자서만 갖고 있다는 사실에 갑자기 외로움을 느꼈다. 나는 울먹이면서 말했다.

「아부지가 그 여자한테 빠진 게 아이라 카이.」

「니가 그걸 어째 아노? 너그 아부지 허파 속에 들어갔다 나왔나?」

「안 드갔다 나와도 나는 알어.」

「글쎄, 니가 어째 안다는 거고?」

「우리 아부지니까 알지.」

「그런 말을 가지고 억지 쓴다 카는 거라.」

「아버지가 그 여자 귀싸대기 때리는 걸 내가 봤다 카이.」

「귀싸대기를 때려? 언제?」

「아부지가 나를 달래는데 그 여자가 말참견을 하니까, 아부지가 우리끼리 말하는 데 끼어들지 마라꼬 그 여자 귀싸대기를 두 대나 때리드라.」

물론 거짓말이었다. 그 여자의 참견에 아버지가 퉁명스럽게 쏘아붙여 말구멍을 막아 버리긴 하였지만, 그것도 잠깐 사이일 뿐이었고 손찌검을 했던 적은 없었다. 그러나 나는 내친김에 열을 올려 부풀리기 시작했다.

「귀싸대기를 때려 뿌이 그 여자가 탁 나자빠지드라. 얼굴
이 빨개져서 아무 말도 못하고 아부지를 쳐다보고 울기만
하드라.」

　내가 방 안에 있었을 때, 외삼촌은 담 밖에서 숨죽인 채 은
신하고 있었다는 것을 십분 이용할 수 있었다. 거짓말이 새
끼를 치고 그 새끼가 또 새끼를 칠 만치 부풀려져도 외삼촌
은 거짓을 알아채지 못할 것이었다. 과연 내 거짓말은 외삼
촌의 진실성을 자극하는 데 성공하고 있었다. 그는 보기 딱
할 정도로 고무된 눈치였다.

「니 한 말이 참말이제?」

「아부지한테 물어보그라.」

「그 여자한테 손찌검을 하드란 말이제?」

「아들하고 이바구하는 데 폴싹폴싹 끼어들지 마라꼬 머티
(면박)를 주드라. 그 여자 인제부터는 우리 집에 안 올 기
다. 아부지가 나가라고 등을 떠밀드라.」

「그래도 안 나가고 민주를 대고 앉어 있드나?」

「훌쩍거리고 울기만 하드라.」

「다리몽생이를 딱 분질러 놓지, 와 귀싸대기만 때리고 말드
노.」

「그 여자가 울지만 않았으면, 아부지가 몽둥이로 때렸을지
도 모르제.」

「니가 보는 앞에서 그 여자한테 땡깡을 놓았다는 것은 너
그 아부지가 분명 꿍꿍이속이 있어서 한 짓 같기도 하다.

그 여자하고 인연을 끊겠다는 것을 니한테 보여 주고 싶어
서 니보고 방으로 들어오라 했던 거라.」
　외삼촌의 손바닥으로 넘어간 퍼즐놀이는 매우 튼튼하게
아귀가 척척 맞아 들어가고 있었다. 그러나 퍼즐놀이의 허구
성을 빤히 들여다보고 있는 내겐 황당무계한 억측에 불과한
것이었다. 그런데도 외삼촌은 무턱대고 넘겨짚으며 현기증
이 날 정도로 앞질러 가고 있었다.
　「너그 아부지 괄괄한 성미에 자발없이 말참견하는 여자를
가만둘 리 없지. 인제 두고 봐라. 그 여자가 움막 근처에도
얼씬거리지 못하도록 할 거다. 그 여자가 그런 챙피를 당
했다면, 내일부터는 도시락도 안 가지고 올 거다.」
　드디어 내 거짓말에서 파생된 분비물들이 저질러 놓을 일
에 불안감이 느껴졌다. 그러나 외삼촌의 억측은 내가 울적하
고 침통한 심정으로 바라고 있었던 상황들과 절묘하게 일치
하고 있었으므로, 나는 거짓에 대한 수치심도 없었고 진상들
을 올곧게 실토할 엄두도 나지 않았다. 오히려 외삼촌에 의
해서 더욱더 열광적으로 그 거짓의 날개들이 다채롭게 뻗어
나가기를 바랐다. 내일 당장 그 여자가 도시락을 들고 움막
에 나타남으로써 금방 탄로가 난다 할지라도, 그리고 어눌하
고 미숙했던 거짓이 오히려 손상된 진정성의 환부를 치유해
주는 모순이 있다 할지라도 지금은 그 거짓의 함정에 매몰되
고 싶었다. 움막으로 돌아올 때까지 외삼촌은 허공에 주먹을
휘두르며 그녀를 마음껏 헐뜯고 조롱했다.

어머니가 남의 손가락질을 받지 않고 집으로 돌아올 수 있
는 모든 정황들이 그의 입에서 화려하게 구성되고 윤색되었
다. 그녀가 아버지에게 따귀를 얻어맞았다는 한 가지 사실만
으로도 외삼촌은 충분히 들떠 있었다. 움막의 잠자리에 들면
서 나는 드디어 이튿날이면 탄로 날 거짓이 두려워지기 시작
했다. 곱다시 속아 넘어간 외삼촌이 나를 내쫓아 버릴 것이
분명했다. 종달새의 둥지를 찾아가자는 제의에 내막을 모르
는 외삼촌이 순순히 응하지 않았더라면, 하루를 채 넘기지 못
한 시각에 외삼촌과 나 사이도 파경에 이르고 말았을 것이다.
그날 해 질 무렵, 탐조를 끝내고 움막으로 돌아왔을 때, 그 여
자가 기다리다가 놓고 간 도시락이 움막 앞에 놓여 있었다.
「이것 봐라. 너그 아부지한테 따돌림당한 그 여자가 인제
는 니한테 알랑방구를 뀌며 대드는 거라. 그 속셈을 우리
가 몬 알아채리겠나. 궁상을 떤다고 마음 약해져서 우리가
만나 주면 십 년 쌓은 공덕이 도루아미타불이 되고 마는
거라. 도시락을 골백번 갖다 놓는다 캐도 안면을 싹 바꾸
고 두 번 다시 만나 주면 안 되는 거라. 녹록하게 볼 여자가
아인 거라.」
「아지야는 그 여자 안 만나 봐도 되겠나?」
「내가 그 여자 보구 접어서 환장한 줄 아나?」
「나는 보구 접드라.」
「이늠아야, 내가 니 속을 모르고 있는 줄 아나? 니는 그 여
자가 나타나서 떠날 때까지 삼통(사뭇) 여자 사타리에 눈을

처박아 두고 있었잖나. 마빡에 국물도 덜 마른 놈이······.」
「아지야가 봤나?」
「안 봐도 아는 거라. 그러나 여자가 여시맨쿠로 니를 꼬신
다는 것을 알고 있으니까, 니 잘못이 아이라는 것은 알고
있는 거라.」
　내가 어눌하게 조작한 거짓을 외삼촌이 도맡아 윤색해 가
는 중이었다. 그렇다면 내가 지껄인 거짓말도 비밀의 상자에
다 보관시켜 둘 만한 가치를 가지는 것이었다. 우리는 그녀
가 찾아올 만한 시각에 움막을 비웠고, 그녀가 기다리다가
지쳐 떠날 만한 시각에 돌아오곤 하였다. 그러나 갖다 둔 도
시락은 그때마다 깨끗하게 비웠으므로 비밀의 포장은 뜯기
지 않았고, 그녀의 도시락 나르기도 그치지 않았다. 그녀를
조롱하고 따돌리는 일에 열중해 있는 동안 내게 괄시 못할
계략이었던 어머니의 은신처 찾아내기는 소홀해지게 되었다.
소홀해졌다기보다는 그런 착상 자체가 허구에 불과하다는 것
을 깨달았다는 것이 옳았다. 외삼촌이 어머니의 은신처를 알
고 있었다면 그 당장 아버지에게 이실직고했으리라는 것을
고조된 그의 말과 태도가 말해 주었기 때문이었다.
　외삼촌이 아버지 못지않게 어머니가 돌아오기를 간절히
기다리고 있으며, 그리고 기다림의 미래가 현재이기를 소망
하면서 한결같이 어머니를 사랑하고 있다는 사실이 분명해
졌다. 그러나 그 사랑은, 어머니가 아버지 곁에 밀착되어 있
음으로써 가능한 것이었다. 그 사랑은 아버지와 어머니 사이

의 정분이 돈독해짐으로써 오히려 열정적인 상승 효과를 가지는 수수께끼 같은 측면이 있었다. 아버지로부터 어머니를 빼앗아 버리자는 거추장스러운 음모 따위를 품고 있을 만큼 그의 영혼이 부패하지는 않았다. 최초의 결혼이 납치로 이루어졌다 할지라도 외삼촌은 그런 음험한 절도 행각을 꿈꿀 사람은 처음부터 아니었다. 어머니가 아버지 곁에 있는 아내로 정착되었다는 안락감을 확인하였을 때, 외삼촌은 비로소 어머니를 사랑할 수 있는 열정과 자력을 얻어 내는 듯하였다.

그 사랑을 위해, 아버지로부터 그토록 지독한 따돌림과 협박을 받아도 오히려 자극으로 받아들이면서 지금까지 마을을 떠나지 못하고 있는 것이 틀림없었다. 우리 세 사람은 어머니가 돌아오기를 기다린다는 한 가지 소망을 갖고 있으면서도 서로 의심하고 분개하며 반목했다. 그런데 그 반목에서 오는 긴장감이 다른 한편으로 우리 세 사람을 결속시켜 왔다는 것도 깨달았다. 그처럼 우리 세 사람은 어머니로부터 떠날 수 없는 존재들이었다. 그녀로 말미암은 아버지의 부도덕한 일탈과 허세도 어머니의 부재가 만들어 낸 자신의 손상된 품위와 불안을 감추기 위한 것인지 몰랐다.

그 모든 사실들은 공교롭게도 내가 뇌까린 한마디 거짓말에서 확인된 것이었다. 그날 밤, 외삼촌이 내 뒤를 미행했던 것은, 오히려 내가 밤중에 아버지를 몰래 만나 왔을지도 모른다는 오해와 호기심 때문이었다. 그날 밤의 일로 외삼촌은 오히려 나를 의심하고 있었다. 자기 몰래 아버지를 만나게 된 동기가 드디어 어머니의 행방을 찾아낸 때문이란 것이었다. 그래선지 외삼촌의 수면은 그때부터 밤이 아닌 낮으로 바뀌고 말았다. 밤에 움막을 몰래 빠져나갈 나를 미행하기 위한 것이었다.

　외삼촌이 너구리 일가족이 살아가는 토굴을 발견한 것도 밤과 낮이 뒤바뀐 수면 관행에서 얻어 낸 성과였다. 낮에는 토굴 속에서 잠을 자고 밤에 먹이를 찾아 나서는 너구리의 습성이 잠을 설치고 있는 외삼촌의 눈에 발견되리라는 것은 당연한 것이었다. 그리고 멀리까지 쏘다니다가 발견한 것도 아니었다. 그 의뭉스러운 너구리는 언제부턴가 우리들이 잠든 사이에 움막 주변을 헤집고 다녔던 것이 틀림없었다. 움막 주변 혹은 먼 곳까지도 외삼촌의 눈에 발견되지 않는 것은 없었다. 미루나무 밑동에 집을 짓고 살고 있는 불개미, 다래나무가 흔전인 후미진 산기슭, 미루나무 숲에 가려서 남들의 눈에는 발견되지 않는 고욤나무 한 그루, 과수원 근처에 살고 있는 두더쥐, 밭둑을 기어가는 말똥구리 한 마리까지도 모두 외삼촌의 가시권 안에 있었다. 그런데 밤중에 은밀하게 움막 근처를 배회하는 너구리는 알아채지 못한 것 같았다. 배회하던 그 짐승이 우연하게도 무던하고 흥미로운 상대를 발견한 것이었다. 그것은 외삼촌이 밖에 매어 둔 염소였다.

　종일 뙤약볕 아래에서 그린 듯이 앉아 있던 염소가 한밤중에 이르면 말뚝을 비비대거나 주위를 기운차게 맴도는 기척을 비로소 외삼촌이 알아차린 것이었다. 잠자리가 뒤숭숭해서 거적을 가만히 들치고 바깥을 살펴보았는데, 난데없는 너구리란 놈이 대담하게도 염소를 어르고 있었다. 끽해야 들쥐나 도마뱀 따위를 포식하는 너구리가 덮치기에는 과분한 상대임이 분명한데도, 무엇을 노리고 있는지 염소 주위를 맴돌며 좀처럼 떠날 낌새가 아니었다. 집짐승과 들짐승 사이에는 서로 기초가 탄탄하게 짜인 명백하고도 원초적인 상극성이 있었고, 그들이 지닌 전통적 세력 판도에 갑작스러운 변덕이 생긴 것도 아니었다. 그렇기 때문에 잠시도 시선을 뗄 수 없었다. 그러나 좀 더 눈여겨보면, 너구리나 염소는 서로가 공격할 태세가 아니었다.

두 짐승 사이에는 경계심이 삭제된 어떤 교감이 이루어지고 있다는 것을 발견할 수 있었다. 서로 공격의 접점을 노리고 기회를 엿보는 것이 아니라, 트고 지낼 수 있는 접점을 찾고 있었다. 너구리가 애당초 염소를 공격할 의향을 가지고 있었다면, 발성의 자제력이 뛰어난 염소라도 생명의 위협과 마주친 이상 소리를 질렀을 테고, 너구리 역시 염소의 목덜미를 정확하게 비틀어 물진 못해도 최소한 상처는 입힐 수 있었을 것이다. 그런데도 두 짐승은 외삼촌이 눈치 채지 못하는 사이에 오랜 교감을 가지고 만나 왔다는 증거가 뚜렷했다.

말뚝 주위를 알짱거리며 맴돌던 너구리는 어느덧 염소 코앞에까지 스스럼없이 접근했다. 그리고 염소가 처연하게 바라보고 있는 면전에서 앞발로 무언가를 해작이기 시작했다. 해작인 것을 입으로 가져가 맛을 보기도 하였다. 염소에게

던져 준 것은 야생초 잎사귀 따위였기 때문에 열매가 아닌
이상 너구리의 구미가 동할 만한 먹이는 없었다. 그러다가
문득 그녀가 갖다 주는 도시락이 떠올랐다. 먹다 버린 도시
락 반찬이 염소와 너구리 사이의 우의를 다져 준 계기가 된
셈이었다.

천성이 표독스럽지 않고 양순하지만, 한낮에 졸고 있는 염
소는 드물었다. 그런데 내가 움막에서 거처하는 동안 그 염
소는 낮에 졸고 있는 것이 일상사였다. 그처럼 뒤바뀐 수면
습관은 거의 방치하다시피 하는 외삼촌의 무관심 때문이겠
거니 하였다. 그런데 그 까닭이 한밤중마다 너구리를 만나기
때문이었다. 언젠가 아름저울을 챙겨 든 중개인이 찾아와 난
데없이 염소를 사겠다고 흥정을 튼 적이 있었다. 그러나 외
삼촌은 시종 중개인을 등지고 서서 말문을 닫고 있었다. 중개
인이 바지 주머니에서 뭉칫돈을 꺼내 외삼촌의 코앞에 들이
대고 팔랑팔랑 들까불어 보여도 외삼촌은 요지부동이었다.
「거참, 별미쩍은 사람도 있네. 달구 니가 저 짐승을 옆에 끼
고 사는 까닭이 뭐꼬? 사람이 짐승을 기르는 까닭은 키워
서 육고기 맨들어 묵을 계획을 가지고 있든지, 새끼 쳐서
종자돈 맨드는 재미를 보겠다는 두 가지뿐인데, 이것도 저
것도 아이면서 불쌍한 짐승을 죙일 땡빛에 붙들어 매놓고
있는 것은 털도 뽑지 않고 통째로 씨를 말리겠다는 심보
아이가?」
「…….」

「니도 사리분별을 가진 사람이라면, 말 못하는 짐승이 저 꼬라지로 말라비틀어질 때까지 홀대하는 게 사람의 도리가 아이라는 것은 알고 있제? 니도 눈 가진 사람이라면 보그라. 저 염소가 땡빛을 쪼이며 쭈굴방퉁이가 되다 못해 인제는 명태포가 되어 가잖나. 니가 무슨 억하심정이 있어서 수염까지 가지고 있는 저 짐승을 산 채로 건조시켜 죽일라 카노?」
「그러면 잡아묵을라 카는 사람한테 짐승을 팔아야 되겠습니껴?」
「어허, 이 사람 보래? 짐승이라 카는 게, 지 에미 뱃속에서 내질릴 때부터 사람한테 잡아묵히도록 점지가 되어 있는 기라. 만물의 영장이라는 사람도 종국에 가서는 저승사자한테 잡아묵히는데, 하찮은 짐승이 사람한테 잡아묵히는 게 억울할 것 하나 없지. 달구 똥고집 때문에 나중에 잡아봤자 고기만 질겨지고 값만 내려가. 염소뿔 세다 하니까 황소한테 덤비드라는 말은 있네. 자네 혹시 저 염소 오래 두면 황소로 둔갑할까 해서 바라보고 있나? 자네도 생각해 보게. 자네가 염소젖을 짜 먹으면서 연명하겠다는 심보도 아일 기고 한여름에 염소 끌어안고 잠잘 궁리를 하는 것도 아이지 않나?」
「뭐라 캐도 염소는 안 팝니더.」
「염소 임자가 안 팔겠다는데, 그 똥고집을 누가 꺾겠나. 그러나 이성적으로다가 말하면, 달구 니는 누가 봐도 정신 나

간 사람인 거라. 아무리 앞뒤가 꽉 막힌 깡통이라 하드라
도 짐승을 생다지로 죽이고 있는 자기 탓은 모르고 똥고집
만 세운다 카면, 길을 가로막고 물어봐도 소라도 웃을 일이
라 카제, 니 잘났다는 사람은 없을 기다. 그래도 안 팔래?」
「안 팝니더. 팔라고 기르는 짐승이 아입니더.」
「기르는 짐승이라꼬? 기르고 있다는 짐승 꼬라지가 저 모
양이라? 씨름판에서 상품으로 쥐여 준 고삐에 마침 염소가
매달려 있어서 데리고 온 것뿐인데, 자네 힘깨나 쓴다는 씨
름꾼이라는 것을 과시할라 카다가 애매한 염소 씨 말려 죽
이네.」
구차한 감정들을 탁탁 털어놓는 듯한 직설적이고 걸쭉한
말투로 압박해 오던 중개인을 고집으로 제압하고 염소를 팔
지 않았던 성과를 거둔 대신에 외삼촌은 미처 깨닫지 못한
갈등에 사로잡혔다. 과연 그에게 염소는 무엇인가 하는 막연
한 자문에 시달리기 시작했던 것이다. 따지고 보면, 그 염소
를 지금까지 매어 두어야 할 아무런 명분이 없는 것이 사실
이었다. 다만 지금까지 그곳에 염소가 매여 있었기 때문에
그대로 있어야 한다는 것이 명분이라면 명분이었다. 외삼촌
자신도 마찬가지였다. 자신도 하염없이 움막을 지키고 있었
기 때문에 장차 움막을 지키고 있어야 한다는 명분 또한 너
무나 무의미한 것이었다.
그런데 우연하게도 밤이면 너구리와 놀고 있는 염소를 발
견한 것이었다. 그뿐만이 아니었다. 사흘 뒤에 엿본 너구리

가족의 밤나들이는 더욱 대담하고 다채로웠다. 두 마리의 새 끼까지 거느리고 나타났던 것이다. 역시 도시락 찌꺼기에 미련을 둔 탓이었다. 어미의 꽁무니를 졸졸 따라다니는 새끼들 역시 저들에게는 우람한 허우대에 형용도 판이한 염소에게 경계심을 두지 않았을 뿐만 아니라 매우 호의적이었다. 염소의 턱수염 아래로 바싹 다가가 냄새를 맡아 보거나 똥오줌으로 전 땅을 해작여보기도 하면서 갖은 간릉을 떨었다. 두 짐 승이 서로 유사한 점이 있다면, 눈을 닦고 보아도 꼬리가 짧다는 것 한 가지뿐이었다. 그러나 너구리의 의뭉스럽고 경계심이 부족한 습성이, 자신들이 파놓은 토굴을 여우에게 빼앗기기도 하고 되찾기도 하지만 오소리가 살고 있는 토굴에서 함께 거처할 수 있는 융통성을 획득한 것처럼, 염소에게도 손쉽게 접근할 수 있는 지혜를 터득하게 한 것인지 몰랐다.

외삼촌이 말뚝에 튼튼하게 매어 두었던 고삐와 굴레까지 풀어 준 것은 너구리가 새끼들을 거느리고 나타났던 그 이튿날 아침이었다. 그러나 파격적인 반응은 발견할 수 없었다. 하루 종일 지켜보았으나 염소는 결코 말뚝 근처를 떠난 적이 없었다. 말뚝에 앙증스러운 뿔을 비비기도 하였고, 이빨로 긁어보기도 하였다. 그렇다면 미욱한 짐승이라 해도 응당 굴레에서 풀려났다는 것은 깨달았을 것이다. 그 상황을 알아차리고 있다는 징조가 없는 것도 아니었다. 하루에 한두 번쯤은 유수지 근처까지 타박타박 걸어가서 눈앞을 완강하게 가로막고 선 벼랑을 하염없이 쳐다보았다. 그러나 정확한 회귀

성을 발휘해서 지키고 있던 본래의 자리로 되돌아와 먼산바라기를 하였다.

　외삼촌이 물챙이방죽 아래쪽, 산코숭이 끝자락이 가만히 물속으로 잠기는 곳까지 염소를 뒤따라가며 내쫓아 버렸다. 그러자 회초리에 성가심을 받으며 내쫓김을 당했던 염소는 신통하게도 고집스러웠던 발성의 절제에서 풀려나 고유의 애절한 목소리를 되찾아 울기 시작했다. 잊혀졌던 울음소리를 듣는 순간, 외삼촌과 나는 소름 끼칠 정도의 전율을 느꼈다. 고집 세고 어리석은 짐승의 몸에서 서럽지만 그처럼 청아하고 기품 있는 소리가 나올 줄은 몰랐고, 그런 발성 기능을 지닌 짐승을 발견할 수 없을 것 같았다. 염소는 활달한 걸음으로 자신이 매여 있던 자리로 돌아와 오만하게 딱 버티고 섰다. 몇 번인가 연거푸 내쫓기를 시도해 보았으나 한 치의 오차도 없이 그 자리로 돌아오곤 하였다. 물론 오랫동안 지정된 한자리에서 배설해 왔기 때문에 그 자리가 아니면 자신의 정체성 판독에 혼란을 겪을 수도 있었다. 그것이 염소에게 본능적으로 그 자리에 되돌아오도록 만드는 것인지 몰랐다.

　그러나 한 가지 분명한 것이 있었다. 본래의 자리로 돌아왔다 하더라도 외삼촌이나 나를 향해 울거나 응석을 부리거나 연민의 시선을 던지지도 않았다. 그렇다고 던져 주는 꼴풀에 관심을 두는 것도 아니었다. 시종일관 우리들을 외면하려는 자세가 그것을 증거하고 있었다. 외삼촌이 염소에게 턱짓하며 뇌까렸다.

「저늠아가 우리 곁에 있고 싶어서 울며불며 돌아오는 거아이다.」
「꼴 뜯어 달라고 오는 거 아이가?」
「그기 아인 거라. 너구리 보고 싶어서 기를 쓰고 돌아오는거라. 너구리가 지를 찾아오는 길을 잃을까 걱정돼서 저자리를 떠날 수 없는 거라. 밤마다 너구리가 찾아오지 않으면, 저늠아 시난고난하다가 죽을지도 모르제.」
「너구리가 안 찾아오면 풀도 안 먹나?」
「저늠아가 밤마다 너구리를 만나면서 자기도 너구리로 착각하게 돼뿌렀다 카이. 너구리는 또 자기가 염소로 둔갑한줄로 착각하고 있는 거라. 서로 해코지 안 하고 어울리는데는 그만한 까닭이 있는 거라. 저것들도 생각할 줄 아는짐승이 아이겠나. 그런데 여태까지 너구리 수놈이 나타나지 않는다는 게 이상한 거라. 염소가 수염이 달려 있으니까, 새끼들한테 수놈 대신에 보여 주려고 밤마다 거느리고나타나는지도 모르제.」
물론 억측이었다. 그러나 외삼촌과 나는 그 억측을 믿었다. 그럼으로써 염소가 초췌한 모습으로 연명하고 있을지라도 중개인에게 팔려 가선 안 된다는 명분을 쌓아 갈 수 있었다. 고삐를 벗은 상태에서 너구리들과 만나는 염소의 행동반경도 눈에 띄게 활달해지고 융통성이 있었다. 염소가 앞장서서 끄덕끄덕 걸어가면, 너구리 가족들은 흡사 저들의 수놈을 뒤따라가는 것처럼 아무런 긴장감도 없이 강가까지 도착했다. 그리고 염소가 바라보고 있는 가운데 어미부터 차례로 물갈기를 헤치고 자맥질하였다. 물론 염소를 향해 물속으로 들어오라는 신호를 보내는 것 같기도 하였다. 그러나 선천적으로 물과는 상극인 염소가 그때만은 호의적인 반응을 보이지 않았다. 그저 너구리 가족들이 물속에서 기어나오면, 염소는 그들을 이끌고 말뚝이 있던 자리로 되돌아와 호들갑을 떨며 젖은 털을 말리는 광경을 물끄러미 바라보는 것이었다.

그런데 한 가지 이해할 수 없는 것이 있었다. 토굴을 파는 일에 서툰 여우가 너구리가 판 굴을 빼앗아 그 안팎을 온갖 배설물로 더럽혀 놓게 되면, 지독한 냄새 때문에 너구리는 토굴을 포기하고 다른 은신처를 찾기 마련이었다. 염소의 배설물로 어지러운 그 장소 역시 지독한 냄새가 풍겼다. 그런데도 너구리들은 그 냄새에 익숙해져 있었다. 그처럼 그들의 가족적 연대성은 마치 누대에 걸쳐 이어져 온 혈연처럼 튼튼하게 짜여 있는 셈이었다.

「저늠아가 천성이 어리석어서 너구리 소굴로 들어가서 같이 살지도 모르겠네.」

무심히 뇌까린 넋두리에 나는 멈칫 놀랐다.

「아지야, 그러면 염소가 여우한테 잡아묵힐 긴데…….」

「수놈이 없는 것은 확실하지만, 여우한테 굴을 뺏기지는 않을 거다.」

「여우가 나타날 긴데.」

「여우가 새끼를 치는 봄이 아이면, 너구리 소굴을 넘보지

않는 거라. 지금은 한여름도 지나고 가을이 코앞인데, 그런
걱정이야 있겠나.」
　긴장의 연속이었던 한여름이 지나고 있다는 것을 그때서
야 깨달았다. 아침저녁으로 옷깃 사이로 벌레처럼 스멀스멀
기어드는 야릇한 한기를 기억할 때였다. 살갗을 스치는 한기
는 기억만으로도 쓸쓸했다.
　우리들이 한눈팔지 않고 지켜보고 있었던 물까마귀 가족
들도 이젠 둥지를 허물고 어디론가 떠날 채비를 하고 있었
다. 무성하던 햇볕의 밀도가 소슬해지는 늦여름으로 접어들
면서 어미 새는 물갈기를 헤치고 잠수해서 먹이를 물어 내긴
했지만, 곧장 둥지 속으로 날아들지는 않았다. 오히려 밖에서
먹이를 물고 있는 자신을 보이면서 유혹을 받은 새끼들이 배
수관 밖으로 탈출하도록 유인하고 있었다. 먹이의 유혹을 외
면하지 못한 새끼 한 마리가 용기를 내어 배수관 밖으로 모
습을 드러내다 말고 그대로 물속으로 떨어지고 말았지만, 본
능적으로 수면으로 떠오르면서 헤엄을 칠 줄 알았다. 어미
새는 그런 유인책을 구사해서 새끼를 한 마리씩 한 마리씩
둥지 밖으로 이끌어 냈다. 모두 둥지 밖으로 유인해 낸 어미
새는 새끼들을 이끌고 다니면서 행동으로 먹이 잡는 법을 가
르쳐주기 시작했다. 그리고 여가를 틈타 둥지를 지을 때와
반대의 절차로 둥지를 헐기 시작했다. 둥지를 구성했던 잡초
를 물고 나와 여기저기에다 버렸다. 이제 머지않아 물까마귀
어미는 새끼들을 데리고 인적이 드문 상류 쪽 은신처를 찾아

이주를 시도할 때가 되었다는 것을 예고하고 있었다. 그러나 계절의 진행은 한겨울에도 비가 내리는 것처럼, 그토록 야멸치게 우리들을 몰아붙이지는 않는다. 그러므로 모든 것이 떠나버리기엔 아직 충분한 말미가 있었다.

어머니가 떠남으로써 모든 것이 떠나고 말았다는 뼈저린 상실감에 시달려 왔으나, 아직도 나로부터 떠날 수 있는 것들이 남아 있거나 떠나갈 준비를 하는 것들이 존재한다는 것을 깨달았다. 그 여자와 마주치지 않기 위해 우리는 날마다 강 상류 쪽으로 탐조 여행을 떠났다. 그러나 한여름처럼 하늘 높다랗게 떠서 재잘거리는 종달새의 모습을 쉽게 찾아볼 수 없었다. 그리고 둥지를 찾아낸다 하더라도 그것은 이미 새끼들이 뿔뿔이 흩어지고 형용만 남아 있었다. 새끼들이 둥지에 남긴 것은 돌 틈에 끼여 소슬한 바람에 나부끼는 몇 올의 깃털들이었다. 그리고 천연덕스럽게 매여 있던 염소도 조만간 너구리들을 거느리고 너구리 집으로 떠나 버리든지, 아니면 그들을 거느리고 물챙이방죽 아래쪽 멀리에 새로운 토굴을 파고 은신할지 몰랐다.

아버지도 그 여자를 따라 먼 고장으로 자취를 감출 것 같았고, 강물에 살얼음이 앉기 시작하면 외삼촌 역시 어디론가 자취를 감출 것이었다. 아무런 명분도 없이 남아 있어야 할 사람은 나 혼자뿐인 것 같았다. 아버지나 외삼촌이 모두 어머니를 기다리고 있었으나, 그들도 이젠 기다림의 *끄나풀*을 하염없이 붙잡고 있을 근력이 소진되어 버렸다는 징조가 점점 .뚜렷해져 갔다. 아버지가 집으로 여자를 끌어들인 것이 허탈감이나 불안감을 감추기 위한 방편에 불과한 것이라 하더라도, 그 여자의 능갈맞은 간릉에 혹해서 도회지로 나가 곁방살이라도 감내할 각오를 갖게 만들 수도 있었다. 아버지가 떠난다면, 외삼촌 역시 스산한 가을바람이 차가운 강가 움막에 웅크리고 앉아 있을 까닭이 있을까.

「아지야, 어대로 안 갈 기제?」

어느 날 밤, 잠에서 소스라쳐 깨어난 내가 밑도 끝도 없이 외삼촌을 흔들어 깨우며 다급하게 물었던 적이 있었다. 한기 속에 가까스로 잠을 청했던 외삼촌은 경황 중에도 와락 화증을 돋우며 성깔을 부렸다.

「이늠아가 자다 말고 실성을 했나? 내가 어대로 간다는 말이고?」

「아지야, 안 갈 기제?」

「임마야, 한밤중에 내가 어대로 간다 말이고?」

「내일 낮에도 안 갈 기제?」

「날아가는 참새, 똥 싸는 소리 하지 말고 고만 자그라.」

「아지야가 내빼 뿌지 않는다 캐야 잠을 자제.」

「이늠아야, 내가 어대로 간다 말이고.」

자신이 떠나지 않는다는 것을 설득력 있게 차근차근 말하는 것이 아니고, 버럭 화를 돋우면서 쏘아붙이는 거친 말투가 떠나겠다는 것을 다짐하는 것처럼 가슴을 파고들었다. 나는 외삼촌의 꽁무니에 바싹 붙어 다녔다. 그는 때때로 내가 뒤따라다니기엔 근력이 부칠 정도의 먼 거리에서 무엇을 찾아 헤매다가 돌아오곤 하였는데, 그때일수록 외삼촌을 놓치고 싶지 않았다. 멀리까지 뒤따라 나서는 나를 향해 외삼촌은 눈초리를 치뜨고 노려보면서 손사래를 쳤다. 그러나 물러서지 않았다.

「저늠우 짐승까지 남의 허파를 뒤집어 놓네.」

뒤돌아보았더니, 외삼촌의 뒤를 쫓아오고 있는 것은 나 혼자뿐이 아니었다. 굴레 벗겨 둔 염소까지 끄덕끄덕 우리들 뒤를 따라오고 있었다. 뿐만 아니라, 외삼촌이 매몰찬 기색으로 나를 내치고 있다는 것을 염소가 먼저 알아채고 처연하게 멈춰 서서 딴청을 펴고 있었다. 너구리 때문에 졸고 있어야 할 시각인데도 단념하고 뒤따라 나선 걸 보면, 염소 역시 외삼촌의 먼 길 행보에 본능적인 불안감을 갖고 있었음이 틀림없었다. 그 순간 나는 달려가 염소의 목덜미를 와락 끌어안으며 퍼질러 앉았다. 그리고 처음 굴레에서 벗어났을 때 염소가 그랬던 것처럼 목청을 놓아 울음을 터뜨렸다. 염소도 같이 울어 주지 않았더라면 외삼촌은 대수롭지 않게 생각하고 혼자 도망했을지 몰랐다. 발악을 하며 울진 않았는데, 발악을 하지 않았다는 것이 오히려 울음의 가식성을 소멸시켜 외삼촌의 결심을 바꿔 놓는 데 성공했다. 외삼촌이 먼 길을 단념하고 돌아올 때까지 염소 역시 내게 목덜미를 내맡긴 채 미동도 않고 서 있었다.

「대섭이 니 봐라. 열네 살이나 먹은 놈이 얼라 짓 할래?」

「내가 언제 얼라 짓 하드노?」

「이유 없이 땡깡 부리는 거 얼라 짓 아이가?」

「내가 언제 이유 없이 땡깡 부리드노?」

「임마야, 나도 어른인데, 어른이라 카는 사람은 그 나름대로 할 일이 따로 있는 거라. 볼일 보러 가는 사람 발목을 잡고 늘어지면 어쩨노.」

「아지야가 무신 일이 있노? 맨날 먹고 놀기만 하잖나.」

「임마 보래. 개살구 지레 터진다 카디, 주제넘게 속창이 멀쩡한 척 수다 떨고 있네. 니 눈에는 내가 먹고 놀기만 하는 따분한 얼뜨기로 보일지 모르겠지만, 내 딴에는 할 일도 많고 가볼 곳도 많은 사람인 거라.」

「아지야, 내 모르게 엄마 만나러 가제?」

「너그 엄마가 어대 있는데?」

「아지야가 갈라고 했던 곳에 숨어 있는 거 아이가?」

「이늠아가 기어코 생사람 잡겠네. 이늠아야, 너그 엄마 있는 곳을 내가 알면 니를 데리고 갔지, 무신 면목이 있다꼬 내 혼자 찾아가겠노. 니 쓸개 뒤집지 말고 그 청승스러운 눈물이나 닦그라.」

염소가 먼저 외삼촌의 의중을 알아채고 발버둥치며 내게 잡힌 목덜미를 비틀어 뽑았다. 그리고 움막 쪽으로 타박타박 걸음을 옮겨 놓았다. 어느덧 노을이 지고 있었다. 언제나 해가 질 무렵이면 둥지를 찾아 서둘러 날아가는 새 떼들이 자줏빛으로 물들고 있는 노을 속으로 침몰하고 있었다. 갑자기

가슴 뭉클하게 아버지가 보고 싶었다. 집으로 돌아오라는 분부가 떨어질 때가 되었는데도 아무런 기척을 않고 있는 아버지가 보고 싶었다.

그녀가 또다시 모습을 드러낸 것은 아버지를 찾아가기로 결심을 굳혀 가던 며칠 뒤의 일이었다. 멀리서 보아도 움막을 겨냥하고 다가오는 그녀의 걸음걸이가 지난날처럼 자극적이거나 자신감에 차 있지 않았다. 자신의 여성적 자질이 모두 착암기처럼 요동 치는 걸음걸이에 집약되어 있다는 듯 요란했던 평소의 걸음걸이가 아니었다. 화장기 없는 창백한 안색에서 나는 문득 여자가 겪고 있는 갈등을 읽었다. 여자의 방문이 예고된 시간이 아니었기에 외삼촌도 자리를 피해 줄 겨를이 없었다. 손에 도시락 보따리가 들려 있지 않은 것도, 불시에 찾아온 것도, 나보다 외삼촌을 겨냥하고 찾아왔다는 사실을 분명하게 해주었다.

「염소를 풀어 놨네.」

말문을 트기가 어색했던 여자는 혼잣소리로 중얼거렸다. 언제나 그랬듯이 작살을 견대팔에 걸치고 앉아 있는 외삼촌은 대꾸가 없었다. 그의 눈은 벌써 감겨 있었다. 배수관 아래로 쏟아지는 물소리뿐 사위는 너무나 조용했다. 나중엔 그 물소리조차 정적으로 분해되어 가라앉아 버렸다. 그때였다.

「망할 늠우 새끼.」

홀연히 앉아 있던 그녀의 입에서 난데없는 욕설이 흘러나왔다. 정말 내가 상상했던 것처럼 아버지에게 따귀를 얻어맞고 여기 와서 넋두리를 늘어놓는 것은 아닐까. 아니면 도대체 상종을 않으려는 외삼촌에 대한 악다구니일까. 그러나 그 어느 편도 아니라는 판가름은 금세 나버렸다. 여자가 또 난데없이 풀썩 웃어버렸기 때문이었다. 혼란함으로 여자의 가슴이 흔들리고 있는 것이 틀림없었다.

「이봐, 달구 총각. 내가 누군지 알아……? 시시하게 왜 이래, 정말…….」

술을 마신 것 같기도 했다. 그러나 입에서 단내도 나지 않았고, 외삼촌을 쏘아보는 눈길도 또렷했다. 자신의 넋두리를 받아 줄 대상은 여기에도 없다는 것을 알아챈 여자는 혼자서 콧방귀를 뀌고 선웃음으로 응대하며 앉아 있었다. 그러다가 어느 순간, 벌떡 일어나 옷 입은 채로 성큼성큼 유수지로 들어섰다. 깊이가 배꼽노리까지 차 오르는 지점에 이르자, 치마폭이 한껏 팽창시킨 고무풍선처럼 물 위로 부풀어 올랐다. 그 순간 물속으로 노출된 그녀의 희고 풍만한 하반신이, 수면의 물갈기를 따라 추상화처럼 혼란스러운 굴절을 거듭하다가 시간이 지나면서 본래 제 가진 모습으로 복원되기 시작했다. 그것은 궤짝 속에서 튀어나온 외할머니의 상반신이 일순 제각기 흩어졌다가 다시 조합되는 과정을 그대로 답습하는 것과 흡사했다.

물론 그녀도 그것을 깨닫고 있었을 것이다. 그런데도 서둘러 감추려는 기색이 아니었다. 그녀는 물 위로 분리되어 팽창된 치마폭을 그대로 둔 채 수중 발레를 흉내 내며 몇 바퀴

휘그르르 돌았다. 그러나 유수지 바닥에 가라앉았던 모래와 침전물이 수면으로 끓어오르면서 에로틱했던 그녀의 하반신도 흙탕물로 가려지고 말았다. 그녀는 부력에 떠밀려 두 팔을 허우적거리면서도 또다시 야금야금 유수지 안쪽으로 걸음을 옮겨 놓았다. 위험을 무릅쓰고 있는 그녀의 속셈을 알 수 없었다.

그녀가 하반신의 속살을 드러내 보이거나 허벅지를 물 위로 드러내며 물구나무서기를 시도한다 할지라도 한번 외면해 버린 외삼촌의 관심을 이끌어내기는 쉽지 않을 것이었다. 그녀의 몸뚱이가, 밀도 있게 압박하는 부력을 이겨 낼 수 없었던지 직립의 의지를 놓치고 물거품처럼 뭉클 수면으로 떠올랐다. 소스라친 그녀는 두 다리를 호들갑스럽게 교차시키며 필사적으로 물갈기를 차내기 시작했다. 하얀 물거품이 그녀의 하반신에서 요동 치고 있었다. 급기야 여자의 가파른 숨결이 강가에 앉아 있는 나에게 확연하게 집혀 올 정도로 뚜렷해졌다. 물을 한껏 들이마셨다가 밖으로 내뿜으며 허우적거리고 있었으나, 몸뚱이는 진전도 후퇴도 하지 않고 한자리에서 표류하고 있었다. 밭은기침을 토하기 시작한 그녀의 가시 돋친 시선이 몸을 뒤척일 적마다 외삼촌의 이마에 꽂혔다가 무기력하게 흩어지곤 하였다.

그녀의 방만을 호기심으로 바라보고 있기엔 이미 때늦은 감이 없지 않았다. 나는 안절부절못하고 있었다. 외삼촌을 돌아다보았다. 그의 두 눈은 시종일관 감겨 있었다. 눈을 감았어도 그녀가 위험에 직면했다는 것은 사진처럼 꿰고 있어 어물어물 넘어갈 수 없는 상황에 이르렀다는 것을 알고 있을 것이었다. 그녀의 소름 끼치는 변덕이 외삼촌을 시험하고 있는 것이었다. 물 위로 솟아올랐다가 다시 아래로 침몰을 거듭하는 여자의 외마디소리가 들려왔다. 그런데도 외삼촌은 미동도 없이 앉아 있었다.

「아지야, 왜 가만있노?」

마찬가지였다. 흡사 조는 것처럼 태연하게 앉아 있었다. 그녀가 어떻게 해서 물 밖으로 비켜날 수 있었는지 정확하게 기억할 수 없었다. 나는 한눈팔지 않고 그녀를 지켜보았으나, 위기를 탈출할 수 있었던 짧은 순간의 정황을 기억할 수 없었다. 그녀가 겪고 있었던 위기 자체에만 몰두해 있었기 때문인지 몰랐다. 온몸이 흠뻑 젖은 그야말로 물에 빠진 생쥐 꼴이 된 그녀가 유수지 모래톱에 모습을 드러냈다. 목젖에 닿아 있는 숨 가쁜 호흡을 가까스로 가다듬고 있던 그녀는 탈진한 듯 쓰러졌다. 그러다가 허리를 꼬고 모래톱에다 멀건 맹물을 게워 냈다. 그토록 아슬아슬한 경황 중에도 증오와 적의로 가득한 시선은 외삼촌의 이마에 꽂혀 있었다. 모험까지 감내했는데도 가슴을 터놓고 애기할 수 있는 아무런 단초도 찾아내지 못한 그녀는 자신을 수습해서 그대로 움막을 떠나고 말았다.

「아지야, 그 여자를 와 가만 보고만 있었노?」

「삼통 눈을 감고 있었던 내가 뭘 봤다고 땡깡이고?」

「눈 감고 있었지만, 알고 있었잖나.」

「내가 그 여자의 변덕에 똥개맨치로 꼬리 흔들고 나서야 되겠나?」

「물에 빠져 죽어 뿌면 속 시원하겠나?」

「물에 빠져 죽을 여자 같으면, 우리가 보는 앞에서 물속으로 들어가지는 않는다.」

「그래도 그러면 안 되는 기라. 아부지가 알면 아지야 가만 두지 않을 기다.」

「그러면 니는 와 소리도 지르지 않고 가만 보고 있었드노? 니가 더 나쁜 놈 아이가?」

외삼촌은 이미 그 여자의 변덕을 꿰뚫고 있었으나 그 여자는 외삼촌의 매몰찬 성품을 진작 읽어 내지 못했다. 벼랑 위로 올라간 그 여자의 모습이 멀리로 바라보였다. 그러나 곧장 사라지는 것이 아니었다. 벼랑 위에 웅크리고 앉아 움막 근처에 있는 우리들을 내려다보고 있었다.

쪼그리고 앉은 형용만 까마득히 쳐다보이는데도, 그녀가 침통하고 질펀한 슬픔의 중력에 부대끼고 있다는 것을 충분히 읽을 수 있었다. 외삼촌 역시 위기에 처한 그녀를 끝내 외면하고 말았던 매몰참을 자책하고 있는 듯, 벼랑 위의 그녀를 오랫동안 올려다보았다.

5

그 여자가 앉아 있었던 바로 그 벼랑 위에 내 또래 아이들이 모습을 드러낸 것은 이튿날 해 질 무렵이었다. 그때, 느닷없이 왝왝 게워 내는 소리를 질러 대며 기염을 토하는 아이들의 모습이 벼랑 위로 불쑥 나타났다. 녀석들은 진작부터 벼랑에 도착해서 외삼촌의 모습이 움막 근처에서 사라지기만 기다렸던 것이 분명했다. 아이들은 윗도리를 벗어 휘휘 내젓는가 하면, 내가 서 있는 방향으로 돌팔매질을 하며 선불 맞은 노루처럼 날뛰었다.

어떤 장애물을 만나도 거침없고 대담했으므로 도대체 두려워할 것이 없는 아이들, 누가 무슨 말을 한다 해도 대거리할 말은 언제나 따로 있을 만치 다부지고 거칠 것이 없는 아이들, 앞으로 10년이란 세월이 흘러간 뒤 제각기 변모한 모습으로 다시 만날 날짜와 장소까지 지정해 둔 되바라지고 암팡진 이 아이들도 여름 내내 유수지에서 똬리를 틀고 있는 외삼촌 한 사람만은 뱀처럼 무서워했다. 한동안 소식이 뜸했던 녀석들이 진작 나를 찾아올 엄두를 못 냈던 까닭도 내가 외삼촌 곁에만 붙어 있었기 때문이었다.

멀리서 바라보아도 녀석들은 흥분의 과부하로 숭어뜀으로 길길이 날뛰며 까닭 없이 북새통을 피워 댔다. 두말할 것도 없이 나로부터의 우호적인 신호가 있기를 기다리는 것이었다. 엉겁결에 손을 흔들어 주는 것과 때를 같이하여 벼랑 위에 깨알같이 붙어 있던 녀석들의 모습이 삽시간에 시야에서 사라져 버렸다. 단숨에 유수지로 내려오는 벼랑길로 접어든 까닭이었다. 얼떨결에 움막까지 와도 좋다는 신호는 보냈지만, 그 순간 나는 뜨끔했다. 녀석들의 범접을 외삼촌이 달갑지 않게 여길 것이 분명했다. 그러나 그가 움막으로 되돌아오자면, 저녁 거미가 내려 강물이 검게 보일 때쯤일 것이었다.

가파른 벼랑길을 내려와 논둑길을 가로질러 질주하고 있는 녀석들은 당도하는 길로 강물에 뛰어들 작심인 듯 거추장스러운 바지와 신발을 성급하게 벗어던지기 시작했다. 나를 만나기 위해 찾아온 것이 아니라, 외삼촌의 유수지를 소탕하려는 작심이 틀림없었다. 기선을 빼앗기고 싶지 않았던 나는 녀석들보다 한발 앞서 강물 속으로 몸을 던지고 말았다. 유수지에서 자맥질하는 것은 외삼촌이 그곳에서 지킴이 노릇했던 이후로는 처음이었다. 그러나 조금도 두렵지 않았다. 언제나 외삼촌과 같이 그곳을 탐험해 왔던 것처럼 나는 익숙하게 물갈기 속으로 빨려 들었다.

　나는 강바닥까지 내려가 엎디어, 구릿빛 알몸들이 물속으로 낙하하고 있는 모습을 바라보았다. 콧등을 움켜쥔 아이들의 상반신이 수면을 등지고 하강하면, 물거품이 하반신을 감싸며 격렬하게 소용돌이치면서 부글거렸다. 우리는 물속에서 서로의 시선과 마주치며 어깨를 들썩여 보이고 입 안에 있는 공기를 내뿜어 물방울을 만들며 침전물이 가라앉은 강바닥으로 잠수하기 시작했다. 노을이 빚어내는 빛살들이 물속으로 소낙비처럼 쏟아져 들어와 제각기 흩어졌다.

　청각에 마비가 오면서 시각은 매우 관능적으로 열리기 시작했다. 그러나 난생처음 경험하는 유수지의 수중 탐사였다 하더라도 경이적인 수중 세계가 곧장 눈앞에 펼쳐지는 것은 아니었다. 그 세계는 생각했던 것보다 더욱 어둑어둑하고 적막했다. 검게 부패한 침전물, 장마 때 떠내려와 가라앉은 통나무, 모래펄에 이마를 곤두박고 있는 작은 바위들, 삭을 대로 삭은 고무신 한 짝, 아무리 헤엄쳐 앞으로 나아가도 거기가 거기인 정지의 세계였다. 수면으로 이마를 쳐든 채 웅크리고 있는 몇 개의 검은 바위만 없다면, 그곳은 무미건조한 세계 바로 그것이었다. 외삼촌이 작살을 들고 자맥질해서 찾고 있었던 어떤 것도 우리들의 눈으로는 발견할 수 없었다. 수면으로 떠올라 호흡을 다시 한 번 깊숙하게 가다듬고 하강하여 바위 밑을 기웃거리며 샅샅이 뒤져 보았으나, 메기나 쏘가리는커녕 피라미 새끼 한 마리 지나다니는 것을 발견할 수 없었다. 그런데 외삼촌은 하루에도 몇 번씩 이곳에 잠수하면서 도대체 무엇을 찾고 있었을까. 유수지에 있는 고기도 잡지 않으면서 잠수할 때마다 작살을 잊지 않았던 까닭은 무엇이었을까. 단순한 시위용이었을까, 아니면 유수지 어디쯤 살고 있는 이무기와 혈투라도 벌였던 것일까.

그런 가운데 수중 세계는 어느새 난장판이 되고 말았다. 아이들의 발악적이고 무분별한 자맥질로 강바닥에 가라앉았던 침전물들과 진흙이 떠올라 강물은 순식간에 흙탕물로 변해 버렸다. 아이들은 심지어 호기심으로 물속에서 똥을 싸고 오줌을 누었다. 누런 똥덩이가 먹다 버린 곶감처럼 물너울을 타고 둥둥 떠다녔다. 외삼촌의 영지는 그처럼 유린당하고 있었다. 내가 소리치고 뒤따라 다니며 소동을 피우지 말도록 만류했으나 이미 간덩이가 부어오른 녀석들은 들은 척도 안 했다. 잠수를 거듭해 보았자, 피라미 새끼 한 마리 발견할 수 없는데도 녀석들의 발악은 계속되고 있었다. 자맥질을 거듭해 보아도 죽은 고기 한 마리 발견할 수 없는 것에 실망한 아이들은 분풀이로 나를 가운데 놓고 물을 끼얹기 시작했다. 물을 먹는 것보다 수치심이 앞섰다.

「대섭이 니 허풍쟁이제?」

「내가…… 와 허풍쟁이로……?」

「이 소엔 고기가 없잖아.」

「아이다…….」

「너그 아부지도 허풍쟁이고 니도 허풍쟁이 아이가.」

흙탕물로 유수지 탐험을 일찌감치 단념한 축들은 모래톱으로 비켜나 중구난방으로 떠들어 대며 모래 위로 몸을 내던졌다. 그리고 사타구니에 머리를 처박고 이제 막 돋아나기 시작한 노란 음모를 헤아리고 있었다. 아이들의 눈은 벌겋게 충혈되었고 목에 가시가 걸린 개처럼 캑캑댔다. 어떤 녀석들은 썰렁한 움막 안으로 뛰어들어 공연히 곤두박질하며 소란을 피우기도 하였다. 아이들은 제멋대로였다. 약탈자들처럼 통제 불가능한 아이들의 납득할 수 없는 소동으로 나는 울화가 치밀었고 제풀에 기진맥진하고 말았다. 무엇이 그들을 그토록 무분별하게 만들며 흥분하게 하는 것인지 알 수 없었다. 순식간에 쑥밭으로 유린되어 버린 유수지 부근의 처참한 풍경을 나는 미동도 않고 서서 바라보았다. 차라리 눈을 감아 버리고 싶었다. 그때 한 녀석이 느닷없이 의미심장한 얼굴로 다가와서 매우 흥미로운 제안을 했다.

「대섭아, 우리 너구리 잡으러 갈래?」

「너구리가 어대 있는데?」

「니는 너구리굴 있는 곳을 알 거 아이가?」

「나는 너구리굴이 어대 있는지 한 개도 모린다.」

「니가 모린다 카면, 말이 되나? 여름 내내 여기 살고 있었잖나?」

「여름 내내 여기 살았다고, 너구리굴을 알고 있어야 되나?」

「그러면, 너구리굴도 안 찾아보고 여기서 뭐 하고 살았드노?」

「새집 찾아보면서 살았다.」

「날아댕기는 새 집은 알고 있어도 굴속에 가만히 처박혀 있는 너구리는 어대 있는지 모른다는 게 말이 되나?」

나는 망신살을 무릅쓰고 시치미를 잡아떼고 있었으나 그 녀석은 무게가 잔뜩 실린 목소리로 나를 제압하려 들었다. 나는 제법 아는 척하며 그러나 볼멘소리로 뇌까렸다.

「너구리는 낮에는 굴속에서 꼼짝 안 하고 잠만 자다가 그믐 밤에만 나돌아댕기기 때문에 좀처럼 눈에 안 띈다 카이.」

「낮에는 굴속에서 잠을 잔다면…… 횃불을 맨들어서 굴 입구를 막아 버리면, 매운 연기 때문에 캑캑거리다가 굴 밖 으로 뛰어나올 적에 몽둥이로 때려잡으면 된다 카드라.」

「굴이 어대 있는지 알아야 연기를 피우제.」

「니도 너그 아부지 닮아서 병신이구나. 너그 아부지는 사 냥총까지 들고 댕기는 포수면서 토끼 새끼 한 마리 못 잡 아 오는 허풍쟁이고, 니는 포수 아들이면서 너구리굴이 어 대 있는지도 모르는 머저리 아이겠나. 너그 아부지나 니나 병신이기는 마찬가지다, 그제?」

「병신이라 캐도 나는 모린다.」

「그러면 새둥지는 어대 있는지 알겠네?」

「그것도 해 지고 나면 찾기 어렵다 카이.」

「너그 아부지나 니나 똑같은 병신이다.」

「병신인지 아인지는 두고 봐야 된다.」

「물에 고기도 없고, 너구리굴도 어대 있는지 모리고, 새둥지 있는 곳도 모리면서 잘난 체하고 움막에서 살고 있는 니가 병신 아부지에 병신 새끼 아이고 뭐겠노.」

아버지와 나를 싸잡아 얼치기로 몰아붙이는 그 녀석을 잡아 엎치고 목덜미라도 조르고 싶었다. 그러나 다만 수치심을 삼키고 있을 따름이었다. 생쥐를 쥐덫으로 유인해 생포하는 일에는 거의 완벽한 기량을 보여 주는 그 녀석은 나보다 두 살이나 손위였고, 발기시킨 상태에서 재본 생식기의 길이도 나보다 2센티나 더 길었다. 새파랗게 질린 채로 손바닥에 땀이 배어 나도록 아이를 노려보던 나는 말했다.

「아지야가 곧 올 긴데, 너들 가만 안 둘 기다. 모가지를 작
  살로 찍어 뿔 기다.」

「너그 외삼촌은 사람 찍을라꼬 작살 들고 댕기나?」

「그러면 고기 찍을라꼬 들고 댕기는 줄 알았드나?」

「니 우리 협박하나?」

「협박인지 아인지 두고 보면 알 기다.」

일순 긴장감이 감돌았다. 움막 속에서 곤두박질하며 분탕질하던 아이도 얼른 밖으로 고개를 내밀었고, 그때까지 사타구니를 벌리고 음모를 세고 있던 아이도 툭툭 털고 일어났다. 나를 제압하려 들었던 아이가 그 순간, 자신의 발등에다 탁 침을 뱉었다. 나는 덧붙였다.

「우리 아부지가 멧돼지를 못 잡아서 허풍쟁이가 된 게 아
  인 기라. 사냥터에서 그대로 팔아묵기 때문에 집에는 안
  가지고 오는 기라.」

「너그 아부지는 너그 엄마 금반지도 팔아묵고, 장롱도 팔
아묵고, 멧돼지도 팔아묵어서 배는 부르겠다. 그렇게 배
부른 사람도 맨날 돈이 없어서 쩔쩔매나?」
「우리 아부지가 언제 돈 없어서 쩔쩔매드노?」
「너그 아부지가 걸핏하면 우리 집에 돈 꾸러 오는 거 니는
모리나?」
「나는 모린다.」
「그러니까 병신이제.」

오직 험담으로 일관된 언어 구사력을 가진 정신적 거품을
스스로 달인의 경지에 도달했다고 믿는 엉뚱한 사람이 있듯
이, 그 아이 역시 폭력 행사는 자제하는 대신에 멸시와 놀림
을 통해 자신의 속셈으로 책정한 우리들의 서열을 장악하려
들었다. 평소에 그 아이의 허황되고 파괴적인 과장법은 워낙
활기차고 능숙해서 논리적인 추리 따위는 단번에 제압하는
이상한 힘이 있었고, 그것이 그 자신과 우리들의 심금을 사
로잡아 왔었다. 그러나 내가 외삼촌의 존재를 들먹이는 것과
동시에 그의 도저한 기세는 한풀 꺾인 게 분명했다. 그가 차
분하게 가라앉은 목소리로 새로운 제안을 했기 때문이었다.
「대섭이 니 쥐불 놓으러 갈래?」
한풀 꺾인 것은 분명했으나 그 아이의 새로운 제안에는 또
다른 폭력성이 도사리고 있었다. 이번엔 나를 비켜날 수 없
는 방화범으로 몰아넣으려는 음모가 깔려 있음이 분명했다.
그러나 당장 발뺌을 하려 든다면, 강한 집단주의와 위계질서

하나로 꾸려 나가는 패거리에서 자격 미달로 따돌림을 당할 것이었다. 뿐만 아니라, 아버지조차 돌이킬 수 없는 허풍쟁이 포수로 전락해 버릴 것이었다. 나는 그의 음모를 깨달았지만, 비장하게 물었다.

「언제 갈 긴데?」

「언제라도 좋아. 쥐는 벌써 두 마리나 잡아 뒀으니까.」

「학교 운동장은 안 될 긴데?」

「정미소 근방에서 하면 돼.」

「거기 물웅덩이 있나?」

「없어.」

「물웅덩이가 없으면, 쥐가 엉뚱한 곳으로 내빼 뿔 긴데?」

「그래서 용기가 없다, 이 말이가?」

「정미소에 불나면, 곡식을 몽땅 태워 먹을 긴데?」

「니가 학교 사택 창고도 태워 먹었는데, 정미소가 무서워서 몬 태워 먹겠나?」

「나는 사택 창고 태워 먹은 적 없다. 니가 태워 먹었잖나.」

「뭐라 카노? 내가 태워 먹었다꼬?」

「니가 쥐를 잡아 왔으니까, 니가 태워 먹은 거 아이겠나?」

「그런 억울한 소리 할래?」

「니도 나보고 억울한 소리 하지 마라.」

나는 고개를 끄덕였고, 그들은 벗어 던졌던 신발과 옷가지 들을 찾아 챙겼다. 그중에 해망쩍은 한 아이가 그제서야 생각난 듯 아뿔싸 해서 말했다. 놀라기는 나도 마찬가지였다.

「참말로…… 너그 아부지가 니보고 집으로 좀 오라 카시
드라.」
「언제?」
「점심때 나보고 그라시는 걸 내가 깜빡 잊어뿌렀잖나.」
　아이들이 움막까지 기를 쓰고 찾아온 까닭을 그제서야 알
아차렸다. 그들이 돌아간 뒤 유수지 부근의 정경들은 재빠른
복원력을 보여 주었다. 아이들의 아우성 소리로 가득했던 사
위는 적막할 정도로 가라앉았고, 자줏빛 노을이 가라앉는 물
결 위로 소슬한 바람이 가만가만 내려앉았다. 수면으로 끓어
올라 표류하던 침전물도 다시 가라앉고 있었다.
　폭풍처럼 달려온 아이들과 대치하였던 순간들이 뇌리에
떠올랐다. 그러면서 나 스스로에게 이해할 수 없는 것들이
있다는 것을 깨달았다. 나는 너구리 가족이 살고 있는 토굴
을 알고 있었다. 그들은 강 상류 쪽 쥐똥나무 울타리가 쳐진
수박밭 근처에서 살고 있었다. 얼마 전 새벽녘 외삼촌과 같
이 그곳에 너구리굴이 있다는 것을 확인하고 돌아온 터였다.
주변의 잡초 속에는 너구리들이 싸놓은 묽은 배설물들이 널
려 있었다. 너구리나 오소리는 굴 밖에서 연기를 피우면 견
디다 못해 결국은 모습을 드러내기 마련이었다. 그 아이가
말하지 않았더라도 아버지로부터 들어서 알고 있던 지식이
기도 했다. 나는 언젠가 외삼촌이 없을 때, 아이들과 같이 너
구리를 생포하고야 말겠다고 별렀다. 그런데 더할 나위 없는
기회가 왔는데도 그 기회를 가차 없이 외면해 버린 것이었

다. 그러나 어쩐 셈인지 부지불식간에 저지른 그 실수가 수
치스럽다거나 꺼림칙하지 않았다. 오히려 뿌듯한 성취감 같
은 것이 가슴속을 채웠다.

  자취를 감추었던 외삼촌이 돌아왔다. 유수지의 모든 것은
그가 떠날 때 그대로의 정경으로 완벽하게 되돌아와 있었다.
그러나 움막 주변 모래톱에 남겨 놓은 아이들의 난잡한 발자
국만은 강물이 범람하기 전에는 손쉽게 지울 수 없는 흔적들
이었다. 외삼촌은 그 모래톱을 불쾌한 표정으로 오랫동안 내
려다보며 서 있었다. 그러다가 아무 말 없이 움막 안으로 들
어가 등을 돌리고 앉았다. 그의 불쾌감을 희석시켜 줄 수 있
는 방법은 없었다. 오랫동안 외삼촌 등 뒤에서 기척을 하고
있었으나, 그는 끝내 고개를 돌리지 않았다. 언제나 그랬듯이
등을 돌리고 앉아 숫돌에 작살을 갈고 있었다.
　「아지야, 삐졌나?」
　「……」
　「아지야, 참말로 삐졌나?」
　「징징대지 말고 비켜라.」
　「그늠아들이 내 허락도 안 받고 저 맘대로 왔다 갔다.」
　「니 또 땡깡 부릴래?」
　나는 가만히 움막을 벗어났다. 지금이야말로 외삼촌에게
미행당하지 않고 아버지를 만날 수 있는 절호의 기회라는 것
을 깨달았다. 유령이 뒤따라와서 뒷덜미라도 낚아챌 것처럼
겁먹은 걸음걸이로 유수지를 비켜나 단숨에 벼랑길로 접어

들었다. 잿빛 하늘 아래로 우중충한 움막의 골격이 흐릿하게
드러났다.

　외삼촌이 미행하고 있다는 징후는 눈을 씻고 살펴봐도 없
었다. 어쩌면 이것으로 외삼촌과 이별하게 될지도 모른다는
생각이 들었다. 아버지가 나를 부른 것은 필경 구차스러운
움막 생활을 청산하고 집으로 돌아오라는 분부일 거라 생각
했기 때문이었다. 아버지의 분부를 나는 언제나 칙령과 같이
받아들였고, 그 칙령이 구성하는 어떤 것에도 거역한 적이
없었다. 그러나 내가 생각한 것처럼 아버지가 나를 기다리고
있는 것은 아니었다.

　건넌방에는 초저녁부터 남폿불이 환하게 켜져 있었고, 툇
마루 아래는 마작을 위해 찾아온 손님의 신발들이 뒤죽박죽
어지럽게 널려 있었다. 구태여 발소리를 내거나 헛기침을 하
지 않아도 귀가 밝은 아버지가 내가 집으로 돌아왔다는 기척
을 알아채지 못했을 리는 없었다. 나는 대문을 소리 나게 여
닫아 보았고, 두레박의 물을 퍼 올려 마당 가에 좍좍 쏟아붓
기도 하였다. 그러나 아버지는 물론이고 마작판에 끼어든 동
년배들조차 아는 척을 하지 않았다. 그렇게 소동을 피우다가
문득 아버지가 나를 호젓한 가운데 만나기를 바라고 있는지
도 모른다는 생각이 들었다. 그 아이가 허튼수작을 부리지
않은 이상, 아버지가 나를 집으로 불러들이는 일에 장애는 없
었다.

　그렇다면 손님들이 흩어지는 새벽녘까지 기다려도 좋다는

생각이 들었다. 그러나 나를 기다리고 있는 사람은 아버지뿐만이 아니었다. 안방 윗목의 궤짝 속에 살고 있는 외할머니의 유령도 있다는 것을 깨닫고 바짝 긴장하고 말았다. 외할머니 유령만은 만나고 싶지 않았다. 그 유령이 나타나서 일관되게 하소연하고 있는 춥다는 말도 무척 괴기스러웠지만, 곰곰 생각해 보면 그 말은 현실적으로 모순되었다. 움막으로 도시락을 날라 주었던 그녀가 말했듯, 달이 뜬 한밤중에 가만 앉아 있어도 등줄기로 땀이 줄줄 흘러내리는 한여름에 춥다는 하소연은 공허할 수밖에 없었다. 엉뚱하게도 내게 적의를 품고 위협하기 위한 말이라는 것이 옳았다.

나는 안방 쪽으로 가긴 했으나, 툇마루에 누워 아버지가 나타나기를 기다리기로 하였다. 툇마루에 반듯이 누워 있으면, 보이는 것이라곤 추녀 끝 멀리로 아득하게 바라보이는 밤하늘뿐이었다. 그러나 움막 생활에서도 진력나게 보아 왔던 밤하늘이 새삼 나에게 감흥을 줄 리는 없었다. 별을 세어 본다든지, 북두칠성을 찾아보고 혜성 따위의 별자리를 찾아본다는 것은 너무나 여러 번 반복되었던 일상이었으므로 이젠 흥미도 없었고 의미도 없었다. 다만 쉽게 잠이 오지 않을 때 별을 헤다 보면, 원만하게 수면 속으로 빨려 들었던 경험은 있었다.

나는 모퉁이로 돌아누웠다. 그런데 얼마의 시간이 흘러갔을까. 내 한쪽 볼에 쿵하고 무엇이 둔탁하게 부딪치는 소리가 들려오면서 만나고 싶지 않았던 외할머니가 느닷없이 모습을 드러냈다. 그런데 외할머니의 모습이 지난날과 같지 않았다. 우선 옷매무새부터 아금받게 추슬렀고 표정도 웃고 있는 것이 지금까지 보아 온 외할머니의 유령과 판이했다. 음산하게 찌푸린 평소의 모습이 아니었다. 외할머니는 입아귀가 양쪽 귀밑까지 가도록 그야말로 찢어지게 웃고 있었다. 그리고 신바람이 나 있었다. 궤짝 밖으로 홀연히 모습을 드러냈다가 다시 본래의 모습으로 조합되는 과정도 생략되었다. 외할머니 유령은 흡사 알라딘의 요술 램프에서 모습을 드러내는 거인처럼 폭발적으로 내 앞에 나타나는 파격을 보여 주었다.

새삼스러운 것은 그뿐 아니었다. 외할머니 뒤에는 어쭙잖게 외삼촌도 서 있었다. 그 역시 지금까지 보아 온 무덤덤하거나 심각한 표정이 아니라 들떠 있는 얼굴이었다. 출현에서부터 서 있는 구도까지, 이전의 모습들과 일치하는 것은 한 가지도 없었다. 그것이 내 호기심을 자극했고, 내가 먼저 말문을 트는 계기가 되었다.

「할매, 어대 갈라꼬 나섰노?」

두 사람의 입성은 산뜻했다. 더군다나 항상 털 없는 원숭이처럼 벌거벗은 채로 살던 외삼촌까지 윗도리를 갖춰 입었고, 손에는 보따리까지 들고 있었다. 먼 길 떠날 것을 작정하지 않은 사람들이라면 갖출 수 없는 행장이었다. 외할머니가 대꾸했다.

「우리 인제 갈라 칸다.」

「어대로 갈라꼬요.」

「저승으로 가지 어대로 가겠노?」

「맨날 춥다 카디, 할매는 안죽도 저승 못 갔습니껴?」

「혼자 남겨 둔 달구가 자꾸만 눈에 밟혀서 내 혼자 매정시
럽게 뿌리치고 저승으로 갈 맘이 생겨야 말이제.」

「나는 우짜라꼬, 아지야만 데리고 갑니껴?」

「야가 엄청시럽게 무신 소리를 하노. 니가 우리 따라올라
카면 되나. 니는 여기 있그라. 호랭이 같은 너그 아부지가
니를 지키고 있는데, 뭐가 걱정돼서 우릴 따라올라 카노.」

「할매 혼자 가고 외삼촌은 데불고 가지 마이소.」

「니가 간다 온다 말도 없이 달구를 움막에 혼자 두고 와뿌
렀는데, 내가 달구를 안 거두면 누가 거둬 주겠노.」

나는 와락 달려가 외할머니의 옷자락을 낚아챘다.

「이늠아가 미쳤나. 저그 아부지도 몰라보고 대드네.」

그것은 분명 아버지의 목소리였다. 눈을 번쩍 떴을 때, 마
침 아버지는 나를 곁부축해서 일으켜 세우고 있는 중이었다.

「이늠아야, 잠투세가 고약해도 분수 나름이지……. 마루
밑으로 굴러 떨어진 것도 모르고 여상시럽게 잠꼬대까지
해가면서 곯아떨어지는 놈이 어대 있노? 쿵 소리가 나길래
나는 벼락 떨어지는 줄 알았다.」

난생처음 나는 아버지가 먹여 주는 냉수 한 사발을 몽땅
들이켰다. 정신을 차리고 나서야 나는 외할머니 유령과 다시
만난 것과 내 옷이 진흙투성이로 더럽혀진 것을 깨달았다.

두레박으로 퍼 올린 우물물을 마당에 뿌렸던 것도 기억났다. 오랜만에 안방에도 불이 환하게 켜져 있었고, 건넌방의 손님들도 흩어졌는지 고즈넉했다. 아버지가 툇마루에 놓아둔 옷으로 갈아입고 건넌방으로 들어갔다. 예견했던 대로 그녀의 모습은 보이지 않았고, 다녀간 흔적도 없었다. 그녀의 간섭과 참견이 있을 수 없는 상황인데도 아버지는 담배만 죽이고 있을 뿐, 말이 없었다. 그러다가 나를 힐끗 일별하고 나서 난데없이 물었다.

「니 아까 꿈꿨디나?」

「꿈 안 꿨니더.」

「니 같은 나이에 꾸는 꿈은 개꿈이라 해서 가치가 없는 꿈인 기라. 내막도 지지갈갈하고, 무슨 의미가 있는 것도 아인 기라. 니 또 뒤에 달구 달고 왔나?」

「지 혼자 왔습니더.」

「그만하면 됐다. 오늘부터 집에서 지내거라.」

「아지야는 어쩌고요?」

아버지가 가차 없이 개꿈으로 폄하해 버렸지만, 나는 꿈에 모습을 드러냈던 외삼촌이 궁금했다. 외할머니는 여행을 앞에 두고 있는 사람으로서의 막연한 흥분으로 들떠 있었다. 그러나 등 뒤에 서 있던 외삼촌의 표정은 밝지 않았다. 외할머니의 분부를 거역할 수 없기 때문에 내키지 않는 걸음을 한다는 표정이 역력했었다. 정말 외삼촌이 움막에 그대로 남아 있는 것인지, 아니면 미행해서 집까지 몰래 뒤따라왔는지 궁금해지기 시작했다. 아버지가 또 내 속에 들어갔다 나온 것처럼 말했다.

「나도 살펴봤다만, 달구가 뒤따라온 것 같지는 않드라.」

「아지야한테 가봐야 되겠습니더.」

한바탕 소동이 벌어질 것을 각오하고 내던진 말이었다. 그런데 아버지의 태도가 지난날 같지 않았다. 시무룩하긴 하였으나 길길이 날뛰며 외삼촌을 헐뜯지는 않았다. 언제나 썰렁한 표정으로 먼산바라기를 하다가도 외삼촌 얘기만 나오면 거품을 내뿜으며 맹렬하게 욕설을 퍼붓던 태도가 씻은 듯이 없어지고 말았다. 게다가 나로선 해석하기 어려운 한마디를 툭 내던졌다.

「내 말에 어폐가 있는지 모르겠다만…… 내가 기운을 차리고, 이웃의 손가락질을 받지 않고…… 포수로 행세하며 지탱을 하자면, 아무리 생각해 봐도 달구가 거들어주기에 달린 것 같다. 너그 에미가 나를 하찮게 여기고 불각시에 집을 나가 버린 것도 가만 생각해 보면, 그럴듯한 까닭이 있었던 기라. 내가 포수랍시고 장닭처럼 홰를 치고 다니면서 오리 새끼 한 마리 집으로 들고 왔던 적이 없었으니, 동네 사람들한테 헛포수라는 말을 들어도 싸지. 그런데 똑바로 이바구를 한다면, 나는 아직까지 꿩 새끼나 토끼 새끼는 여러 마리 쏘아 봤지만, 멧돼지는 쏘아 본 적이 없는 기라. 포수로서 내 운세가 닿지 못했던 것인지, 아니면 내 사격술이 때를 벗지 못했던 탓인지 알 수 없으나, 나도 달구처럼

그늠들 쏘댕기는 길목을 얼추 꿰고 있기도 하고, 더러는
바로 눈앞에서 알짱거리는 놈을 만날 때도 있었는데, 그때
마다 이런저런 실수로 놓치고 만 기억밖에 없는 기라. 사
정이 그렇고 보면, 운세가 닿지 못했다는 말이 맞는 말 아
이겠나.」
「아지야가 멧돼지들이 다니는 길을 어째 알고 있습니껴?」
「우리 안골 마실을 중심으로 해서 적어도 백 리 안짝에서
살고 있는 짐승이라 카면, 족제비 한 마리 사는 곳이라도
달구가 모르는 것은 없다. 사람들 다니는 길이라면 모르는
게 많겠지만, 짐승들 다니는 길이라면 그늠아가 보름달처
럼 환하게 꿰고 있다는 것은 외지 포수들까지 알고 있는
일인 기라. 그늠아가 총이 없어서 포수라는 별호를 못 차
고 다닌다뿐이지, 총만 있었으면 명포수는 내가 아이고 그
늠아가 됐을 기다.」
「멧돼지 다니는 길 찾느라고 맨날 나댕기는 깁니껴?」
「그렇다고 볼 수 있지…….」
「어째 알았습니껴?」
「다 아는 수가 있다. 내가 듣기로는 그늠아가 멧돼지들하
고 잠도 같이 잔다 카드라. 그것은 그늠아가 호언장담했을
수도 있고, 소문이 새끼를 쳐서 그런 말이 나돌 수도 있었
겠지만, 우쨌든지 건에 짐승들 댕기는 길목을 환하게 꿰고
있는 것은 사실인 기라.」
그 순간, 나는 염소와 너구리 이야기를 고자질하고 싶어서

입술이 간질간질하였다. 그 욕구를 참느라고 몇 번이나 침을 삼켰다. 아버지가 뭔가 알아챈 것 같았다.

「니도 그늠아하고 오래 같이 지내다 보니 알고 있는 게 있 는 모양이구나?」

「아입니더. 짐승들하고 친한지 안 친한지 나는 모릅니더.」

「어른들한테 말대답할 적에는 자기를 '나는'이라고 말하면 상놈이라 카는 기라. '저는 모릅니더' 그래야 되는 기라. 그 리고 성씨를 말할 때도 '장씹니더' 하면 안 되고, '장가입니 더' 해야 되는 기라. 그래야 상놈 소리를 안 듣는 기라.」

「저는 모르겠습니더.」

「옳지, 그렇게 대답해야 되는 기라.」

「아부지는 엄마 있는 곳을 아십니껴?」

「어대 있는지는 나도 모린다. 그러나 내가 포수로서 명성 을 날리게 되면, 어대 있든 그 소문을 안 듣겠나. 나도 이제 사람 구실을 하게 됐다고 생각 안 하겠나.」

「아지야가 아부지하고 사냥 가자 카면, 따라가겠습니껴?」

「그것도 말대꾸를 그렇게 하면 안 되는 기라. 아부지를 모 시고 사냥 간다고 해야제, 아부지하고 사냥 간다 카면 버르 장머리 없는 놈이란 소리 듣는 기라.」

내 딴엔 아버지를 자극하지 않으려고 취향에 맞는 말만 골 라서 한마디씩 대꾸하고 있는데, 그때마다 말꼬리를 잡고 핀 잔을 주고 있기 때문에 은근히 부아가 끓어올랐다. 수틀리면, 박차고 일어나 밖으로 나가 버리고 싶었다. 지금은 다잡아

앉혀 놓고 버르장머리를 가르치는 시간이 아니라, 멧돼지 사냥을 성사시키는 일로 아버지와 아들이 모처럼 대좌하고 있는 것이기 때문이었다. 그러나 내키는 대로 자리를 박차고 나갈 수 없게 만드는 숙연함이 방 안에 감돌고 있었다.

바로 그 여자였다. 유수지로 찾아와 자살이라도 할 것처럼 분탕질하고 떠났던 일, 그리고 지금 당장 이 방 안에 그녀의 부당한 존재가 소멸되어 있다는 사실이 그랬다. 이 순간 그녀의 행방이 묘연한 것에 대해 아버지로부터 딱 부러진 한마디를 듣고 싶었다. 그러나 차마 그 말을 발설할 수 없었다. 아버지의 상처를 건드려 아픔을 줄 수도 있었고, 반대로 내가 납득할 수 있는 말을 듣지 못함으로써 그 아픔이 내 것으로 돌아올 수도 있다는 불가피한 두려움 때문이었다. 아버지는 그녀와의 결별을 내게 말하고 싶었는지 몰랐다. 그러나 아직 세상 물정에 어두운 어린 아들에게 허두를 떼는 것 자체가 쑥스럽거나, 그로부터 야기된 세상의 구차스러운 평판들이 두려울 수도 있었다. 그런 차제에 내가 아득바득 파고들면, 행실 고약한 놈의 도전으로 받아들일 위험성도 없지 않았다.

어쨌거나 어머니가 종적을 감춘 이후, 아버지 가슴속 깊은 곳에 깔려 있는 감정이나 사냥 계획을 그토록 구체적으로 토로한 것은 처음이었다. 그렇기 때문에 어떤 의구심이 도사리고 있다 하더라도 그것을 탓하는 것은 의구심 속에 배어 있을 법한 더 소중한 것을 놓치거나 훼손시킬 우려가 있다는 생각이 들었다. 확실해서 요지부동이고 의심의 여지가 없고 대낮보다 밝아야 한다는 것에 너무 열정적으로 매달리다 보면, 그것이 오히려 빌미가 되어 예견하지 못했던 곤경에 빠질 수도 있었다. 내가 만났던 그녀는, 내가 만난 적이 없는 액자 속의 먼 인척들의 사진처럼 생각한다면, 잊어버리는 것도 간단했다.

아버지의 발언에는 또한 내가 무시할 수 없는 부분이 있었다. 그것은 아버지도 집을 나가 버린 어머니에 대한 역공을 계획하고 있다는 확인이었다. 내가 어머니가 팽개치고 떠난 집 안팎의 살림살이들을 반들반들하게 빛나게 그리고 또다시 빛나도록 쓸고 닦아 온 속내가 그것이듯, 드디어 아버지도 어머니를 역공할 계획을 가졌다는 사실이 그렇게 가슴 뿌듯할 수 없었다.

설혹 그런 음모가 자리 잡지 않았다 할지라도 아버지가 다시 기운을 차리고 포수로서의 명성을 되찾을 수 있다면, 그래서 아버지가 마을의 동년배들로부터 얼간이나 얼치기로 조롱을 당하고 천성적인 거짓말쟁이로 홀대를 당하는 곤경에서 속 시원하게 벗어날 수 있다면, 나로선 더 이상 바랄 것이 없었다. 아버지가 나를 집으로 불러들인 것은, 외삼촌을 설득해서 사냥 길에 나설 수 있는지 없는지를 탐지하려는 의도가 다분히 숨어 있었다. 설령 그것 한 가지뿐이라 해도 좋았다. 왜냐하면, 적어도 이 마을에서 외삼촌을 설득시킬 수 있는 사람이라면 나 한 사람뿐이라는 것을 알아주는 것만으로도 뿌듯했기 때문이었다.

그러나 한 가지 문제가 꺼림칙했다. 내가 집으로 돌아오기 직전 우리 또래들이 저질러 놓은 분탕질과 내가 움막을 떠날 때 보여 주었던 외삼촌의 자리끼같이 차가운 응대가 그랬다. 그런 장애가 있다 하더라도 외삼촌을 설득해야 한다는 내 의지는 시간이 흘러갈수록 더욱 선명해졌다. 확실한 약속은 아직 없었지만 외삼촌을 설득하는 데 성공한다면, 나도 그 사냥 길에 동행할 수 있는 여지가 감지되었기 때문이었다. 아버지가 그녀와의 관계를 청산하여 더 이상 만나지 않고, 또 외삼촌이 사냥 길에 동참하게 된다면, 나 혼자 집에 남아 있을 수는 없었다.

이튿날, 나는 외삼촌을 찾아갔다. 그는 유수지 움막에 있었다. 언제나 그랬던 것처럼 작살을 어깨에 받치고 눈을 감은 채 좌선하고 있는 것처럼 앉아 있었다. 따가운 정오의 햇볕이 땀방울이 송송 배어 난 그의 구릿빛 이마에서 자글자글 끓고 있는 것처럼 보였다. 내가 다가가 바로 코앞에 섰는데도 여전히 눈을 뜨려 하지 않았다. 그러나 내가 어느 만치 거리를 두고 다가섰을 때부터 외삼촌은 살쾡이 같은 투시력으로 정확하게 눈치 채고 있었을 것이다.

「아지야, 화났제?」

아침저녁으로 나누는 상투적인 인사말 따위로는 외삼촌의 권태에 치명상을 입힐 수 없다는 것을 나는 이미 알고 있었다. 그래서 단도직입적으로 어제의 분탕질을 사과하려는 속내를 분명하게 내비치는 것으로 그의 말문을 트게 하려는 것이었다. 그러나 실패였다.

「아지야, 참말로 화났제?」

어떤 회유책도 단호한 빗장을 걸어 둔 그의 말문을 트게 할 수 없다는 것을 깨달았다. 나는 마침내 그와 두 발짝 거리를 두고 모래톱 위에 풀썩 주저앉았다. 그리고 그와 똑같은 좌선의 자세를 취하고 눈을 감았다. 금방 따가운 햇볕이 정수리와 이마를 쏘아 댔다. 무더위로 숨이 막힐 것 같았으나, 종달새의 둥지를 찾아다닐 때 늑골이 찡할 정도의 더위와 비교하면 견딜 만했다. 그토록 침묵의 시간이 흐르기를 기다리고 있었던 것은, 두말할 것도 없이 외삼촌의 동정심을 이끌어 내자는 심산이었다. 얼마의 시간이 흘러갔을까. 외삼촌의 발성을 부추겨 줄 욕구도 사라지고, 이마를 지지고 있는 햇볕의 진한 농도감도 느낄 수 없었다. 나는 따가운 햇살과 무더위의 최면에 걸려들어 허공을 떠돌고 있는지 몰랐다.

옷 보퉁이 하나 달랑 챙겨 들고 외할머니를 따라갔던 외삼촌은 지금 어디쯤 가고 있을까. 악동들이 없는 마을에서 또 다른 유수지를 발견하고 그곳에서 자맥질하고 있을 수도 있겠다. 안골 마을 유수지에 살았던 메기와 쏘가리, 붕어와 피라미들을 그곳의 유수지로 옮기고 함께 자맥질하며 멱을 감고 있는지 몰랐다. 아니면, 외할머니를 따라 허공을 날아다니며 종달새의 둥지를 찾고 있을 수도 있었다. 외삼촌은 종달새보다 더 높이 날 수 있고, 쏘가리보다 더 깊은 곳에서 헤엄칠 수 있었다. 한 곳은 화창하기 그지없이 밝았고, 다른 한 곳은 음산하기 그지없는 어둠이 도사리고 있었다. 그 두 곳을 자유자재로 드나들며 내왕할 수 있는 능력을 소유한 사람은 이 마을에선 외삼촌 한 사람뿐이었다. 그는 총만 가졌다 하면 아버지보다 더 명포수라는 별호를 가질 수 있었고, 칡넝쿨이 얽혀 있는 산길이든 가시 돋친 찔레가 포진하고 있는 담장이든 상관하지 않고 백 리 길도 단숨에 달려갈 수 있는 탁월한 폐활량을 갖고 있었다. 그렇기 때문에 누구도 그를 참견하거나 간섭할 수 없었다. 그런데 어렴풋이 그의 말소리가 들려왔다.

「니 집에 안 갈래?」

「집에 안 간다.」

「와 안 갈라 카노?」

「나도 밥 안 묵고 살란다.」

「너그 아부지가 또 쫓아올 긴데?」

「아부지가 쫓아와도 나는 안 간다.」

「니 또 땡깡 부릴라 카나?」

나는 그때서야 감았던 눈을 떴고, 외삼촌의 말문을 트는 데 성공하고 말았다는 것을 깨달았다. 눈곱이 낄 정도로 오랫동안 눈을 감고 있는 동안 어느새 노을이 지고 있었다. 서늘한 바람이, 산기슭으로 내려앉은 안개 같은 저녁 이내를 몰아 물너울 위로 좌르르 쏟아 붓고 있었다. 외삼촌이 말머리를 돌려 물었다.

「너그 아부지가 날 찾아가 보라 카드나?」

「내 혼자 그냥 왔다 아이가.」
「허락도 없이 찾아왔단 말이라?」
「인제부터 아부지 허락 안 받고 댕겨도 된다.」
「배꼽에 피도 덜 마른 놈이 거짓말이라 카면, 식은 죽 먹듯이 하네. 니가 너그 아부지 손아귀에서 벗어나자면, 아직도 십 년은 그 그늘 밑에서 커야 된다는 걸 내가 모르겠나.」
「아부지가 아지야 데불고 멧돼지 사냥 가자 카드라.」
외삼촌의 시선이 그 순간, 내 이마에 바로 꽂혔다.
「그 소리 나올 줄 진작부터 짐작하고 있었다. 그렇지만, 나는 안 간다.」
「아부지가 그러는데, 아지야가 총이 없어서 그렇지 총만 있으면, 명포수라는 이름은 아지야가 들어야 한다 카드라.」
「그건 또 무슨 이바구로?」
「안골 마을 백 리 안짝에 있는 짐승들 집은 아지야 혼자서만 알고 있다 카드라.」
「그렇기 때문에 내가 사냥터로 가야 된다 카드나?」
「그기 아이고, 아부지가 멧돼지 한 마리를 잡아야 엄마가 집에 온다 카드라.」
추호도 그런 귀띔을 받은 적도 없었고, 가능성을 측정해 본 적도 없었다. 그러나 그 조잡한 거짓말이 내 입에서 너무나 자연스럽게 쏟아지는 순간, 나는 분명 아버지로부터 그런 말을 들었던 것처럼 기억되었다. 내 인생은 이제 막 시작의 단계였고, 그 단계는 새빨간 거짓말로 개칠이 되고 있었다.

그런데 그 순간, 외삼촌의 입술에 희미한 경련이 지나가는 것을 발견하였다. 그는 나를 뚫어져라 바라보면서 말했다.
「이늠아가 집에 하루 갔다 오디, 미친놈 비스무리하게 돼뿌렀네? 막살하고 떠난 너그 엄마가 집으로 돌아온다고?」
나는 외삼촌을 똑바로 쳐다보며 찍어 누르듯 말했다.
「그래.」
「그게 바로 미친 소리 아이가?」
「거짓말 같으면, 아지야가 아부지한테 물어보그라. 참말로 그랬다 카이. 엄마가 진작 못 돌아오고 있는 것은 아부지가 멧돼지도 못 잡고 맨날 허풍쟁이로 다른 사람들한테 찌짐바탕(조롱감) 되어서 그렇다 카드라.」
「그게 정말이라면, 너그 아부지가 이제서야 올곧은 정신을 채렸는 모양이다. 거기까지 생각을 했다면, 너그 엄마가 돌아온다는 호언장담도 생판 허무맹랑한 말은 아이다. 그렇지만, 나는 같이 못 간다.」
「참말로 못 가나?」
「그래.」
「아부지가 나도 데리고 간다 카든데?」
「니를 데리고 간다고? 그게 참말이가?」
「참말이라 카이.」
말없이 나를 빤히 바라보고 있는 외삼촌의 표정이 하얗게 질리기 시작했다. 바로 곁에 벼락이 떨어진다 하여도 끄떡없이 견딜 만큼 강심장이라는 그가 그처럼 극명하게 자신의 내심을 겉으로 드러낸 것은 아마도 처음인 것 같았다. 빈 하늘을 응시하고 있던 그는 작살을 한번 흔들어 보였다.

「그게 참말이라 카면, 낭패 났다. 총질하는 사냥터에 니 같은 철부지를 데리고 간 역사가 없었다. 내가 넘겨짚고 있는지는 모르겠다만, 사냥터 아닌 곳으로 니를 데리고 가겠다는 심보가 분명하다. 혹시 너그 엄마 있는 곳으로 니를 데리고 가서 니가 바라보는 앞에서 너그 엄마를 쏴버리겠다는 작심을 한 것은 아인지 모르겠다. 그래서 본때를 한번 보이겠다는 심보가 아이겠나?」

처음에는 솔깃해하는 여지가 없지 않았던 외삼촌은 어느 순간부터 의구심의 벽을 쌓기 시작했다. 별 부담 없이 확장시켜 왔던 거짓말의 유령이 드디어 나를 역공하고 있었다. 그러나 거짓의 줄기는 마치 무성하게 뻗은 칡넝쿨처럼 엉켜 너무나 멀리 뻗어 있어서 내가 가진 보잘것없는 기량으로썬 다시 거둬들이기 불가능할 것 같았다. 어머니가 돌아올 가망이 있다고 장담한 것이나 내가 사냥터에 동행한다는 터무니없는 거짓으로 나는 혼란에 빠져 버렸고, 우물쭈물하는 사이에 외삼촌이 쌓고 있는 벽은 점점 높아져 갔다. 결국은 아버지와 무릎맞춤을 해야 될 것 같았다. 내 거짓말이 들통 난다 하더라도 외삼촌과 동행을 갈망했던 아버지의 속내만은 외삼촌에게 전달되어야 했다.

하지만, 외삼촌이 아버지와 이마를 마주하고 대좌한다는 것은 염소와 너구리 사이에 짝짓기가 이루어질 수 없는 것과 마찬가지로 천지개벽이 일어나지 않는 이상 불가능한 일이 었다. 가족과 그 소속감에 필사적으로 매달려 왔던 나는 거 짓으로, 그리고 아버지는 허풍으로 그 불안감을 감추어 왔다 는 사실이 외삼촌에게 들통 나버린 셈이었다. 그것으로 아버 지는 기품을 잃었고, 나는 거짓말쟁이로 추락하고 있다는 것 조차 그에게 탐지되고 만 것이었다. 한편으로는 서로 시기하 고 경원하면서도, 중력에 갇혀 있는 달처럼 외삼촌 주변을 맴 돌고 있는 아버지의 쇠락한 모습이 내 모습과 겹쳐 처연하게 떠올랐다.

외삼촌을 설득하겠다는 당초의 계획에 아무런 소득도 없이 집으로 돌아오고 말았다. 그런데 아버지 역시 마찬가지였다. 내가 외삼촌을 만나러 유수지로 갔다는 것을 익히 알고 있었 을 터인데도 나를 불러 앉히고 하회를 묻지 않았다. 벌써 마 작판이 시작된 건넌방은 웃음소리나 삿대질하는 소리로 시끌 시끌했다. 물론 냉수를 떠 오라는 아버지의 분부도 없었다. 외삼촌과 동행하고 싶다던 말은 불쑥 내던져 본 소리에 불과 했다는 징표가 아버지의 무관심에 묻어 있었다. 냉수를 떠 오 라는 것은, 한마디 분부에 불과했지만 적어도 아버지의 관심 이 하루에 한두 번 정도는 내게 도달해 있다는 확인과 함께 나도 가족의 일원이라는 소속감을 만끽할 수 있게 했고, 그것 이 내게 영속적인 자극제가 되어 준 것도 사실이었다.

아버지가 나를 인정하고 있는 것을 확인했을 때는 어머니 에 대한 막연한 복수심에 부대끼었고, 아버지가 내게 무관심

했을 때는 어머니에 대한 연민으로 가슴 쓰렸다. 그것이 바로 내 가슴속에 도저하게 자리 잡은 이중생활이 되어 버렸다. 그러나 나는 단념할 수 없었다. 새벽까지 뜬눈으로 지새우다가 마작꾼들이 집으로 돌아간 뒤, 건넌방으로 들어갔다. 아버지는 수척한 얼굴로 나를 힐끗하면서 피곤한 몸을 돗자리 위로 뉘었다.

「아지야 만나고 왔습니더.」

「니는 꼭두새벽까지 잠 안 자고 뭐 했드노?」

「아부지 만나고 잘라꼬 기다렸습니더.」

「이런 미련한 놈이 있나? 그러면 이때까지 뜬눈으로 있었다는 이바구라?」

「예.」

「아무리 할 말이 많아도 그렇지, 이제까지 잠도 안 자고 기다리는 독종이 어대 있노? 달구가 뭐라길래 니가 밤잠을 설쳤노?」

「아지야가 아부지 사냥 길에 따라가겠다 그랬습니더.」

「그래?」

「참말로 가겠다 했습니더.」

「이늠아야. 니 말이 참말인 줄은 알겠다마는 나도 숨 좀 돌리고 보자. 덮어놓고 서두른다고 될 일이 아이다. 목숨이 왔다 갔다 하는 급한 환자가 있어서 수십 리 길을 왕진 가는 의사도 마찬가지다. 지금 막 숨 넘어가는 환자가 있다 해서 의사도 같이 성급하게 허둥대다 보면, 정작 청진기를 못 챙겨 갈 수도 있다는 기라. 나도 그 꼴이 되면, 사냥이고 뭐고 처음부터 망조가 드는 기라.」

그토록 간절했던 대화는 거기서 중단되고 말았다. 머리통을 벅벅 긁으며 돗자리에 몸을 뉘었던 아버지는 곧장 곯아떨어지고 말았기 때문이었다. 입이 찢어지게 하품을 하던 아버지는 천장을 똑바로 바라본 자세에서 하반신을 위로 들어 올리며 매우 관능적으로 몸을 쭉 뻗었다. 그리고 등을 돌리고 돌아눕는가 하였는데, 금방 코 고는 소리가 들려왔다. 방구들 아래로 가라앉는 숨소리는 흡사 닳고 닳아 쭈그러 든 아버지의 영혼이 신음하고 있는 것처럼 들렸다. 그 소리를 듣는 순간, 나는 거의 소름 끼칠 정도의 비감에 빠져 들고 말았다. 어쩌면 아버지를 다시 만나지 못할지도 모른다는 비참한 심정으로 이슬이 눅눅한 새벽녘에 집을 나섰다. 그리고 다시 벼랑길을 걸어 외삼촌의 움막을 찾아갔다.

참으로 오랜만에 비가 부슬부슬 내리기 시작했다. 움막 가까이 가서야 유수지 물너울 속에서 자맥질하고 있는 외삼촌을 발견했다. 염소는 말목 근처에 꿇어앉아 던져 준 찔레잎을 뜯고 있었다. 바위 주위를 맴돌고 있던 외삼촌이 수면으로 불쑥 고개를 내밀고 나를 힐끗했다. 모래톱 위에서 쿵쿵 뛰며 몸에 묻은 물기를 털어 내는 소리가 들렸다. 움막 안으로 들어서면서 그가 말했다.

「이 새벽에 웬일이고? 아부지한테 한 대 쥐어박혔나?」

「아지야, 참말로 사냥 안 갈 기가?」

외삼촌은 풀썩 주저앉았다. 멍석 가녘에 겨우 촛농만 남은 양초 하나가 뒹굴고 있었다.

「니가 간 뒤에 혼자 가만히 앉아서 생각해 봤다. 니를 사냥 터로 데려간다는 이바구는 니가 지어낸 말이 분명한 거라. 하지만 니가 얼마나 따라가고 싶었으면 그런 거짓말을 했 겠노. 그 애간장 타는 심정은 이해하고도 남겠더라. 하기 사 사냥을 떠나게 되면 하루 이틀에 끝장을 볼 것도 아인 데, 너그 아부지도 가고 나도 간다면 니도 당연히 따라가야 안 되겠나? 그 여자라도 있으면 니를 수발해 준다 하겠지 만, 그 여자도 인제는 너그 아부지하고 등진 사이가 돼뿌렀 다면 니 수발을 부탁할 사람도 없어져 뿌렀잖나. 그래서 니도 같이 간다는 말이 생판 거짓말은 아인 거라. 그런데 자꾸 뒤통시가 땡기는 것은 니가 아이고, 너그 아부지인 거라. 너그 아부지가 이번 사냥 길에 평생 소원하는 멧돼 지를 잡게 되면, 참말로 헛포수라는 불명예를 벗어던지게 될지 그게 의심스러운 거라.」
「멧돼지만 잡으면, 명포수가 된다 카드라.」
「그게 정말이라면, 니 말을 믿자.」
「그런데 아부지가 좀 두고 보자 카드라.」
「그건 옳은 말이다. 사실 멧돼지 사냥은 눈이 내리는 겨울 까지 기다려야 하는 거라. 꼭 가야 한다면 할 수 없는 일이 지만, 지금은 적기가 아인 거라.」
「그러면, 겨울까지 기다려야 되나?」

「그런 이바구는 아일 거고, 준비를 단단히 해가지고 떠나
　자는 이바구 아이겠나.」
　외삼촌은 사계절을 따라 멧돼지들의 생태가 다르다는 것
을 설명하기 시작했다. 멧돼지들은 철저한 모계 중심 사회를
이루기 때문에 암컷 한 마리가 새끼들은 물론이고 보통 수컷
대여섯 마리를 거느린 채 먹이를 찾아 눈 속을 헤치고 다니
는데, 이것들이 인가 가까이 접근하는 1, 2월이 사냥의 적기
라는 것이었다. 3, 4월은 교미를 끝낸 암컷들이 분만을 위해
은신처를 찾아다니거나 굴에 들어앉아 있는 시기이기 때문에
멧돼지 흔적을 발견하기가 쉽지 않고, 또한 무척 예민해져 있
어 자칫하면, 몰이꾼들이 다치기 일쑤라는 것이었다. 5, 6월
은 역시 굴에서 은신하며 어린 새끼들에게 젖을 먹이는 시기
이고 7, 8월은 새끼들을 데리고 인가 가까운 논밭으로 내려
와 농작물에 피해를 주는 시기였다. 이럴 때 술 항아리를 길
목에 놓아두면, 그걸 먹고 취한 멧돼지 가족들을 몽땅 포획하
는 행운도 얻을 수 있다는 것이었다. 그리고 9월부터는 가족
으로부터 떨어져 나온 여러 마리의 수돼지들이 혼자 생활하
는 시기이기 때문에 추적이 쉽지 않았다. 그러나 10월로 들
어서면, 멧돼지들이 몸에 붙은 기생충을 잡거나 자기 영역 표
시를 위해 나무에 몸을 비비대어 비빔목을 만들고 많은 배설
물을 남기기 때문에 그 길목을 추적하기가 쉽다는 것이었다.
　멧돼지는 닥치는 대로 먹어 치우는 잡식성이지만, 철에 따
라 먹는 것도 조금씩 다르다. 먹을 것이 풍부한 가을에는 밤

을 양껏 주워 먹어서 그때 잡아 창자를 삶으면 온 집 안에 밤
냄새가 진동한다. 1월까지는 도토리를 먹고, 1월 이후에는
칡뿌리를 캐 먹는데, 미련하기도 해서 칡뿌리를 캐던 그 자리
에 잠자리를 잡기도 한다. 3월이나 4월이 되면, 겨울 동안 굶
주렸기 때문에 식욕이 왕성해서 먹이를 찾아 한없이 돌아다
니며 땅파기를 반복한다. 봄에는 염소처럼 아카시아 잎을 좋
아해서 그때 잡아서 피를 마시면 아카시아 향기가 진동한다.
아버지가 말했던 것처럼 외삼촌은 멧돼지들의 습성과 생활
사를 산적 꿰듯 환하게 꿰고 있었다. 그러나 멧돼지들의 단
순한 생활사는 아버지도 어느 정도는 알고 있었다.
「달구가 아는 척을 하드나? 그 정도는 나도 소싯적부터 알
고 있었다. 내가 모르는 것은 달구 그늠아가 알고 있는 멧
돼지들이 단골로 나다니는 길목인 기라. 그것 때문에 그늠
아하고 같이 가자는 것이지, 내가 지보다 못나서 육촌에게
벌초 빌듯 하고 있는 줄 아나? 그늠아 두고 보자 하니까 날
얼간이로만 알고 제법 아는 척하네?」
「아지야가 아부지보고 얼간이라고 말하지 않았습니더.」
「니한테는 말하지 않아도 그늠아 속으로는 나를 미련한 사
람으로 보는 기라. 그늠아가 입을 구린내가 나도록 다물고
있어서 그렇지 자존심 한 가지는 대단한 놈인 기라.」
진정한 설득이란 과연 어디에 있는 것일까. 혀에 있는 것
일까. 아니면 눈이나 귀에 있는 것일까. 나는 아버지의 변덕
을 이해할 수 없어 분개하면서 안타까워했다. 두 사람 사이

를 오가며 그럴듯한 거짓말로 설득시키려 하였으나 성공적이지 못했다. 속은 사람에게 속았다는 사실을 알려 주고 그 결과로 나타나는 고통을 바라보며 쾌감을 얻겠다는 야비한 계산이 깔려 있었던 것도 아닌데, 두 사람은 그때마다, 거짓말하는 나는 믿으면서 오히려 거짓이 아닌 상대방은 믿지 않았다. 그나마 내 거짓말이 들통 나지 않았던 것은 다행이었는데, 그 역시 세 사람이 합석할 수 있는 기회를 가질 수 없었기 때문이었다. 그런 조바심으로 애간장을 태우는 가운데 외삼촌은 몰이꾼으로 나서기로 결심을 굳혀 갔고, 아버지는 떠날 날짜를 세심하게 가늠하고 있었다.

아버지는 신중했다. 귀와 눈을 한데 모아 아버지를 줄곧 관찰하고 있었으나, 우선 사냥 나갈 때마다 단골로 동행하였던 외지 사냥꾼들과 접촉을 시도하려는 눈치가 보이지 않았다. 자신도 당당한 포수이므로 항상 그들의 뒤치다꺼리나 하는 곁꾼으로 전락하지 않겠다는 의지를 가진 탓이었다. 아버지는 굳게 입을 다물고 있었고, 나에게도 입을 헤프게 놀리지 않도록 닦달했다. 사냥을 나간다는 소문으로 마을이 술렁이기 시작하면, 할 일 없는 장정들이 너도나도 몰이꾼으로 자원하여 집 안이 시끌벅적해지고, 포수 아무개가 또 김칫국부터 마신다는 비아냥거림으로 숙덕거릴 것을 경계하는 눈치였다.

이번만은 야단을 벌이며 몰이꾼들을 수소문하는 일도 없었다. 남의 시선을 피해 점찍어 둔 몰이꾼을 가만히 찾아가 의향을 물었다. 아버지가 보여 주는 은밀한 긴장감은 이번의 사냥이 반드시 성공하리라는 것을 예견하고 있었다. 그러나 내 비위에는 맞지 않았다. 마치 출정 의식을 치르는 것처럼 익살스럽고 떠들썩한 가운데 사냥터로 떠나는 아버지의 모습에 매료되었던 나로선 아버지의 은밀함은 마치 허기진 해질 녘에 벌이는 아이들의 숨바꼭질처럼 열정의 냄새가 식어 있는 듯 보였다.

그와 함께 나를 꺼림칙하고 긴장하게 만드는 것이 있었다. 바로 그녀였다. 그녀의 행방은 마치 썰물이 휩쓸고 간 모래톱처럼 아무런 흔적도 없었다. 그리고 행방을 감춘 어머니처럼 소식이 없었다. 그런데 흔적 없고 소식 없다는 것이 나를 불안하게 만드는 것이었다. 만약 그녀가 우리들 앞에 느닷없이 모습을 드러냈을 때, 우리들이 계획하고 있는 사냥은 수포로 돌아갈 것이 틀림없었다. 아버지와 결별을 하였든 아니든 간에 그녀는 사냥 길의 배면에 숨어 있는 우리들 세 사람의 의도를 대뜸 알아차릴 유일한 사람이었고, 훼방을 놓을 것이 분명했다. 떠나기 전에 아버지 몰래 그녀의 행방을 확인하고 싶었다.

「아지야, 전에 왔던 그 여자 어대로 가뿌렀노?」

「그 여자도 발 달린 짐승인데, 갈 데가 없겠나. 어대로 갔는지 어째 알겠노.」

「바로 윗동네에 살고 있다 카든데, 한번 가봤으면 좋겠다.」

「건방지게 굴지 마라. 어른들 일에 니가 자발없이 끼어들라 카나?」

「끼어들라 카는 게 아이고, 한번 봤으면 좋겠다 카이.」
「너그 아부지라면 몰라도 니가 와 볼라 카노? 그 여자 복
장 질러 줄라꼬?」
「우리 집으로 안 오겠나?」
「걱정도 팔자다. 나타나면, 너그 아부지 낯짝에 대고 침을
탁 뱉을지는 몰라도 억울한 니 멱살 잡고 귀싸대기 때릴
일은 추호도 없을 거니까, 걱정 말그래이.」
「나는 가볼란다.」
「이늠아 소가지는 알다가도 모르겠다 카이. 니 거기는 와
갈라 카노? 다 끓인 죽 그릇에 침 뱉을라 카나?」
「그냥 한번 가보고 싶다 카이.」
「뭐가 궁금하노?」
「아지야가 안 가면, 내 혼자서라도 갈란다.」
「니도 똥고집 한 가지는 너그 아부지가 못 당할 거다.」
그날 밤 외삼촌은 내키지 않는 걸음으로 나를 따라나섰다.
내키지 않았으나 순순히 따라나섰던 것은 외삼촌 역시 그녀
가 궁금했기 때문이기도 했다. 그런가 하면, 내가 얼추 방향
만 짐작하고 있었던 그녀의 집을 외삼촌은 너무나 정확하게
꿰고 있었다. 그가 나를 미행했듯 그녀의 집도 여러 번 미행
해서 알고 있었던 것이 분명했고, 더불어 틈틈이 그녀의 동
태를 관찰해 왔음직도 했다. 벼랑길로 올라온 우리는 우리
마을로 가는 오솔길을 버리고 왼편 오솔길로 들어섰다.
「아지야는 그 여자 집을 알고 있제?」

「모른다마는 짐작으로도 만판 찾아갈 수 있다.」

「거짓말 아이가?」

「거짓말은 니가 밥 먹듯 하면서 나보고 거짓말쟁이라꼬? 니가 풀방구리에 드나드는 생쥐맨치로 내한테 와서 거짓말하고 너그 아부지한테 가서는 또 거짓말로 땜질하고 댕기느라고 사타리에서 요령 소리가 난다는 것을 내가 다 알고 있다. 개 눈에는 똥만 보이드라고, 니가 그러니까 나도 니처럼 거짓말쟁이로 보일 수밖에 없는 거라.」

우리는 곧장 한길로 들어섰다. 밤하늘에는 노란 보름달이 저 혼자 떠 있었고, 길가에 늘어선 백양나무들이 황톳길을 따라 줄지어 걸어가고 있었다. 사위는 적막하기 그지없었고, 아무도 우리를 바라보는 사람이 없었지만, 항상 그랬던 것처럼 발소리를 죽였기 때문에 우리들이 걸어가고 있는 것인지 백양나무들이 걸어가고 있는 것인지 분별하기 힘들었다. 어쩌면 우리는 걸어가고 있었지만, 사실은 시늉일 뿐 정지의 상태에서 조금도 진전이 없는지 몰랐다. 종달새는 허공을 날고 있었지만 사실은 제자리에 멈추어 있었고, 백양나무도 걸어가고 있었지만 뿌리가 뽑히지는 않았다. 투박하고 매듭이 거친 외삼촌의 한 손이 내 어깨 위에 가만히 놓여 있었다. 그의 영혼이 나에게로 헤엄쳐 와 내 영혼과 혼합되는 것을 느꼈다.

외삼촌과 함께 나는 문득 지저귀는 새소리를 들었다. 하늘에는 종달새 한 마리가 떠 있었다. 우리는 걸음을 멈추었고 저 혼자 재잘거리고 있는 종달새를 바라보았다. 별빛만 총총

한 밤하늘에 종달새가 떠서 지저귀고 있다는 것도 납득하기
어려웠고, 경계심이 투철한 그 새가 한길 가에 둥지를 두었
을 까닭도 없었다. 게다가 이미 계절은 재잘거리는 종달새와
는 저만치 비켜나 있었다. 그런데도 우리는 종달새가 지저귀
고 있다는 것을 현실로 믿었다. 어쩌면 종달새의 유령에 홀
린 것인지도 몰랐다.

　새는 한자리에 머물러 있었다. 새의 배경에 두둥실 떠 있
는 달도 움직이지 않았고, 우리보다 먼저 줄지어 질주하던
백양나무들도 어느덧 걸음을 멈추었다. 그 순간 우리는 누가
먼저랄 것도 없이 한길 바닥에 납작 엎드렸다. 종달새는 한
길에서 멀지 않은 곳에 둥지를 두었음이 틀림없었다. 우리들
의 행동을 누가 훔쳐보고 있다면, 분명 실성한 사람들로 알았
을 것이다.

　눅눅한 흙에서 피어 오른 아스스한 한기가 하복부로 스며
들었다. 이미 여름은 아니었다. 그러나 우리들에게는 분명
여름이었고, 우리들이 엎딘 자리는 과수원 위쪽 강가의 자갈
밭이었다. 그런데 한곳에 머물며 날갯짓하고 있던 종달새가
움직이기 시작했다. 우리는 새가 움직이는 방향을 따라 낮은
포복을 시작했다. 그러나 새는 추임새를 가다듬어 더 높이
날기 시작했고 우리들과의 거리는 점점 멀어졌다. 우리는 포
복을 그만두고 벌떡 일어나 뛰기 시작했다. 그런 경우는 처
음이었다. 새는 흡사 우리들과 달리기 경기라도 벌인 듯 멀
리 높게 날아가다간 한자리에서 날갯짓하면서 우리들이 다

가오기를 기다려주기도 했다.

이마에서 땀방울이 배어 나고 등줄기에도 땀이 흐르기 시작했다. 하늘에 떠 있는 것은 이제 달이 아니라, 대지에 뙤약볕을 내리쏟는 해임이 분명해졌다. 내 존재에 대한 확고함, 내 삶에 대한 긍정, 내가 가진 믿음과 희망에 대한 흔쾌한 대답을 주었던 그 여름은 다시 우리들 앞에 도래하고 있었다. 우리들 앞에 펼쳐지는 대지는 활력으로 가득했고, 무심히 버려둔 작은 씨앗도 과일로 맺어 주는 신비스러운 생명의 힘이 여름과 함께 넘쳐 나고 있었다. 그러나 우리는 그때 난데없는 염소 한 마리를 발견하고 걸음을 멈추었다.

우리들을 유인하던 종달새는 어디론가 사라지고 없었다. 재잘거리지도 않았고, 날갯짓 소리도 들리지 않았다. 그런데 염소가 서 있는 자리가 유별났다. 염소를 말목에 매어 두었을 때도 응당 그러했었고, 굴레를 벗겨 놓았을 때도 낭떠러지 위나 물가에 접근하는 것은 두려워했었다. 그런데 염소는 어떻게 기어올랐는지 골목 안쪽으로 길게 뻗은 높다란 흙담 위로 올라가 위태위태하게 몸을 가누며 담벼락에 기대어 자라고 있는 아카시아 나뭇잎을 아작아작 뜯고 있었다.

외삼촌이 외마디소리를 지르려는 내 입을 가로막았다. 흙담 뒤쪽으로, 누적된 궁핍의 때가 선명하게 묻어나는 작은 집 한 채가 바라보였다. 그러나 우리는 두 앞다리를 아카시아 나뭇등걸에 올리고 가까스로 하반신을 조마조마하게 지탱하고 있는 염소에게서 시선을 뗄 수 없었다. 우리들 몰래

염소가 앞질러 여기까지 와 있다는 것은 이해할 수 없는 일
이었다. 그런데도 외삼촌은 당연한 것을 바라보는 것처럼 무
표정했다.

「저늠이 인제사 지가 염소라는 것을 깨닫게 된 거라. 지가
서 있을 자리가 어딘지를 분명하게 알아차린 거제. 염소는
반드시 절벽 위를 아슬아슬하게 기어올라서 거기에 핀 험
한 풀을 겨우겨우 뜯어먹으며 살아야 직성이 풀리는 짐승
인 거라. 지가 서 있는 자리가 금방 아래로 굴러 떨어질 것
처럼 위태위태해야 되는 거라. 들판에서 뜯어 주는 꼴이나
먹고 사는 염소는 겉모양만 염소라는 짐승이었지 사실은
염소가 아이다. 이제사 저늠이 염소답게 살아간다는 것이
어떤 것인지 터득한 거제.」

팔짱을 낀 채 염소를 적이 바라보고 있던 외삼촌이 말했
다. 사람의 손에 길들여진 강물은 흘러가도 본래의 소리를
내지 않는다. 강의 미덕을 잃어버린 탓이다. 그러니까 강은
흘러가는 그대로 두어야 온전한 강의 모습을 지탱한다. 언젠
가 외삼촌은 그런 말을 한 적도 있었다. 외삼촌이 다가가자,
염소는 그제야 먹는 일을 멈추고 흙담 위에서 우리를 빤히
내려다보았다. 외삼촌이 두 팔을 벌리자, 염소는 기다렸다는
듯이 덥석 안겼다. 안방에 불이 켜진 그 조그만 집이 바로 그
녀의 집이란 것을 깨달았다.

염소가 저 혼자서 우리를 앞질러 그 집에 도착해 있었다면,
외삼촌도 여러 번 다녀갔다는 증거였다. 나는 혼란을 느꼈

다. 그녀가 좋아한 사람은 아버지였을까, 외삼촌이었을까. 외
삼촌은 주저하고 있는 내게 턱짓을 하고 있었다. 자신은 망
을 보고 있을 것이니 나 혼자 들어갔다 오라는 뜻이었다.

막기와로 지붕을 덮은 집이었으나 대문은 싸리문이었다.
마당으로 들어섰지만 불이 켜진 안방에서 인기척은 느낄 수
없었다. 섬돌에 벗어 둔 신발도 보이지 않았다. 깊은 정적 속
에 나는 아득하게 서 있었다. 비로소 내가 곤경에 빠졌다는
것을 깨달았다. 문 앞으로 다가갈 수도 없었고 그렇다고 되
돌아설 수도 없었다. 담벼락 위로 형용은 보이지 않고 나를
향해 손사래를 치고 있는 외삼촌의 투박한 손바닥만 보였다.
가까스로 용기를 내어 까치걸음으로 문 앞으로 다가갔다.

방 한가운데 앉아 있는 두 여자의 모습이 구멍이 숭숭 뚫
린 창호지의 안쪽에서 어른거렸다. 그녀를 포함해 나이가 손
위인 듯한 또 다른 여자가 마주 보고 앉아 바느질에 몰두하
고 있었다. 손들은 바쁘게 움직이고 있었지만, 말문은 열지
않은 채였다. 유수지를 찾아와서 치마를 쳐들고 시시덕거리
며 노골적으로 방자하게 굴었던 여자의 모습은 어디서도 찾
아볼 수 없었다. 나는 다시 까치걸음으로 대문을 나섰다. 어
쩐 셈인지 잠깐 사이에 이마에서 땀이 비 오듯 했다. 한증막
에서 빠져나온 기분이었다. 외삼촌이 속삭였다.

「그 여자 뭐 하고 있드노?」

「훌떡 벗고 자고 있드라.」

어떻게 해서 내 입에서 그런 말이 불쑥 튀어나왔는지 자신

도 예측하지 못했다. 외삼촌은 다급하게 되물었다.

「훌떡 벗어? 아랫도리까지 훌떡 벗었드나?」

「그래, 머리까지 훌떡 벗었드라.」

「혼자 자드나? 누구하고 같이 자드나?」

「웬 남자하고 같이 끌어안고 자드라.」

「끌어안고 자드라꼬?」

「궁금하거든 아지야가 가보그라.」

외삼촌이 걸음을 멈추었고, 담벼락 위에 서 있는 염소와 함께 나를 빤히 바라보았다. 그리고 옹구바지 주머니를 한참 뒤지더니 꽁초 한 개를 꺼내 들고 내게 손을 내밀었다. 언제나 내 바지 주머니에 소장되어 있는 성냥을 달라는 것이었다. 건네준 성냥을 그어 꽁초에 불을 댕기더니 깊은 호흡으로 입술 밖으로 나오려던 담배 연기를 게걸스럽게 몽땅 되들이마셨다. 담배를 피우는 외삼촌의 모습은 처음이었다.

「니도 담배 한번 피워 볼래?」

물론 나는 고개를 가로저었다.

「거짓말을 밥 먹듯 하는 버릇도 니가 시방 크고 있다는 증거다. 그러나 내맨쿠로 담배까지 배우자면 아직도 한참을 더 커야 되겠제?」

「내 거짓말 안 했다 카이.」

「거짓말이라는 것도 생각해 보면, 그게 그런 거라……. 니 혼자 속으로 그래 줬으면 싶은 것이 있는데, 정작 눈에 보이는 것은 니가 바라는 것하고는 다르니까, 거짓말이 돼뿌는 거라. 니 딴에는 큰 죄 될 것이 없다고 생각하고 있는지 모르겠지만, 사냥 길에 나서서 지금처럼 대구 마구 되는 대로 씨부리게 되면, 그때는 돌이킬 수 없는 실수를 저지르게 되는 거라. 아이할 말로 사람이 죽을 수도 있는 거라. 그렇기 때문에 너그 아부지가 니 못된 버릇을 눈치 채면, 니 평생 사냥터 구경은 단념해야 될 거라.」

이제 그녀도 본래 자신의 자리로 되돌아간 것이 틀림없었다. 외삼촌의 손이 다시 내 어깨 위에 놓였다. 너는 이제 집으로 돌아가거라. 그 손은 그렇게 말하고 있었다. 외삼촌은 집까지 나와 동행한 뒤 혼자 움막으로 돌아갔다. 건넌방에는 불이 켜져 있었으나 마작판이 벌어진 기색은 없었다. 가래가 가르랑거리는 아버지의 숨소리가 문밖까지 들려왔다. 들어오너라. 나는 방으로 들어갔고, 기름걸레로 사냥총을 닦고 있는 아버지를 보았다. 이제 아버지도 자신의 자리로 되돌아온 셈이었다.

「니는 내일 달구하고 같이 떠나거라. 어대로 가서 어대서 나와 마주치게 되리라는 것은 달구도 알고 나도 알기 때문에 구태여 머리 맞대고 앉아 상의할 것도 없다. 사냥꾼들이 다니는 길은 따로 있기 마련인 기라. 니는 달구가 가자는 대로 뒤따라댕기면 된다. 몰이꾼 세 사람도 니하고 동행할 기다.」

외삼촌과 만난 적도 없었는데, 서로 만나 사소한 것까지 조목조목 협의를 한 것처럼 천연덕스럽게 말했다. 어른들은 그처럼 넘겨짚어도 언제나 정확했다. 그날 밤 나는 분부를 따라 바로 그 건넌방에서 아버지와 잠자리를 같이했다. 수면 속으로 잠수할 때까지 나는 몇 번인가 실눈을 뜨고 아버지가 누워 있는 아랫목을 훔쳐보곤 하였다. 그것은 참으로 오랜만에 맛보는 행복의 확인이었다. 허전한 잠자리 한쪽에 허우대가 걸출한 아버지가 가로누워 있다는 것이 그처럼 가슴 뿌듯할 수 없었다. 거미가 나를 잡아먹는 악몽을 꾸고 외할머니의 유령이 나타난다 하더라도 두려움 없는 숙면을 취할 수 있을 것 같았다. 그리고 실제로 그날 밤은 아버지의 기침 소리도 듣지 못할 정도로 달고 단 잠 속으로 빠져 들었다.

안개가 자욱하게 내리는 이튿날 꼭두새벽, 사냥 떠나는 아버지의 행차는 구경할 수 없게 되었지만, 아버지가 손수 건네준 도시락 보따리를 챙겨 들고 대문 밖을 나섰다. 지난밤 아버지의 말을 엿들은 것처럼 작살을 챙겨 든 외삼촌이 골목 밖에서 기다리고 있었다.

「다리가 아파도 내한테 업혀 갈 생각은 추호도 하지 말그래이. 동이 트기 전에 마실을 빠져나가야 한다. 소문나면 산속에 있는 짐승들도 알아채리는 법인 거라. 그런데 그리 춥지도 않은데 암팡진 놈이 와 그렇게 떨고 있노?」

새벽이었지만, 떨릴 만치 추웠던 것은 아니었다. 그런데 나는 사시나무 떨듯 떨고 있었다. 아래윗니를 딱딱 부딪치면서 물었다.

「아지야, 염소는 안 데리고 가나?」

「그늠우 짐승도 주제에 늦바람이 났는지, 꼭두새벽부터 어대로 내빼 뿔고 없드라.」
「그 여자 집에 아카시아 잎 뜯어 먹으러 갔는 모양이제?」
「거기 갔다면, 잘된 일이 아이겠나. 그 짐승이 워낙 눈치도 빠르고 냄새도 잘 맡아서 지가 뒤따라오고 싶으면 늦게라도 얼마든지 찾아올 테지만, 너구리하고 어울리고 싶어서 우리를 뒤쫓아 올 엄두가 생기겠나?」

손수레 한 대가 겨우 드나들 만한 농로에 듬성듬성 들어앉은 질경이잎에 하얀 서리가 내려앉아 눈꽃이 피어난 것 같았다. 땀이 배어 난 외삼촌의 고무신에서 흡사 새가 우는 듯한 마찰음이 삐각삐각 주기적으로 들려왔다.

농로가 마을을 벗어나 한길과 만나는 지점쯤에서 안개 속 멀리로 희미한 인기척이 짚여 왔다. 담뱃불이 안개 속에서 동백꽃처럼 붉게 피어났다간 까물까물 사그라지곤 하였다. 외삼촌의 걸음이 빨라지면서 나는 거의 뛰다시피 했다. 몰이꾼으로 차출된 장정 셋과 수인사를 나누는 외삼촌 곁에서 나는 또다시 떨기 시작했다. 몰이꾼들은 외삼촌의 채근이 떨어질 때까지 길턱에 쪼그리고 앉아 줄담배를 피워 댔다. 우리는 번듯한 한길을 두고 애써 서리꽃이 핀 밭두렁 길을 찾아 걸었다.

장정들은 기회 있을 때마다 내가 뒤따라온 것에 비위가 뒤틀렸던지 혀를 차며 못마땅해했다. 그러나 외삼촌은 처음부터 못 들은 척하였다. 나는 두 번 다시 그들의 험담을 듣지 않으려고 그야말로 열불 나게 걸어야 했다. 얼마나 걸었을까. 드디어 해가 뜨기 시작하면서 사위가 환하게 밝아 왔다. 쉬어 가자는 외삼촌의 말이 떨어지면서 장정들은 오솔길 양옆으로 흩어져 앉았다. 사위는 인적 하나 없는 무인지경이었고, 숲 속에선 간혹 청아한 새소리만 들려왔다.

숨 돌릴 겨를도 없이 산자락으로 흩어진 장정들은 낙엽과 삭정이를 긁어모았다. 삭정이가 잘 탈 수 있도록 칼자국을 내어 서로 어긋나게 쌓고 낙엽과 솔방울을 불쏘시개로 모닥불을 피웠다. 볼따구니가 화끈거리도록 불땀이 이글거리자, 돌을 들어다 아궁이를 만들었다. 그리고 배낭을 풀고 냄비와 반합을 꺼내 계곡에서 길어 온 물로 밥을 짓기 시작했다.

곧 아침 식사가 시작되었다. 그들은 나에게 배당된 식기에도 안다미로 밥을 담아 주며 먹기를 권하면서, 정작 외삼촌에게는 말 한마디 건네지 않았다. 외삼촌은 서로 등지고 사는 사람들처럼 벌써 저만치 네댓 발자국 떨어져 외면하고 앉아 있었다. 셋 중에 단 한 사람도 외삼촌을 염두에 두지 않았다. 그러나 숙덕거리긴 하였다.

「저 사람 달구 말이여, 뭘 먹고 사노?」

「염소똥 먹고 산다는 소문은 있드라마는……. 그거 확실하게 알고 있는 사람 대한민국에서 찾아보기 쉽지 않을걸.」

「염소똥을 먹는 게 아이라, 염소젖을 짜 먹고 사는 게 아인가?」

「그 짐작도 얼추 그럴싸한 얘긴데…… 이번 길에 염소를

데리고 나섰다면 그렇다고 믿을 만하겠지만, 염소를 두고
왔다면 그것도 알과녁을 맞혔다고 할 수는 없제.」
「저 사람이 이번 길에 우리들 향도 노릇할 처진데, 삼통 굶
고 있는 걸 바라보고만 있어야 될 것인가 모르겠네.」
「걱정도 팔자여. 정 허기가 지면, 깡통에 이슬을 받아 배를
채우겠지.」
「그런 객담은 하지 말어.」
「염소똥 먹고 산다는 말이 생판 허무맹랑한 소리도 아인
것 같어. 알고 보면, 여우똥은 누에처럼 생겼고, 족제비니
담비똥은 고추처럼 생겼고, 너구리똥은 해삼처럼 생겼고,
멧돼지똥은 빵떡처럼 생겼고, 염소똥은 도토리처럼 생겼
지 않나. 생각만 바꾸면, 짐승의 똥에도 산해진미가 다 있
는 법이여.」
「예끼, 순…….」
「농담으로만 들을 것도 아녀. 개구리나 뱀은 물론이고, 메
뚜기를 잡아먹어도 요기가 되고, 잠자리나 매미를 볶아 먹
어도 보신이 된다는 것은 우리도 알고 있는 일이잖어들.
거그다가 살짝 데친 메뚜기 볶음이나 기름에 튀긴 매미 번
데기는 서울에 살고 계시는 회장, 사장님 들이 맥주 안주로
는 볼을 헤벼 가면서 찾는 일등짜리 음식이라 카데. 하빠
리 인생들은 시퍼런 현찰을 내밀어도 못 먹어 보는 요리라
카데. 그라고 취나물, 민들레, 씀바귀, 방가지똥, 고들빼기
만 뽑아 묵어도 요기가 되고도 남제.」

「어허, 이거…… 우리 총중에 머지않아 농사 작파하고 직업적으로다가 거름더미 속에 매미 번데기 사육하는 늠 나서게 생겼네.」

「그 번데기 키우자면, 눅게 잡아도 육칠 년은 키워야 돈이 될 만한데 지겨워서 그 짓을 어떻게 참고 기다리제?」

그곳에서부턴 해를 등지고 걷기 시작했다. 가뭄에 콩 나듯 어쩌다 한길로 나설 때도 있었으나, 대개는 한 사람이 겨우 발을 붙이고 걸을 만한 오솔길이거나 밭두렁 길이었다. 외삼촌과 내가 선머리에 서고 몰이꾼들은 뒤를 따랐다. 그러나 어쩐 셈인지 걷는 시간보다 쉬는 시간이 많은 행렬이었다. 선머리에서 걷고 있던 외삼촌이 문득 걸음을 멈추고 그린 듯이 서서 귀를 기울이며 어떤 기척을 좇을 때가 있었다. 그러다간 들판 가녘으로 뻗어 나온 산자락으로 기어오르곤 하였다. 산등성이를 타고 노루막이까지 올라 사방을 조망하며 시간을 끌었기 때문에 그동안 몰이꾼들은 길섶에 웅크리고 앉아 기다려야 했다. 그들은 외삼촌에게 뭘 보았느냐고 물었고 외삼촌은 그때마다 고개를 가로저었다.

산기슭을 타고 오를 때나 내려올 때나 외삼촌의 행동은 끼니를 굶은 사람이라고 상상할 수 없을 만큼 민첩하고 활달했다. 뿐만 아니라, 산등성이 위에 팔짱을 끼고 서서 먼산바라기를 하고 있을 때의 모습은 또 그렇게 의연하고 고즈넉할 수 없었다. 어딘가 신기가 있는 듯한 외삼촌의 그런 모습을 몰이꾼들도 압도된 듯 흥미진진하게 바라보기만 할 뿐, 소득

없이 지체하여도 전혀 불평이 없었다. 촉각을 곤두세우고, 수시로 변덕을 부리는 주변 상황을 올곧게 읽으려 하는 그의 노력을 헐뜯을 명분은 없었다. 그러나 나는 그런 외삼촌의 행동에서, 확연하게 짚여 오지는 않았지만 우리들로부터 멀리 사라지려 하고 있다는 징조를 희미하게 느꼈다. 평소에도 그랬지만 그는 도무지 말이 없었고, 마을에서 출발할 때부터 안색에 가득하였던 긴장감도 그대로 유지하고 있었다.

어떤 땐 나와 몰이꾼들을 길섶에 남기고 지나왔던 계곡 길로 되돌아가서 한동안 모습을 숨겼다가 돌아오기도 하였다. 그것은 우리들이 지나가고 있는 길 주위에 일어나는 사소한 움직임이나 미세한 변화까지도 모두 자신의 기억 속에 저장시켜 두려는 것처럼 보였다. 그처럼 앞으로 걷기와 뒤로 되짚어 걷는 일을 반복하기를 한나절, 우리는 어느덧 아침나절에는 아득하게 바라보였던 높은 산등성이에 도달해 있었다.

우리 마을에선 볼 수 없었던 뽀얀 신작로 하나가, 서로 어깨를 기대고 겹겹이 포개진 산주름을 요염하게 휘감으며 요리조리 까마득하게 흐르다가 뿌연 이내 속으로 잦아들고 있었다. 그리고 우리들이 서 있는 바로 아래쪽, 가파른 경사지 아래로 바라보이는 산자락에는 두레박 하나로도 모두 퍼담아 낼 수 있을 듯한 물을 담은 동글납작한 저수지 하나가 남자의 팔에 안긴 여인처럼 아담하게 기대어 있었다. 벌써 계곡에는 저녁 회색 이내가 안개처럼 피어 오르고, 무성한 자작나무 잎사귀 사이로는 어머니의 이마에 잡힌 잔주름같이 보일 듯 말 듯 소슬한 바람이 오소소 설레었다.

몰이꾼들은 어마어마하게 큰 거미 한 마리가 집을 짓고 있는 오리나무 아래에 화톳불을 피우고 있었다. 봉우리를 향하여 완만하게 뻗은 능선 한가운데 강아지풀꽃이 피어 있는 움푹 팬 침하지가 있었다. 바람이 적은 그곳을 외삼촌은 그날 밤의 야영지로 지목하였다. 몰이꾼들은 두툼한 웃옷을 꺼내 껴입고 다시 저녁밥 지을 준비를 하고 있었다. 화톳불에 올린 냄비와 반합에서 김이 솟아오르면서 구수한 밥 냄새가 코끝을 간지럽혔다. 숟가락 하나씩을 챙겨 든 사람들이 모두 화톳불 가로 둘러앉았으나 역시 외삼촌의 모습은 보이지 않았다. 처음부터 내 시선을 빼았았던 거미집을 올려다보았다. 화톳불 연기에 부대끼다 못한 거미는 어느새 자취를 감추고 없었다. 멀건 국물에 밥을 말아 허겁지겁 먹으면서 장정들은 모습이 보이지 않는 외삼촌을 또 들먹였다.

「염소 한 마리가 달구한테 딸려 있는 전 재산인데, 그 염소란 늠이 하필이면, 오늘 새벽 어대로 내빼 뿌렀다는구먼.」

「집 두고 도망가는 염소는 없어. 해가 빠지면 저 혼자 타박타박 걸어서 집구석으로 찾아오는 짐승이여. 하기사, 내가 염소 아이라서 잘 모르겠다만, 돌아와도 낯익은 얼굴이 안 보이면 다시 돌아설지도 모르제.」

「어떻게 보면…… 살던 집에서 쫓겨나 말 못하는 짐승한테 낙을 두고 살고 있는 달구가 측은하지 않어?」

「겉으로 보기에 오장 육부 온전하고 사지가 멀쩡한 사람이 불행하다는 것은 뭘 잃어버렸다는 말이나 마찬가지일 텐데……. 달구가 일찍부터 뭘 가져 본 적도 없고 가져 보려고 애를 쓰고 있는 것도 아인데 불행하고 자시고 할 것도 없제. 소년 시절부터 지금까지 쥐뿔도 가진 게 없었다는 것은 우리 안골 사람들이라면 죄 알고 있는 일이잖여.」
「그렇다면, 달구는 도대체 무슨 낙으로 살고 있나. 남 보기에는 하찮은 존재라도 제 딴엔 뭘 바라고 살아야 추임새를 받아 살맛이 나는 법이 아니여?」
「그 말은 옳은 말이여. 달구한테도 분명 애간장을 태울 만큼 추임새를 주는 희망이 있을 것이여. 사람 명색이라면, 남 보기에는 걸레 조각 같더라도 나름대로는 그런 거 하나씩은 가슴에 품고 살기 마련이니까. 그런데 우리 총중에 달구가 가진 그것을 알고 있는 사람이 없다는 것이 섭섭하구먼. 혹시 대섭이 야가 알고 있을지 모르제.」
「철없는 아가 달구 속내를 알고 있을 까닭이 없제.」
「대섭이 니도 모리나?」
「저도 모립니더.」
아침나절부터 해 질 녘까지 숨 돌릴 참만 되면, 줄곧 외삼촌만 들먹이고 있는 그들이 못마땅했던 나는 울먹이며 쏘아붙였다. 머쓱해진 분위기가 일순 잠잠하게 가라앉았다. 그러나 나는 알고 있었다. 외삼촌의 가슴속에 몰래 숨겨 둔 희망이 있다면, 그것은 분명 가출한 어머니가 집으로 돌아오는 것이었다.

6

처음 며칠 동안은 대수롭지 않은 일로 여겼던 어머니의 가출이 불길한 징조로 보이기 시작한 것은 집을 떠나고 보름 이상의 시일이 흘러가면서부터였다. 아버지는 머쓱한 가운데서도 설마 하고 있었기 때문에 신색이 태연하였고, 나 역시 절망으로 확실히 굳어지리라는 생각은 추호도 없었다. 하루하루가 따분하고 음습했지만, 어머니의 배신을 반신반의 했었다. 아버지는 그것을 자신의 방만한 생활에 대한 일시적인 위협으로 받아들였기 때문에, 시간이 지나면 어머니가 빼죽거리고 집 나간 꽁한 마음을 희석하거나 부질없는 일로 체념하여 발길을 돌리리라고 믿었다.

나는 설마 피붙이를 두고 끝내 종적을 감추지는 않으리라는 희망을 버릴 수 없었다. 그러나 시간이 흘러갈수록 하중이 덧실리는 계측기처럼 아버지의 표정이 당혹과 비장함으로 굳어지기 시작했다. 그러나 자존심 때문에 동네 여기저기를 기웃거리거나 들쑤시고 다니며 수소문하는 주책을 부리지는 못했다. 건넌방에 틀어박혀 한동안 거들떠보지도 않았던 사냥총을 꺼내 기름칠하기 시작했다. 나는 그런 아버지의 모습이 측은해 보이기 시작했다. 아들로서 어머니를 찾는 일보다 아버지를 위하여 어머니를 찾아 주고 싶을 만큼 아버지가 측은했다. 그처럼 이제까지 어머니에게 가려 불확실했던 아버지의 존재가 뚜렷하게 부각되기 시작했다.

그런데 그때까지 외삼촌은 어머니가 잠적해 버린 것을 눈치 채지 못했다. 아버지가 순식간에 처갓집을 접수해 버리고 외삼촌이 집 주변을 배회하는 것을 가로막았기 때문에 어머니의 잠적을 일찌감치 눈치 챌 수 없었다. 그 소식을 외삼촌에게 귀띔해 준 장본인은 바로 나였다. 외삼촌이 뱀처럼 똬리를 틀고 움막에서 칩거를 시작한 것도 그때부터였다. 아버지는 건넌방에 틀어박혀, 그리고 외삼촌은 움막 앞에 웅크리고 앉아 하루 종일 무엇을 생각하고 있는지 알 수 없었다. 그러나 행동을 시작한 것은 아버지보다 외삼촌이 먼저였다. 유수지로 가기 위해 새벽같이 집을 나서는 내 손목을 우격다짐으로 잡아챈 사람은 우리 집 담벼락 아래 웅크리고 앉았던 외삼촌이었다.

새벽에 마을을 경유해서 도회지로 떠나는 버스에 올랐다. 60킬로 이상 멀리 길을 달려간 버스가 멈춘 곳은 먼지를 뽀얗게 뒤집어쓴 채 초라하게 엎뎌 있는 낯선 소도시 한복판이

었다. 외삼촌 이외에 눈 속으로 들어오는 모든 것이 낯설었
다. 내 시선을 끌었던 것은 옷가게 유리벽 속에 갇힌 채 움직
이지 않는 여자였다. 박제가 되어 움직이지 않는 여자만 발
견하면 나는 걸음을 멈추었고, 외삼촌은 끌어당겼다. 버스에
올라 60킬로 노정을 달려오는 동안 외삼촌은 실어증 환자처
럼 전혀 말이 없었다. 누굴 빗대어 저주를 퍼붓지도 않았고,
혼잣소리로 넋두리를 늘어놓는 것도 아니었다. 시종일관 시
무룩한 표정이었다.

　정거장에서 서성거리던 우리는 또다시 산골 마을로 떠나
는 완행버스로 갈아탔다. 그리고 40분, 우리는 야트막한 산
자락을 등지고 있는 작은 마을 초입에 닿았다. 그 마을 느티
나무 아래로 젊은 아낙네가 지키는 구멍가게 하나가 있었다.
외삼촌은 그곳에다 나를 맡기고 마을 안쪽으로 들어갔다. 한
시간 정도 흐른 뒤, 외삼촌은 다시 시무룩한 모습을 드러냈
고, 새벽녘에 그랬듯이 구멍가게 앞에 쪼그리고 앉은 내 손
목을 거칠게 가로챘다.
「가자.」
「아지야, 또 어대로 가자 카노?」
「집으로 가자.」
「나는 다리 아파서 몬 가겠다.」
「안골 떠나서 이때까지 내도록 차만 타고 앉아 댕겼는데,
궁디가 아프다면 모릴까, 다리 아프다는 엄살은 말이 안 된
다.」

「엄마 찾을 때까지 나는 안 갈란다.」
「너그 엄마 찾으러 여기까지 왔다고 누가 카드노?」
「아지야가 말 안 했다고 내가 모릴 줄 아나?」
「이늠아가 맨쟁인(아둔한) 줄 알았드이, 짐작이 멀쩡한 늠 아이가?」
「엄마 어디 갔다 카드노?」
「친척들도 행방을 모른다 카드라.」
「엄마 숨카 놓고 거짓말하는 거 아이겠나.」
「거짓말해서 무슨 이득이 있다고 나를 속이겠노. 설령 숨카 놓고 오리발을 내밀었다 하드라도 니하고 내가 찾아왔다 카면, 깜짝 놀라 뛰어나올 사람이 너그 엄마 아이겠나.」

외삼촌이 찾아간 동네는 어머니의 친정 친척들이 살고 있는 곳이었다. 마을 사람들로부터 어질고 수더분한 아낙네란 평판을 들었던 어머니가 가출한 지 한 달 남짓, 그동안 어머니는 친척들에게도 철저히 흔적을 남기기 않았다. 가슴에 포한이 있어 집을 나간 것이지, 경박하게 빼죽거리고 나간 것이 아니란 증거였다. 아주 매몰차게 뒤를 사려 버린 것이었다.

그날 외삼촌은 40킬로 이상이나 나를 들쳐 업고 달렸었다. 부리나케 완행버스로 바꿔 탔던 소도시의 정류소까지 갔었으나, 우리 마을 쪽으로 가는 막차는 떠난 뒤였다. 나까지 쥐도 새도 모르게 사라진 것을 아버지가 알게 되면, 온 마을이 발칵 뒤집히게 될 것이라는 것은 불을 보듯 뻔한 일이었다. 외삼촌은 초저녁까지라도 마을에 닿을 작심 하고 나를 들쳐 업고 뛴 것이었다. 그러나 다행스럽게도 중도에 같은 방향으로 가는 트럭 한 대를 만나 아버지에게 들통 나지 않고 그 먼 곳까지 당일치기로 다녀왔다. 그로부터 두 해를 넘긴 지금까지 그 비밀을 아버지는 눈치 채지 못하고 있었다.

저녁 식사를 끝낸 몰이꾼들이 식어 가는 화톳불 위에 통나무를 찍은 장작을 올려놓았다. 타닥타닥하던 장작들 사이에서 유령의 옷자락같이 괴기스러운 연기가, 들녘 밭둑에 뿌리를 내린 키 큰 미루나무처럼 혼자 자라서 시꺼먼 밤빛 속으로 높다랗게 흩어졌다. 트림하고 있던 몰이꾼들은, 내일도 날씨는 청명하겠다고 중얼거렸다. 그들은 부들이나 오리나무 가지를 꺾어 와 잠자리를 만든 후, 포대기로 뱃구레만 감싸고 돌베개하고서 화톳불을 바라보며 누웠다. 밤중에 서리가 내린다 하더라도 화톳불의 불씨만 이글거리게 살려 둔다면, 한속에 시달리지는 않을 것이었다.

눕자마자 곧장 코를 끓아 대는 축도 있었다. 사위가 고즈넉해지고, 멀리서 사람이 우는 듯한 짐승의 울음소리가 들려왔다. 나는 외삼촌의 겨드랑이에 한쪽 얼굴을 묻고 붉은 혓바닥이 날름거리는 듯한 불너울을 바라보고 있었다. 바로 그때였다. 불길에 줄곧 시선을 떨구고 있던 외삼촌이 문득 생각났다는 듯, 2년 전 어머니의 친정 동네 친척 집을 찾아갔었던 얘기를 꺼냈다. 그는, 지금에 와서 얘기한다는 것도 싱거운 일이지만, 하고 중얼중얼 부리를 헐었다.

「그날 우리가 찾아갔던 그 동네 기억나제? 니는 구멍가게

주인한테 맡겨 두고, 내 혼자 덜렁덜렁 친척 집을 찾아갔
던 일 생각나제?」
「생각난다.」
「사실은 그때 그 친척 집에 의탁하고 있던 너그 엄마를 만
났다.」
내 귀를 의심하지 않을 수 없었다. 만약 그 말이 사실이라
면 나는 지금껏 외삼촌이란 악령과 교제해 온 셈이었다. 나는
악령을 애무하고 있었던 것처럼 화들짝 놀라 고쳐 앉았다. 그
리고 나도 모르게 그 악령을 노려보며 앙칼지게 물었다.
「그기 참말이가?」
「참말이다. 그란데 니한테 말 못할 까닭이 있었다.」
들짐승이든 날짐승이든 암컷과 짝짓기를 원하는 수컷은
반드시 암컷에게 선물 따위를 제공하거나 자신의 세력을 과
시해 보인다. 원숭이도 전갈도, 우리가 보기엔 무심히 날아
다니는 새들도, 심지어 개똥벌레조차 마찬가지다. 수컷은 그
것으로 암컷을 유혹하지만, 선택은 언제나 암컷의 몫이기 때
문에 자신이 선택될 때까지 인내심을 발휘하며 기다린다. 외
삼촌이 그런 수사를 늘어놓았지만, 그따위는 귀에 들어오지
도 않았다. 다만 윙하는 낯선 음향이 귓바퀴를 맴돌고 있을
뿐이었다.
그때 외삼촌이 어머니가 의탁하고 있음직한 마을까지 나
를 데리고 갔지만 일단 구멍가게에다 맡겼던 것은, 어머니를
이끌어 내는 데 실패할 경우, 최소한 나를 미끼로 어머니를

동구 밖까지 유인하자는 속셈에서였다. 외삼촌이 그런 계략을 꾸몄던 것은, 아버지가 건네주었어야 할 선물을 가져오지 못했기 때문이었다. 가출에 결정적인 동기를 부여했던 몇 가지 사안 중에 한 가지라도 속 시원하게 해결되었다는 증거가 없었다.

그녀와의 부당한 교제를 마감했다는 뚜렷한 정황 증거도 없었고, 외삼촌과 은밀한 정분을 나누어 왔다고 믿는 아버지의 오해가 풀렸다는 증거도 없었으며, 허세에 탐닉하는 버릇이 고쳐진 것도 아니었다. 그런데 바로 가출의 원인이 되었던 장본인이 불쑥 모습을 드러내고 귀가를 종용했다는 것이 어머니에겐 모멸감만 안겨 준 셈이었다. 외삼촌은 구멍가게에서 기다리는 나를 미끼 삼아 어두운 방 안에 웅크리고 앉아 있는 어머니를 밖으로 이끌어 낼 심산이었다. 일단 밝은 바깥세상을 바라보게 되면, 그리고 구멍가게 흙담 아래 쪼그리고 앉아 공깃돌놀이를 하고 있는 철부지 아들을 목격하게 된다면, 본능적으로 모성을 회복할 것이라는 예측이었다. 그러나 외삼촌의 예측은 보기 좋게 빗나가고 말았다. 어머니는 문밖으로 나설 의향조차 없었다.

동구 밖 구멍가게 앞에 나를 놓고 왔다는 것을 외삼촌은 나름대로 자극적인 말로 밀도 있게 강조했으나, 어머니는 요지부동이었다. 마을 사람들로부터 어질고 수더분하다는 평판을 듣고 있었던 어머니의 미덕에 호소하려 하였던 외삼촌의 어쭙잖은 노력은 물거품이 되고 말았다. 겨울 자리끼같이 차가운, 그리고 눈이 시리게 선명한 어머니의 매몰참에 외삼촌은 굴복하고 말았다. 사람들이 슬픔에 빠지지 않기 위해 위악과 냉정의 포즈로 가장하는 경우도 있고, 진의를 숨기는 것이 우아하고 품위 있는 마음가짐이라고 생각할 때도 있지만, 자기 피붙이, 그리고 태생적인 것에 어쩌면 그토록 냉담할 수 있을까. 그것은 지금까지 외삼촌의 가슴속을 떠나지 않는 화두였다.

외삼촌이 더 이상 지체하지 않고 냉큼 박차고 일어설 수 있었던 것도 나에 대한 어머니의 애착이 너무나 미약한 것에 분개했기 때문이었다. 그리고 어머니가 그 친척 집에 의탁하고 있는 한, 지금 당장 다급하게 파고들거나 지저분하게 매달리지 않는 것이 오히려 어머니를 설득할 수 있는 여지가 클지 모른다는 계산도 있었다.

외삼촌은 단호하게 그 집을 나섰다. 그러나 대문 밖을 나서기 직전에는 자신도 모르게 걸음을 멈추었고, 어머니와 애기를 나누었던 방 문에 시선이 빨려 들었다. 그러나 문고리를 잡고, 떠나는 사람을 처연하게 바라보는 어머니의 모습은 발견할 수 없었다. 사흘 후에 외삼촌이 혼자 어머니를 찾아갔을 때, 어머니는 이미 그곳에서조차 자취를 감추고 말았다. 물론 의탁하고 있던 친척 집에서도 행방을 알지 못했다. 주변에 있는 누구에게도 자신의 행선지를 귀띔한 일이 없었다.

달포나 떨어져 있었던 피붙이와의 해후조차 절제해야 될 만큼 어머니의 포원은 오직 아버지라는 과녁에만 맞춰져 있었다. 그만치 아버지에 대한 사랑이 깊은 곳에 자리 잡고 있었다는 증거인지 몰랐다. 그러나 어머니가 집에 있을 때 보여 주었던 관심과 사랑은 아버지보다는 외삼촌 쪽이었다. 외삼촌을 거리로 내쫓고도 역공을 당할까 헐뜯기를 그치지 않았던 아버지의 부도덕함도 어머니가 가출한 동기 중의 하나였다. 그런 외삼촌의 설득조차 무위로 돌려 버릴 만치 어머니에게는 서릿발같이 매몰찬 성품이 있었던 것이다.

외삼촌은 일어섰다. 돌베개를 베고 옹색한 노루잠을 자면서도 천연덕스럽게 잠꼬대까지 하고 있는 몰이꾼에게 다가가 담요를 덧씌워 주고 사그라져 가는 화톳불에 장작을 얹었다. 다시 새뽀얀 연기가 밤하늘 속으로 미루나무처럼 쑥쑥 자랐고, 속만 자글자글 끓이고 있던 불씨가 순식간에 되살아나 희나리 장작에 옮겨 붙었다. 구수한 냄새와 함께 한속으로 떨리던 앞가슴이 후끈하게 더워 왔다. 장승처럼 서서 불길을 바라보던 외삼촌이 다시 내 곁으로 와 앉으면서 전혀 엉뚱한 한마디를 툭 던졌다.

「사실은…… 마을 사람들이 알고 있는 것처럼 너그 아부지는 명중률이 높은 명포수가 아이다. 너그 아부지가 사냥 나설 때 온 동네가 발칵 뒤집혀서 요란뻑적지근하지만, 이건 산토끼 새끼 한두 마리 잡는 거하고는 다른 일인 거라.」

나는 대꾸하지 않았다. 아버지의 능력을 폄하하고 궁지로 몰아넣으려는 것에 배알이 뒤틀렸다. 2년 전 친척 집을 찾아갔을 때 어머니를 설득시키지 못한 것에 대한 해명도 미흡했

거니와, 엉뚱하게도 사냥터에 와서 왜 그때의 일을 시시콜콜 고백하려는 것인지 속내를 이해할 수 없었다. 당장 아버지를 헐뜯고 있는 외삼촌을 반격하지 않을 수 없었다.

「아지야가 그 사냥개를 죽여뿌렀기 때문에 아부지가 명포수가 못 됐다 카드라.」

「너그 아부지 사격술에 명중률이 떨어지는 것하고, 사냥개가 있고 없고는 내막이 다른 이바구 아이겠나.」

나도 얼떨결에 한 말이었지만, 뜨끔했던 외삼촌 역시 무심코 던진 대답이었다. 그러다가 외삼촌은 소스라쳐 말문을 닫고 나를 빤히 바라보았다. 오래전 어머니와 공모하여 사냥개를 없애 버린 사실을 알고 있다는 것에 소스라쳤기 때문이었다. 당사자인 외삼촌의 기억에서도 지워질 만큼 오래된 일이었는데, 그 사건의 하수인을 정확하게 꿰뚫고 있다는 사실이 외삼촌을 놀라게 만들었던 것이다.

「그 개를 내가 죽였다고 누가 카드노? 너그 엄마가 그카드나?」

「엄마는 그런 말 안 했다.」

「엄마가 안 그랬으면, 어디서 들은 소리로?」

「아지야가 안 캤나?」

「내가 말이가? 니가 생사람 잡을라 카나?」

「옛날에 엄마하고 아지야하고 병원에 갔을 때, 아지야가 안 캤나?」

「니가 볼거리를 앓아서 병원 가서 하룻밤 자고 왔을 때 말이가?」

「그래.」

「내가 그런 말을 했드란 말이제? 니는 그때 앓던 귀를 수술받고 귓구녕이 솜으로 틀어막혀 있었는데, 똑똑하게도 들었다. 게다가 한번 듣고 흘려버릴 소리를 가지고 잊어뿌지도 않고 가슴속에 간직하고 있었드나? 인제 보이 니도 싹수가 꼬장꼬장한 놈이네?」

「아지야가 아부지를 욕하니까 그렇지.」

「이늠아야, 내가 너그 아부지를 욕한 게 아이다. 너그 아부지 능력을 사실대로 말한 것뿐이지 헐뜯은 게 아인 거라. 그렇다 하드라도 니 비위가 상했다면 미안하다. 그러니 니도 인제부터는 그때 들었던 말을 간직하지 말고 탁 털어내 뿌러라.」

초벌잠을 자고 난 몰이꾼 한 사람이 일어나 화톳불로 다가가 엉덩이부터 둘러댔다. 외삼촌과 불침번을 바꿀 사람이었다. 그는 그때까지 잠자리에 들지 않은 나를 발견하고 고개를 절레절레 내흔들었다.

이튿날 새벽, 잠에서 깨어났을 때 외삼촌은 야영지 위쪽 노루막이에서 미루나무처럼 혼자 서 있었다. 그는 흡사 원숭이처럼 팔을 벌리고 마침 떠오르는 아침 햇살을 끌어안으며 밤새 언 몸을 녹이고 있었다. 그렇게 보일 수도 있었지만, 실은 밤새 야영지 근처를 지나다닌 짐승들의 흔적을 찾고 있는 것이었다. 동행한 몰이꾼들은 짐승의 기척을 알아채는 데 저마다 일가견을 이루고 있다는 평판을 받고 있었지만, 불어오는 바람결 속에서 멧돼지의 흔적을 눈치 챌 수 있는 사람은 외삼촌 혼자뿐이었다. 그 짐승이 다른 짐승들에 비해 냄새가 진한 까닭도 있었다.

아침 식사를 후딱 해치운 몰이꾼들은 야영지에서 흩어졌다. 능선을 타고 있는 짐승들이 있다면, 까마득하게 내려다보이는 계곡 쪽으로 몰아내자는 계획이었다. 계곡으로 몰아붙여야만 그곳에서 능선 하나를 넘어 2킬로 정도의 거리를 둔 목에 매복하고 있는 아버지에게 짐승들을 몰아갈 수 있었다. 아버지가 기다리고 있는 곳은 토장골 초입이었다.

세 명의 몰이꾼들은 서로 보이지 않을 때는 휘파람으로 연락을 주고받기로 약속을 나누었다. 외삼촌은 아침나절에는 근처의 산기슭을 헤매면서 짐승들의 배설물만 헤집고 다녔다. 때로는 참나무 아래에서 노루가 하룻밤 자고 떠난 장소를 찾아내기도 하였다. 그러나 아직도 멧돼지의 흔적을 찾아내지는 못한 것 같았다. 오후에는 노루막이 근처를 지키며 계곡에서 시선을 떼지 않았지만, 몰이꾼들에게 쫓기고 있는 짐승들의 흔적을 발견할 수 없었다. 하루는 허탕을 친 것이 분명했다. 저녁 이내가 내릴 무렵 흩어졌던 몰이꾼들이 다시 야영지로 모여들었다.

「이봐, 달구. 우리를 엉뚱한 곳으로 데리고 왔제?」

「아입니더. 여기는 짐승들이 붙어 살 만한 곳입니더. 저쪽 너머로는 밤나무들이 있고, 우리가 야영하고 있는 이쪽 기

슭에는 도토리가 풍년입니더. 게다가 남향진 곳이 아입니
껴. 멧돼지가 붙어살기에는 이만한 적지가 없지 않겠습니
껴. 사실 이 짐승은 눈이 어두워서 그 옆에 가만 서 있기만
해도 잘 알아보지 못할 정도로 미련합니더.」

「그러니까, 미련한 늠들은 우리란 이바구제?」

「그게 아입니더. 이 짐승이 원래 잘 싸돌아다닙니더. 비빔
목을 두 곳에서나 발견했으니까 반드시 돌아올 깁니더. 밤
새도록 먹이를 찾아다니다가 새벽쯤 되면, 자기 잠자리로
돌아오겠지요. 그때까지 우리는 떠나지 말고 조용히 기다
립시더.」

「그렇다면, 어젯밤에 진작 여차여차하다고 말해 주었어야
제?」

「나는 행님들이 소풍 나온 줄 알았지 사냥 나온 사람들인
줄 몰랐다 아입니껴.」

「더운밥 먹고 식은 소리 하는 게 아닐세. 우리가 보기에는
달구 자네가 뭔가 신색이 질려 있어. 썩 달갑잖은 기색이
야. 그러지 말고 속내를 탁 털어놔 뿌러. 대섭이 아부지 사
격술을 믿지 못하고 있다는 이바구는 아인가?」

외삼촌은 한동안 고개를 숙인 채 대꾸가 없었다. 그리고
고개를 들지 않고 중얼거렸다.

「대섭이 아부지를 못 믿어서가 아이고 나를 못 믿어서입니
더.」

「쓰잘데없는 소리 하고 있네. 내 장담하네만, 자네 가지고

있는 작살만 쓴다 캐도 멧돼지 송곳니에 옆구리 꿰이는 변고는 겪지 않을 것이야. 게다가 자네가 작살 쓸 일도 없을 것이고.」
「작살 쓰겠다는 이바구가 아입니더.」
「어쨌든 이번에 허탕 치면, 놀림감 될 사람 한둘이 아일 거야.」

우리들이 머물렀던 야영지에서 동쪽 계곡으로 3킬로 정도 더 깊이 진입한 것은 하룻밤을 지새우고 난 이튿날 새벽녘이었다. 멧돼지는 오후부터 밤새도록 먹이를 찾아 헤매다가 새벽에 쉴 곳을 찾아가는 습성이 있기 때문에 발자국 추적은 오전 중에 산으로 올라간 흔적을 찾아야 정확했다. 외삼촌이 지적했던 것처럼 야영지 근처는 긴 산등성이가 끝나는 남향이었고, 유독 도토리나무가 많았다. 도토리가 지천인 해는 멧돼지의 번식률도 높은 편이었다.

그러나 짐승을 몰아 주려는 맞은편 산기슭은 밤나무 군락지가 있기는 하였지만, 야영지 근처와는 사정이 달랐다. 대낮인데도 햇살이 드나드는 산등성이까지 음습할 정도로 조밀하게 들어선 잡목과 넝쿨로 앞을 분별할 수 없었다. 그런 곳에서는 탁월한 눈썰미를 가졌다 해도 바로 코앞에 은신하고 있는 짐승을 발견하는 것조차 쉽지 않을 것이었다. 노루막이에 포진한다 해도 계곡으로 쫓기는 짐승들의 이동을 알아채기는 쉽지 않았다. 그러나 지형이나 거리로 따지자면, 아버지가 매복하고 있는 강 상류 쪽으로 가깝게 다가선 곳이었다.

잡목 숲 사이로 간혹 산코숭이를 돌아가는 강물이 보였다
가 숨어 버리곤 하였는데, 외삼촌은 그 강의 상류에 우리들이
지키던 유수지가 있다고 가르쳐 주었다. 외삼촌이 수렵지를
잘못 짚은 것이 아니었다. 그는 멧돼지들이 지나다니는 길목
을 정확하게 대중하고 포위망을 조여 가고 있는 셈이었다.
멧돼지가 몸을 비비댄 비빔목도 찾아냈지만, 가장 확실한 것
은 먹이를 구하려고 땅을 파헤친 자국을 발견한 것이었다.
그 자국은 적어도 2킬로 이내에 멧돼지가 있다는 증거였다.
멧돼지는 잠자리를 움푹 파인 침하지에 잡았다 하더라도 반
드시 땅을 파고 그 위에 낙엽을 모아 만드는데, 그 잠자리를
보고 짐승의 크기를 측정할 수 있었다. 그러나 한 마리의 흔
적만 남아 있었기에 외삼촌이 좇고 있는 멧돼지는 수컷이 분
명했다. 외삼촌과 몰이꾼들은 서두르지 않았다. 사냥개도 없
는 처지에 멋모르고 서두르거나 충격을 주면, 위험을 감지한
멧돼지가 예기치 않은 방향으로 도주하기 십상이었다. 포위
망을 빠져나가 강이라도 건너가 버린다면, 추적은 일찌감치
단념해야 옳았다.

산기슭에 부챗살처럼 흩어져 원진을 친 세 사람의 몰이꾼
들은 계곡 쪽을 향하여 잡목 숲을 헤치고 나갔다. 짐승이 엉
뚱한 벼랑길로 나가지 않고, 계곡을 건너서 다시 밤나무들이
있는 산등성이로 올라와 주기를 바라는 마음에서였다. 시간
이 흘러가면서 앞장선 짐승과 일정한 거리를 두고 있다는 정
황은 읽을 수 있었으나, 토장골 기슭에서 매복하고 있는 아버

지의 사정거리 안으로 몰아넣기 전에 실체를 확인하고 싶은
다급함에 안달이 나 있었다.
　「달구, 그늠을 쥐도 새도 모르게 뒤따라 잡으면 형용이라도
볼 수 있을 터인데? 실물을 확인하고 후려 줘야 여축 없이
불콩을 먹여 줄 것 아인가.」
　「쥐도 새도 모르게 접근할 수 있는 재주를 가진 것은 쥐하
고 새뿐입니더.」
　「장님 제 닭 잡아먹더라고, 꼴도 못 보고 뒤쫓다가 어문 집
돼지 잡는 거 아인지 모르겠네. 이게 바로 가마니 안에 든
쥐 잡기제.」
　「틀림없이 한 마리가 저 앞쪽에서 알짱거리고 있어요. 우
리가 그늠을 만나려고 하면 단번에 엉뚱한 방향으로 튀고
말 겁니더. 우리가 티를 내지 않고 있기 때문에 고분고분
안골 근방으로 가고 있는 겁니더. 그늠이 잠자리에 들면
우리도 잠자리에 들고, 그늠이 일어나면 우리도 일어나야
합니더.」
　「눈에 띄지도 않는데…… 짐승들이 언제 자고 언제 일어
나는지 무슨 재주로 알아낸단 말이여? 자네가 무당 집에서
곁방살이라도 하는가?」
　「눈에 보인다고 캐서 반드시 있는 것도 아입니더. 눈에 보
이지는 않지만, 반드시 있는 것도 얼마든지 있습니더. 오히
려 눈을 감고 있으면 보이는 것이 더 많을 수도 있습니더.
열 길 물속은 보여도 한 길 사람 속은 안 보인다는 바로 그

사람의 마음도 눈뜨고는 안 보이지만, 눈감고 있으면 환하게 들여다보일 때가 있습니더.」

「자네가 그 움막에 오래 살아서 무당 쯤 쪄 먹을 신기가 들었다는 것은 짐작할 만하네. 그러나 우리는 시방 사람의 마음속을 들여다보자는 수작이 아이라, 뒤쫓고 있는 짐승이 멧돼지인가 집돼지인가 확인해 보자는 것 아인가.」

「멧돼지가 틀림없습니더. 집돼지거든 내 손가락에다 장을 지져도 됩니더. 너무 조급증 내지 마소. 두 시간 안에는 안 볼라 캐도 볼 수 있을 겁니더.」

「두 시간이라 캤나?」

「틀림없습니더.」

그때가 어림잡아 오전 열한시경이었으므로 우리들이 멧돼지를 목격할 수 있는 시각은 한시경이라는 얘기였다. 그때 외삼촌은 몇 걸음 뒤에 서서 떨고 있는 나를 불렀다.

「인제부터 니하고는 헤어져야 하겠다. 니는 저 사람 따라서 너그 아부지가 지키고 있는 목쟁이로 가그라. 저 사람 따라 계곡 길로 내려가면 한 시간도 못 가서 니를 눈 빠지게 기다리고 있는 너그 아부지를 만날 수 있을 거다.」

사냥 최종일에 나를 아버지 곁으로 돌려보낸다는 것이 계획되었던 것인지, 아니면 내가 처음 출발할 때처럼 떨기 시작했기 때문에 마냥 두고 볼 수 없었던 것인지 알 수 없었다. 그러나 내가 외삼촌의 말에 순순히 따랐던 것은 날탕으로 지새운 지난밤부터 간절하게 아버지가 보고 싶어서였다. 아버지가 집채만 한 멧돼지를 향하여 사냥총을 쏘는 모습을 보고 싶었다. 그러나 그런 내심을 외삼촌에게 내비친 적은 없었다. 말해 보았자, 보기 좋게 거절당할 것이 틀림없었기 때문이었다. 그런데 그런 속내를 읽고 있었던 것처럼 몰이꾼 한 사람까지 붙여서 나를 아버지에게 보내는 것이었다. 몰이꾼과 나는 오던 길을 되짚어 산등성이에 느슨하게 내리붙은 자드락길로 들어섰다. 뒤좇고 있는 짐승이 은신하고 있음직한 숲을 우회하기 위해서였다.

그런데 아침부터 찌푸리기 시작했던 하늘에서 기어코 빗줄기가 흩날리기 시작했다. 게다가 한 시간이면 매복하고 있는 아버지에게 도착하리라는 외삼촌의 말은 빗나가고 있었다. 한 시간 가까이 걸었는데도 아버지의 기척은 없었다. 무인지경은 계속되었고, 빗속에 오만상을 찌푸리고 시꺼멓게 도사리고 앉아 있는 산은 범접하기가 만만찮아 보였다. 나는 자주 미끄러져 비틀거렸고, 그때마다 뒤따라오는 몰이꾼의 핀잔을 들었다. 내리는 비 때문일까. 멧돼지를 명중시킬 아버지의 사격술을 바로 곁에서 목격할 수 있게 되었다는 기대에 차 있었음에도 가슴속이 청명하지 못했다. 불과 한 시간 전에 헤어진 외삼촌이 보고 싶었다.

내가 볼거리를 앓아 읍내 의원에서 수술을 받고 하룻밤을 묵은 뒤 외삼촌의 등에 업혀 마을로 돌아가던 날이 떠올랐다. 집에 당도했을 때, 마침 비는 그쳤지만 나를 제외한 어머니와 외삼촌은 그야말로 물에 빠진 생쥐 꼴이었다. 그런데 응당 돌아올 우리를 기다리고 있어야 할 아버지는 보이지 않았다.

어머니는 젖은 옷을 갈아입으라는 외삼촌의 참견이 성화같은데도 들은 척도 않고 툇마루에 오도카니 앉아 아버지를 기다렸다. 조마조마해하던 외삼촌이 이웃을 찾아다니며 수소문까지 했지만, 아버지는 진작 모습을 드러내지 않았다.

빗길을 다녀왔다는 생색을 내려는 것은 아니었을 것이다. 아버지가 지켜야 할 최소한의 도리를 보고자 했던 것이다. 그 배신감이 어머니를 자학으로 몰아갔다. 어머닌 그날 저녁 늦게 아버지가 돌아올 때까지 젖은 옷을 그대로 입고 있었다. 흩어진 머리도 수습하지 않은 어머니가 안방에 오도카니 앉아 있는 것을 발견한 아버지는 말문이 막히는 것 같았고, 어머니는 반격에 나섰다.

「사리가 온당한 사람이라면, 있어야 할 자리에 있어야 하는 것이 아입니껴?」

「치료 무사히 마치고 왔으면 됐제, 또 무슨 생색을 내려고 이 야단이고?」

「어째 그처럼 야박할 수가 있소? 무슨 억하심정이라도 있습니껴?」

「와 또 평지풍파를 일으키나? 내가 무슨 억하심정을 가졌다고 그래?」

「병을 앓고 있는 피붙이를 들쳐 업고 빗길을 다녀왔다는 것은 철부지도 모를 텍이 없는데, 명색이 아비라는 사람이 어떻게 그토록 무심할 수가 있소?」
「날씨도 눅눅하고 해서 마실 좀 다녀온 게 죈가?」
「날씨 눅눅하니까, 따뜻한 방구들 있는 집을 찾아다녔단 소
리네요?」
「아픈 대섭이 핑계 대고 읍에서 하룻밤 잘 자고 왔으면 됐
지, 와 어문 내한테 소가지를 덮어씌우나? 변명할 말이 궁
해서 나를 꼬집고 드는 게지.」
「듣고 보니 언중유골이네요. 그런 말을 하는 것은 나를 녹
록하게 본 탓이지요? 그러나 나는 내가 지키고 있어야 할
자리에서 한 치도 어긋난 적이 없었고 부정한 자취를 남긴
적도 없었니더. 그런데 내가 보기에 당신은 자기가 지키고
있어야 할 자리에 없었네요.」

그때 어머니가 말했던 것처럼, 지금 이 산속에서도 정말 아
버지가 있어야 할 자리를 지키고 있는 것인지 믿을 수 없었
다. 나의 불안감은 그대로 적중되었다. 푸른 산줄기가 성난
파도처럼 굽이쳐 나가다가 갑자기 그 기세를 뚝 멈추면서 느
닷없이 푹 퍼져 살찐 말 잔등처럼 부드러운 산세를 이루며
시야가 탁 트이는 산기슭이 나타났다. 우리들이 두고 온 뒤
쪽으로는 동서를 구분하기 어려울 만치 키 큰 잡목들이 우거
져 있었지만, 그 기슭은 어쩐 셈인지 억새와 다복솔 몇 그루
만 자라고 있는 개활지였다.

왼쪽 낭떠러지 아래로는 흰 갈기를 날리는 강물이 흐르고
있었고, 오른쪽으로는 키 작은 억새풀이 산 중턱까지 자라나

있었다. 만약 멧돼지가 그곳까지 쫓겨 온다면, 필경 낭떠러지를 피해 억새가 자라고 있는 산기슭 쪽으로 방향을 잡아 도주하려 들 것이었다. 그리고 그곳은 짐승들이 또 다른 은신처를 겨냥하고 이동하려 할 때 반드시 지나다니는 길목이었으므로 짐승들 스스로도 자주 찾아와 잠자리를 트는 장소이기도 했다. 경계심을 두지 않고 숲 속을 빠져나오는 멧돼지를 진작 발견하면, 짐승이 억새풀 속으로 도주할 때까지, 솜씨가 서툰 포수라 하더라도 적어도 10여 분의 여유를 가지고 치명적인 가격을 할 수 있을 만치 더없이 유리한 지형이었다.

바로 그곳이 아버지가 엄폐물을 찾아 매복하고 있어야 할 장소였다. 있어야 할 장소에 아버지의 모습이 보이지 않자 몰이꾼도 적잖이 놀라는 눈치였다. 그렇다고 인적 없는 산속에서 지향 없이 사람을 찾아 나설 수도 없었고, 이렇다 할 통신 수단도 없었다. 외삼촌이 장담한 대로라면, 적어도 한 시간 후에는 무리와 격리된 멧돼지 수컷 한 마리가 그 장소에 도착할 것이었다. 그런데 짐승에게 불콩을 먹일 포수가 보이지 않았다. 처음엔 어리둥절했다가 드디어 안절부절못한 몰이꾼은 무작정 숲 속을 뒤지기 시작했다. 그러나 어디에도 인기척은 없었다. 더 이상 참을 수 없었던지 그는 보이지 않는 아버지에게 욕설을 퍼붓기 시작했다.

「이 개새끼, 명색이 포수란 놈이 지가 매복하고 있을 자리도 모르고 엉뚱한 곳에서 나자빠져 있는 것 아녀? 씨발새끼, 내 이런 꼴 날 줄 알았다니까.」

「아저씨, 우리 아부지 욕하지 마이소.」
「장 포순지 헛포순지 이 새끼가 사냥이고 뭐고 때려치우고
영마루에서 혼자 길 가는 여자 엎어 놓고 거기다가 불콩을
먹이고 있는 게 아인가?」
「아저씨, 우리 아부지 헐뜯지 마소.」
「헐뜯긴 뭘 헐뜯어, 임마. 니도 니 애비 속에서 내질린 늠이
니까, 똑같은 늠이여.」
「아저씨, 그카면 안 됩니더.」
「안 되기는 뭐가 안 돼, 이늠아. 니도 눈까리 뜨고 있그던
봐라. 니 애비란 작자 한 사람 믿고 내로라하는 장정 네 사
람이 사흘 밤낮을 노숙해 가면서 고생하고 있다는 사실을
알고 있제? 그런데 니 애비란 놈이 하는 짓 봐라. 욕묵어서
싸지 않나?」

나를 싸잡아, 입에 거품을 물고 욕설을 퍼부으며 설쳐 대는
몰이꾼을 처연하게 바라볼 수는 없었다. 순식간에 그에게 달
려가서 다짜고짜 팔뚝을 물고 비틀었다. 나로 말하면, 어머니
없이 살아온 썰렁한 2년 동안 집 안팎을 비까번쩍하게 갈고
닦아 온 내력이 있고, 겁 없이 학교 사택 창고에 불까지 지른
경력의 소유자였기 때문에 사람들이 흔히 말하듯 악밖에 남
은 것이 없었다. 그러므로 허우대가 껑충한 장정이라 하더라
도 충분히 공격할 수 있는 자질과 기백을 갖추고 있었다.
「아이고, 요 자식 보그래이. 표독스럽대이.」
그가 옹골차게 물린 팔을 뿌리치는 사품에, 나는 두어 걸음

뒤로 나가떨어지며 엉덩방아를 찧었다. 전혀 예측할 수 없었던 공격에 하얗게 질린 몰이꾼은 오만상을 찌푸리며 팔뚝을 문지르다 말고 잡아먹을 듯이 노려보면서 말했다.

「야, 이 자식 봐라. 톡 쏘는 걸 보이 하찮게 볼 늠이 아이대이? 그러고 보이 니도 악만 남은 늠이구나. 니 듣는 데서 너그 아부지를 험담하는 것은 잘못했다 카드라도 니가 내 입장 되었어도 욕 안 하고는 못 배겼을 기다. 니도 생각해 봐라. 너그 아부지도 인간이라면, 이런 불찰을 저질러서 되겠나?」

나는 몰이꾼을 노려보았고, 그는 내게 등을 돌리고 서서 담배를 피워 물었다. 그리고 비 맞은 중처럼 혼잣소리로 투덜거렸다.

「니기미…… 용이 개천에 떨어지면 깔따구가 대든다 카디, 내가 시방 그 꼴 돼뿌렀네. 야, 이늠아야, 아모리 당차고 표독스러운 놈이라지만, 동네 어른 팔뚝을 비틀어 무는 악바리가 어대 있노?」

공교롭게도 그때, 인기척이 들렸다. 자신이 포진하고 있어야 할 장소를 아버지는 정확하게 알고 있었다. 다만 약속한 시간에서 지연되었을 뿐이었다. 아버지는 동행하기로 약속이 되었던 외지 포수를 기다렸다가 데리고 도착했던 것이다.

아버지가 혼자 매복해 있기로 한 그 장소에 왜 느닷없이 외지 포수를 불러들였는지 내막은 알 수 없었다. 아마도 자신감을 잃었기 때문일 것이다. 아버지의 천식은 그때까지 차도 없이 계속되고 있었고, 그 병증으로 인해 절호의 기회를 다시 놓치게 된다면 포수로서의 아버지는 결정적인 치명상을 입게 될 것이었다. 마을에서는 물론이었고 외지인들 사이에서도 포수라는 이름을 영원히 잃어버리게 될지 몰랐다. 아버지로선 배수진이었고, 자신을 가다듬을 수 있는 마지막 기회라는 것을 깨닫고 조처한 것이었다. 그러나 나 혼자서만 그런 아버지의 내심을 헤아릴 수 있었다.

그때까지 비는 긋지 않고 내리고 있었다. 주룩주룩 퍼붓지는 않았지만, 옷깃을 촉촉하게 적시는 비였다. 산기슭 쪽으로 안개가 피어오르기 시작하면서 시야가 조금씩 흐려지기 시작했다. 그러나 목을 지키고 있는 아버지 쪽 사정이 여의치 못했다는 것을 외삼촌과 함께 있는 몰이꾼들은 알아채지 못했다. 그렇다고 이제 와서 사냥을 미루거나 단념할 수도 없었다. 외지 사냥꾼을 동행하기로 한 아버지의 계획은 현명한 조처였다. 저기압이 되면, 아버지의 천식은 더욱 기승을 부렸기 때문이었다. 그런데 비가 내리고 안개가 뿌옇게 피어 오르는 산기슭에 몸을 붙이고 매복하고 있는 동안 이상하게 아버지는 기침 소리를 내지 않았다.

아버지는 때때로 땅에다 귀를 붙이거나 잡목들의 움직임에서 쫓기는 짐승의 기척을 들으려 하였다. 그런데 아무런 흔들림이나 기척도 눈치 채지 못한 채 매복하고 있기를 30여 분쯤 하였다. 나는 종달새나 물까마귀의 둥지를 염탐할 때처럼 아버지 곁에 그린 듯이 엎디어 있었다. 기다린다는 일에는

그처럼 숙달되어 있었다. 지열이 치솟아 창자를 끓여 낼 듯
이 무더운 자갈밭에서도 하루 종일 불평 한마디 않고 정물처
럼 엎드려 있을 수 있었고, 심지어 그런 자세로 잠까지 잘 수
도 있었다. 잠자면서도 관찰하던 대상의 움직임을 판별해 낼
수 있었다. 그처럼 기다리는 것에 나는 어느덧 달인의 경지
에 도달해 있다는 자부심까지 가지고 있었다.
　가슴속이 따뜻하고 편안했다. 아버지 곁에 바싹 기대어 숨
을 죽이고 있다는 사실 한 가지만으로도 이상하게 가슴 뿌듯
했고, 아버지에게 욕설을 퍼부었던 몰이꾼의 팔목을 비틀어
물었던 만용도 전혀 후회되지 않았다. 설령 아버지가 멧돼지
를 명중시키지 못한다 할지라도 지금 내가 앉아 있는 자리에
서 불행의 흔적은 느끼지 않을 것 같았다. 지금 이 순간, 아버
지와 내가 구성하고 있는 모습이 어머니를 역공하는 포즈로
서 더 이상 적절할 수 없다는 생각까지 하면서 나는 전율했
다. 아버지가 나지막이 속삭였다.
「니가 저 사람 팔뚝을 물었다면서?」
「예.」
「와 물었노?」
「저 사람이 아부지가 늦게 온다고 욕하디더.」
「그래서 비틀어 물어 뿌렀나?」
「예.」
「피가 났나?」
「피는 안 났니더.」

「기왕 물어 버린 김에 창자 속에서부터 된 신음이 나오도
록 혼찌검을 내뿌잖고 와 설물었노?」
「내 딴에는 꽉 물었습니더.」
몸을 바위 뒤에 은신하고 조준선을 정렬하고 있던 아버지
가 한동안 나를 그윽하게 바라보았다. 그리고 입가에 주름이
잡히도록 웃음 지으며 말했다.
「니도 인제 다 컸구나.」
그때, 우리들이 포진하고 있는 곳에서 30여 미터를 헤아리
는 잡목 숲으로부터 바람 소리 같은 기척이 들려왔다. 그리
고 다시 조용해졌다. 두 포수의 눈길이 서로 마주쳤다. 그것
은 나뭇가지들이 부딪치는 소리가 아닌, 귓바퀴를 할끔 스치
는 듯한 바람 소리임이 분명했다. 그러나 전방에 바라보이는
희미한 안개 자락이 움직이는 것은 아니었다. 짐승의 기척이
분명한 것을 알아챈 아버지는 그 순간 중절 레버를 꺾어 엽
탄을 넣었다. 견착을 끝낸 아버지는 다시 개머리판에 한쪽
볼을 밀착시키고 조준선 정렬에 들어갔다. 이젠 포획물이 나
타났을 때 방아쇠를 당겨 불콩 먹이는 일만 남은 셈이었다.
바로 그때 나는 보았다. 쉭쉭 하고 바람 소리가 확실해지
는가 싶었는데, 집채만 한 크기의 멧돼지 한 마리가 잡목 숲
밖으로 모습을 드러냈다. 얼른 보기에도 주둥이 밖으로 튀어
나온 송곳니가 위협적으로 길었다. 순간적이었지만, 그 짐승
은 거의 일직선으로 우리 쪽으로 질주해 오고 있었다. 아버
지가 쏠 것인지 외지 사냥꾼이 쏠 것인지 알 수 없었다. 그러

나 곧장 두 발의 총성이 연달아 귀청을 울렸다.

　몽둥이로 통나무를 내리치는 것 같은, 아니면 돌멩이로 판
자벽을 때리는 것 같은 둔탁한 총성이 두 번 들렸는데, 그것
은 내가 속으로 점지하며 기대했던 예리한 쇳소리는 아니었
다. 전혀 엉뚱한 소리였고, 그 엉뚱함에 오히려 어리둥절하
였다. 그 소리는 너무나 둔탁한 나머지 미련스러웠고 예리한
소리에 대한 기대를 깡그리 소멸시켜 버렸다. 어쨌든 총소리
다음에 목덜미를 짓누르는 듯한 적막이 찾아왔고, 불을 맞은
멧돼지는 와락 허공으로 뛰어올라 그대로 풀썩 주저앉는가
하였는데, 순식간에 잡목 숲 속으로 자취를 감추어 버렸다.
우리들의 시야에는 다시 안개만 스멀스멀 피어 올랐다. 그러
나 아버지는 침착성을 보여 포복의 자세를 그대로 유지하고
있었다. 다시 침묵이 흘렀다. 그러나 숲 속으로 달아난 짐승
은 두 번 다시 모습을 드러내지 않았다. 멀리 매복해 있던 외
지 사냥꾼이 아버지에게 손사래 치며 물었다.

　「쐈습니까?」

　얼굴이 벌겋게 상기된 아버지는 손을 들어 보였다. 나는
아버지의 성공을 직접 목격했다. 조준해서 방아쇠를 당기는
순간에 천식이 튀어나오지 않았다는 사실 한 가지만으로도
아버지는 성공한 것이었다. 외지 사냥꾼이 달려왔다.

　「명중한 것입니까?」

　「명중했겠지요.」

　「기침 소리를 못 들었으니, 그 솜씨에 명중하다마다요.」

아버지의 계획은 용의주도했고 그것은 적중했다. 아버지
가 명중시키지 못하거나 기침으로 조준 정렬이 흔들렸을 경
우에만 외지 사냥꾼이 지원 사격을 해주도록 조처한 것이었
다. 득의에 찬 아버지는 상기되어 있었고, 동행한 사냥꾼 역
시 호들갑을 떨며 아버지의 노련한 사냥 솜씨를 치켜세웠다.
　「어디를 맞혔습니까?」
　「아마 척추를 맞혔겠지요.」
　동물을 무력화시키기 위해선 척추 부분을 맞히는 게 옳았
다. 머리나 목을 겨냥할 경우는 급소가 차지하는 범위가 좁
아 명중률이 떨어지기 때문이었다. 또 박제할 것을 염두에
둔 포획물이라면, 머리를 피해서 척추를 겨냥하는 게 옳았다.
그러나 척추를 맞힐 경우, 많은 고기를 얻지 못한다는 약점이
있었다. 가깝게 다가올 때까지 기다리지 못하고 상당한 사정
거리를 둔 채 지향 사격(무조준 사격)을 했는데도 척추를 맞
힐 수 있는 포수는 흔하지 않았다. 개가를 올린 것이 분명했
다. 그런데 불을 맞고 숲 속으로 되돌아간 멧돼지를 뒤쫓아
간 몰이꾼의 모습이 한동안 나타나지 않았다.
　대개의 사냥꾼들은 멧돼지의 가슴 부분을 조준해서 발사
한다. 그럴 경우, 짐승은 주둥이나 앞다리 혹은 심장이나 허
파에 부상을 입게 된다. 그러나 주둥이나 앞다리를 맞으면
일단 충격을 받고 주춤거리다가, 얼마 후 다시 도망한다. 심
장이나 허파를 맞으면, 아무런 반응 없이 달리기를 계속하다
가 후미진 곳에서 거꾸러진다. 그리고 목뼈 뒤쪽인 골돌기

부분에 총상을 입으면, 멧돼지는 그 자리에서 쓰러진다. 그러나 몇 초 후엔 예사롭게 일어나 제 갈 길을 간다. 가장 치명적인 총상은 아버지가 조준했다고 주장한 척추이다. 그곳을 맞은 멧돼지는 그 자리에서 구르다가 멈추고 만다. 이 척추 겨냥은 명중의 안전성에도 이점이 많았다. 조준점보다 높게 맞췄다면 척추에 손상을 주었을 것이고, 왼쪽이나 오른쪽을 맞췄다 하더라도 치명적인 상처를 줄 수 있었다.

아버지가 미심쩍게 생각하고 있는 것은 총격을 받은 멧돼지가 잡목 숲 앞에서 한 번 쓰러졌다가 다시 일어서서 숲 속으로 달아나 버렸다는 사실이었다. 골돌기를 맞았다면, 몰이꾼이 뒤따라가더라도 소재를 찾아내기가 쉽지 않을 것이었다. 그렇다면 단발에 명중시키지 못했다는 의심을 둘 만했다. 목에서 매복하고 있던 우리는 총상을 입은 멧돼지가 사라진 숲 속을 뒤지기 시작했다. 수색은 20여 분 동안 계속되었으나 짐승이 튄 방향은 오리무중이었다. 아버지의 안색은 어두워지기 시작했고, 동행한 포수도 실망의 빛이 역력했다. 후미진 곳에 숨어 있다면 발견이 쉽지 않을 것이고, 흥분된 상태라면 멧돼지로부터 역공을 당할 수도 있었다. 칡넝쿨 속을 헤매던 외지 포수가 얼굴에 거미줄을 하얗게 뒤집어쓴 채 아버지를 채근하였다.

「장 포수, 견착할 여유도 없이 지향 사격만 한 것 아닙니까?」

「지향 사격을 했지만, 분명 척추를 조준했습니더.」

「조준한 것하고 발사한 것은 다르지요.」

「틀림없습니더. 찾아봅시더.」

총상을 입고 흥분한 멧돼지의 역공을 염려한 아버지는 나에게 곁에 꼭 붙어 있도록 닦달했다. 아버지와 나는 바위 뒤에 은신하고 짐승을 뒤쫓아간 몰이꾼들로부터 신호가 오기를 기다렸다. 비는 긋기 시작했으나 안개는 더욱 깊어졌다. 그때서야 외삼촌의 모습이 진작 나타나지 않은 게 궁금했다.

「아지야는 어대 있습니껴?」

「글쎄 말이다.」

「멧돼지가 있는 곳은 아지야만 알제요?」

「나도 알지만, 그늠아가 확실하게 알제.」

「아지야도 총소리를 들었을 긴데…….」

「들었다마다.」

「총 맞은 놈이 수놈이제요?」

「혼자 다니는 것을 보면, 수놈이 확실하제.」

먼저 숲 속으로 뛰어들었던 몰이꾼이 모습을 드러낸 것은, 우리가 바위 뒤에 은신하고 기다린 지 30여 분이 지난 뒤였다. 그는 달아난 멧돼지가 절명하고 쓰러진 장소를 확인하고 허겁지겁 매복 지점으로 돌아오던 중이었다. 그곳에서 20여 분쯤 가자, 계곡 쪽으로 삐죽하게 내리뻗은 능선 끝에 피로 범벅이 된 멧돼지가 쓰러져 있었다. 그러나 절명 상태인 짐승을 발견한 아버지의 표정은 어두웠다. 아버지가 장담했던 것처럼 짐승이 총상을 입은 부위는 척추도 아니었고, 그렇다고 심장이나 허파도 아니었다. 골돌기에 부상을 입혔을 뿐이었다. 치명상이 아니었으므로, 사냥꾼의 수색을 따돌린 뒤 은신하고 섭취만 잘하면 명줄을 부지하는 데 지장이 없는 총상이었다. 짐승이 도주를 못하고 절명에 이른 것은 앞다리 안쪽에 있는 허파가 다른 가격물에 의해 손상을 입었기 때문이었다. 쇠붙이로 난자당한 허파에서 많은 피가 흘러내려 응고되어 있었다. 몰이꾼은 주위를 수습하고 어른의 허우대에 버금가는 멧돼지를 들쳐 업었다. 아버지는 말없이 하산하는 몰이꾼의 뒤를 따랐다.

　몰이꾼의 등에 업혀 간 짐승의 자리에는 사람과 짐승이 한데 엉켜 엎치락뒤치락 사투를 벌인 흔적이 뚜렷했다. 근처의 나뭇가지는 꺾여 있었고, 진흙이 파이고 핏자국도 낭자했다. 피를 흘린 자국은 두 갈래였다. 멧돼지를 업고 떠난 길과 그곳에서 가파른 산기슭으로 오르는 길이었다. 그 등성이를 줄곧 따라 오르면, 강물이 내려다보이는 낭떠러지가 나타났다. 외삼촌은 멧돼지가 그 낭떠러지로 도주해서 강을 건너 버릴까 무척 경계했기 때문에 그쪽을 등진 채 계곡 쪽으로 짐승을 몰아붙였었다. 몰이꾼을 뒤따라가는 아버지의 모습이 소나무 가지 사이로 보였다.

「대섭아, 니 안 따라오고 거기서 뭐 하고 있노?」

「아지야하고 같이 갈랍니더.」

「야, 이늠아. 달구는 벌써 집으로 갔을 기다. 퍼뜩 가자. 호랭이 나온다.」

「아지야 찾아서 같이 갈랍니더.」

「저늠아가 지 애비가 하는 말을 개 짖는 소리로 아네. 니 퍼뜩 안 올래?」

수렵장을 출발한 우리 일행이 집에 도착한 것은 그날 밤이 깊어서였다. 마을은 아버지가 예견했던 대로 발칵 뒤집혔다. 사택 창고에서 화재가 났던 이후로 그만한 수효의 사람들이 한 장소에 모이기는 처음이었다. 우리 집 마당에는 누가 피웠는지 화톳불이 활활 타오르고 있었다. 동행했던 포수의 모습은 보이지 않았지만, 몰이꾼으로 따라갔던 장정들은 한 사람도 빠짐없이 마을로 돌아와 술통을 나르고 통배추를 들여다 겉절이 김치를 버무렸다. 까치걸음으로 담벼락 위로 고개를 디밀어 올리곤 하던 또래의 악다구니들도 툇마루에 앉아 있는 나를 발견하고 모여들었다.

「대섭이 니도 사냥터 따라갔디나?」

「나라고 못 갈 것 있어?」

「너그 아부지가 데리고 갔나, 니가 우기고 따라갔디나?」

「몰이꾼들하고 같이 갔다. 몰이꾼하고 대판으로 싸우기도 했다 카이.」

「몰이꾼하고 한판 붙었다꼬?」

「나라고 못 붙을 것 있어?」

「누구로?」

「지금 돼지 배 따고 있는 바로 저 사람.」

「야, 참말이라? 니 배짱 있는 사람이다.」

「내가 쪼맨타꼬 우습게 보길래, 팔뚝에다 이빨 자국 내줬다
카이. 그런데 너그들이 두 마리나 잡아 놨다는 생쥐들은
아직도 살아 있제?」
「죽었는지 살았는지 모르겠다.」
「우리 언제 모일래?」
　부엌에서는 벌써 물을 끓이고 있었다. 가마솥에서 사람의
형용을 분별하기 어려울 정도로 김이 무럭무럭 솟아올랐다.
음식을 장만하고 있는 여자들이 부엌과 장독대 사이를 쉴 새
없이 들락거리면서 호들갑을 떨었다. 그러나 목도꾼들이 마
당 한가운데 내려놓은 멧돼지의 몸집은 시간이 흘러갈수록
점점 작아졌다. 총상을 입기 전 수렵지에서 그 짐승을 발견
했을 때는 분명 집채만 했다. 그러나 몰이꾼들이 목도질해서
하산할 적에는 송아지만 하였다. 그러나 지금 내 눈에 보이
는 멧돼지는 노루만 했다. 시간이 더 흘러가면 강아지만 하
게 보일지 몰랐다. 그런데도 사람들은 입에 침이 마르도록
아버지를 칭송했다. 부엌으로 뛰어들어 밥 짓는 일을 품앗이
하는 여자들의 수효가 늘어나기 시작했다. 그 여자들 중에
가장 생색을 내며 엉덩이를 내두르는 여자는 도시락을 싸들
고 유수지를 드나들던 바로 그녀였다. 그제서야 나는 사냥터
에 입고 왔던 아버지의 수렵복이 그날 밤에 내가 훔쳐보았던
그녀의 바느질감이었다는 것을 깨달았다.
　내 뒤를 졸졸 따라다니는 아이들을 손사래 쳐서 내치고 나
는 집을 빠져나왔다. 집 안에서 벌이고 있는 소동이 등 뒤로

멀어져 가면서 밤하늘에 높다랗게 핀 별빛들이 쏟아져 내렸다. 바람이 차가웠으나 전혀 떨리지 않았다. 마을을 벗어나 벼랑길로 내려섰다. 외삼촌의 움막이 멀리로 보였다. 나도 모르게 걸음이 빨라졌다. 움막에 도착해서 양초를 찾아 불을 켰다. 꺼질 듯 가물거리던 심지가 되살아나면서 움막 안이 환하게 밝아 왔다. 버팀목들만 보일 뿐 작살도 보이지 않았고, 외삼촌이 다녀간 흔적도 없었다. 그러나 외삼촌이 멀리서 움막의 불을 발견한다면, 발걸음을 재촉할 것이었다. 불을 켜둔 채 밤을 꼬박 지새우는 동안 나는 몇 번인가 거적을 들치고 고즈넉한 밤빛 속을 훔쳐보았다. 그러나 사라져 버렸다는 염소도 나타나지 않았고, 너구리 가족이 모습을 드러내는 경우도 없었다. 스산한 바람이 간간이 움막의 마른 풀잎을 할퀴고 지나갔다.

이튿날 해가 뜨기 바쁘게 나는 옷을 벗고 유수지로 자맥질해 들어갔다. 수면을 통과한 햇살이 나와 함께 잠수해서 타래 치며 헤엄치고 있었다. 아이들이 달려와서 분탕질했을 때처럼 나는 수중 세계를 탐험하기 시작했다. 역시 아무것도 발견할 수 없었다. 잠수하기를 그치지 않았던 그 하루가 지나고 해가 지고 노을이 찾아와도 외삼촌의 모습은 보이지 않았고, 집 나간 염소가 나타난 적도 없었다. 집을 뛰쳐나온 지 이틀이 지났지만, 내 행방을 찾아 움막 근처까지 찾아오는 사람도 없었다. 끼니를 굶고 지냈지만, 전혀 허기를 느낄 수 없었다. 나는 자맥질을 멈추지 않았다.

외삼촌처럼 움막을 지키며 혼자 지낸 지 사흘째 되던 날이었다. 아침에 해가 뜨기를 기다려 다시 유수지로 잠수해 들어갔다. 그러나 아무것도 발견할 수 없기는 마찬가지였다. 그런데 유수지 한가운데 버티고 있는 바위를 만나 헤엄치는 방향을 바꾸면서 상반신을 불쑥 솟구치려는 순간이었다. 그것은 분명 멸치 떼였다. 민물에는 살지 않는 잘고 사소한 어족인 멸치 떼가 민물 속인 내 발치에서 따라오고 있었다. 나는 솟구치려던 몸을 꾸부려 다시 깊숙하게 잠수하였다. 잠시 부챗살처럼 흩어졌던 멸치 떼는 강강술래처럼 원무를 지으며 내 주위를 맴돌고 있었다. 멸치 떼는 내장까지 환하게 들여다보일 만치 투명했기 때문에 물결 위로 떼 지어 내려앉는 햇살 그 자체처럼 보이기도 했다. 아니면 물보라를 일으키면서 땅 끝 아래로 깊숙이 소용돌이치며 빨려 들어가는 물기둥처럼 보이기도 하였다. 그러다가 어느 순간, 분수처럼 좌르르 흩어지면서 새우처럼 수면으로 튀어 올랐다.

나는 허파 속에 남아 있는 공기를 밖으로 한껏 내뿜었다. 공기 방울이 수면으로 보글보글 끓어올라 물갈기 속으로 잠적했다. 내 몸뚱이는 책상다리를 하고 팔짱을 낀 자세 그대로 강바닥 아래로 육중하게 가라앉았다. 잠깐 시야에서 사라졌던 멸치 떼가 하얗게 전열을 가다듬으며 내게로 다가오고 있었다. 그때, 강물 속에는 나와 멸치 떼뿐이었다.

멸 치

초판 1쇄 발행일 · 2002년 2월 20일
초판10쇄 발행일 · 2002년 5월 25일
지은이 · 김주영
펴낸이 · 임성규
펴낸곳 · 문이당

등록 · 1988. 11. 5. 제 1-832호
주소 · 서울시 성북구 동소문동 4가 111번지
전화 · 928-8741~3(영) 927-4991~2(편)
팩스 · 925-5406
ⓒ 2002 김주영

홈페이지 http://www.munidang.com
전자우편 webmaster@munidang.com

ISBN 89-7456-178-6 03810